ЗЛОЧИН У КЛЕВЕТИ

ЗЛОЧИН У КЛЕВЕТИ

Марко Д. Марковић

Globland Books

ГЛАВА I — УВОД

Пре него што почнем потанко и у свим појединостима, колико је то могуће, износити догађаје који су уздуж и попреко добро уздрмали нашу малу варош из учмалости, рећи ћу тек неколико речи о широкогрудом Ивану Петровићу, разборитом старцу од безмало седамдесет лета. Тако ћу му још на почетку ових записа одредити уважено и свакако посебно место; сасвим оправдано. Размишљао сам и дуго испитивао своју савест како би ваљало отпочети приповедање о нечему тако крупном, запаженом и важном, и ни реч још не бих записао, а већ бих налазио да то никако није добро и да вређа онај поредак по ком сам наумио да говорим. Једноставно, није ишло.

Још давно сам разумео једну, усудићу се да кажем мудрост — у свему је најважније добро сагледати сваку појединост, све их премерити и то неколико пута, обазриво и са изузетном пажњом, живо и заинтересовано, и тек онда судити о њиховој важности. Сматрам да је то у животу врло значајно и ваљда у томе имам право, јер кад се човек зароби, згрчи, кад остане под влашћу нечег безначајног и ситног, он пропушта могућност да câм себи искроји судбу, онако по мери и ваљано. Држим и да нема ничег тако поражавајућег као што је сазнање да је требало и могло другачије, али тиме нека се свако за себе позабави. Уосталом, то би требало свакоме да причињава велику драж и, мимо сваке сумње, неопходност.

Има оних што нерадо и невољно само пришивају закрпе од којих се касније и читава хаљина живота раздере. Назову то удесом, злом, наопаком срећом, тако се правдајући. Ја мислим о томе посве другачије

— рђав избор, немар да из дубине бића васкрсну све оне благодати, притиснуте тешким каменом страсти и порока, речју, кривица је наша! Не треба у другима тражити оправдања својих падова јер се човек тако најпре уљуљка, а онда и покаже колико је према себи попустљив, а ту има не мале штете.

Одох нашироко и већ се удаљих од човека о коме, бар тако мислим, чак и да говорите без престанка, усхићено и живо, увек останете под мишљу да остаје много више да кажете о њему него што сте учинили до тада, и да никада нећете успети у потпуности да искажете лепоту његове душе и величину карактера. Ипак, завезати уста и ћутати о таквим људима, грех је, имам такво убеђење. Издаја и поруга добрих намера, а од њих, јемчим, не треба тек тако одустати. Никада. Јер, све оно што у душу накалеми племенита осећања, што сагори све оне прикривене цепове мрака у нама, свакако треба сачувати и о њему увек мислити.

И сада као да испред себе гледам у Ивана Петровића. Без икаквог премишљања могу потврдити да је то одрешит старчић, врло изражајна лица и нарочито достојанствена хода. Али, не достојанствена онако како сам то у многих људи налазио — циљно и некако наменски, намештено до свих, па и оних најситнијих детаља, како би у других изазвали осећај поштовања и одобравања. Напротив, читаво му је држање било складно и ишло је уз његову појаву, речју, његово, а не од некога позајмљено.

Сретао сам људе који потребују да их други безусловно и врло поштују и уважавају; да им искују име на златној плочи па да онда они, тако прстом указујући на њу, надмено стану, задовољно се смешећи. Е сад, то што ће такви бити само сенка човека кога подражавају уверени у исправност и величину карактера свог идола (заиста је тужно правити себи лик од туђег), рашта о томе и размишљати? Од важности је стећи себи углед, одобравање других, све остало ствар је чисто рачунска — ето тако они размишљају. И да та лакрдија буде још смешнија, напослетку почну и уживати. Чудно, али је тако, уживају у ономе на шта се никако не могу навићи, јер тешко је и готово немогуће нпр. од простог човека начинити мудраца. Посве чудноват и непотребан изазов, али од многих прихваћен.

Немогуће је повући оштре ивице онога шта је неко спреман да учини. Ако то само и покушате, у најмањем, пашћете уморни, а тај наум нећете довршити. А и рашта то? Нека свако себе чини онаквим како му је воља ако у томе налази неко задовољство. Нека се носи мишљу да је нешто велико и значајно — ако, сам постаје слуга своје измишљотине. На томе би и свака прича о таквим људима стала, али ствар је посве озбиљна — они гложе, угњетавају и искушавају туђу трпељивост и човечност! Задиру у оно најплеменитије у човеку, вређајући његово човекољубље и благочешће. Примећујем да то неки чине са толиком претворношћу да их испочетка доживљавамо сасвим другачије, чак поверујемо у њихову добронамерност и прихватамо од њих ту лажну благонаклоност, она нам чак и годи, али свачија претворност, изнемогла, напослетку изгуби ноге. Рећи ћу још и ово: уверен сам да су сви ти људи, готово без изузетка, у дубини своје нутрине до чуђења несрећни. Подлост и злоба толико им израњавају душу да напослетку не виде своју крв од душевних рана. Неки и зажале што је тако лудо истекла. Ипак, доста о томе.

У Ивану Петровићу није било могуће пронаћи баш ништа од онога што није ишло уз његову појаву и држање. Уз његов лик и карактер. Висока чела, сувоњав, благих црта лица и тек мало зрикава погледа. Коса му таква као да је највештијој прљи за читав живот одређено само то да је што више избели. Обрве му размакнуте једна од друге за ширину читавог палца те никако не одају утисак мргодна човека. Очи, загаситозелене, светле. Готово прозирне. Живе. Када вас њима погледа, учини вам се да је топлина јутарњег сунца просијала на вашем лицу. Омалена раста, а сасвим сигурно, узвишеног духа, тешко сагледивог у свој тој лепоти. Нећу пропустити а да не кажем барем нешто још, и то овде, на самом почетку и о његовом карактеру, иако ће доцније за то већ бити места у многим приликама. Стога сада и напомињем само оно што сам најпре код њега приметио.

Уверен сам да се нарочито и са много пажње старао да живи посве по неком устаљеном, само њему знаном закону. Од њега је нерадо одступао, тек ако мора.

Дође му тако у вароши свима познат судија (биће врло касно), позвони му на врата, усхићен и задихан. Имао је сигурно крупан разлог што га је потражио тако доцкан, а тада човеку не треба замерити. У томе, ваљда, и не треба неког нарочитог извињавања. Из пристојности и више из поштовања скиде округли, црн и господски шешир и дубоко, готово до земље се поклони Ивану Петровићу, тражећи од њега опроштај што му долази тако касно. Напомињем да су старца многи уважавали не скривајући одушевљење због његове узвишености, достојанства и благе нарави. Извинивши се, судија му готово у даху назва Бога, испрекидано и не баш потпуно разумљиво. Лако је судити — много је журио.

— Нека ти Бог добром врати — прихвати Иван Петровић помало зачуђен посетом. — Говори, у чему је та крупна ствар због које ми долазиш овако доцкан?

Као у неком заносу, видно задовољан и сад већ умногоме прибранији, судија се поносно усправи пред старцем, севну очима и саопшти му:

— Син, Иване Петровићу! Син! Марија ми јавила пре четврт сата и ја пожурих најпре са тобом радост да поделим.

Треба измислити нову реч, а онда је још додатно и оплеменити, како би барем делом било могуће описати старчево расположење. Одушевљење и поигравање срца. Надземна радост. Први пут из рукава извучена срећа. И све то заједно, свето и чисто. Поскочи на прагу и пљесну рукама. Лице му поста блажено и светло, осмех широк, а очи као и обично дубоке и несагледиве у тој дубини бескраја.

— Син кажеш, је л'?

— Син — поносно потврди судија.

— Витез живота, чокот добре лозе?

— Како ти кажеш, добри мој — сложи се весело одобравајући.

— Наследник твојих надања — продужи старац да именује.

— Надања имам много — смеши се судија задовољно и продужи: — Пијмо вечерас у његово здравље. Учини ми част.

Старац издужи врат, а онда, као опаљен буктињом готово поскочи. Лице му се нај066еданпут промени и дође некако бледо, без оне крви што се ускомешала тек неки час пре. Стаде се извињавати, доста неспретно и готово бојажљиво, покушавајући да убеди судију како много године никако не трпе вреву, много света и прича, и како ће му још сутра, јамачно доћи. И тек када је схватио да судија никако неће одустати од онога што је намерио, држећи одсудно ту своју искрену жељу срца и усхићеност, те како га не би повредио, исте вечери му је пошао, истина не драге воље. Ствар је јасна — особина је врлинских људи да удовоље нечијој жељи чак и кад се с њом не сложе одмах и радо. То што Иван Петровић није без оклевања прихватио отворени позив пријатељства и наздрављања рођеном сину, не значи да се он томе није искрено радовао. Има људи (истина таквих је мало) што строго држе неко своје правило по ком живе готово до фанатичности, и од њега такве људе одвојити сматра се великим подухватом! На свој устаљени ред и редослед толико се свикну да их држе за нешто од велике важности и без сумње — непроменљиво и крупно. Ако је Иван Петровић нпр. у то време када му је судија покуцао на врата, спремао себи чај, томе би подредио све остало. Поредак ствари, навикнутост на строго поштовање времена, речју, животна прецизност. Можда у извесној мери и некаква ритуалност. А колико у свему томе има добрих навика и разборитости, а колико можда претеривања, неког сувог формализма, судите сами. Једно је сигурно — за Ивана Петровића се може рећи да је човек тачног и уредног живота.

Код њега се добро знало — кошуље су морале бити широког оковратника и некако посебно свечане. Сат је вадио с нарочитом пажњом и увек га је на исти начин, пресликано, враћао у џеп. Ако је у осам часова увече требало да буде код варошке чесме (обично се тамо налазио са Сергејем, својим оданим пријатељем) долазио би барем четврт сата раније. Држао је да је поштовање нечијег времена ствар поштовања према томе човеку. Без сумње, имао је право. Сергеј је знао каснити и то је не мало пута чинио. Ипак, Ивану Петровићу то никада није засметало! Ово је можда зачуђујуће, јер је сâм много труда полагао на тачност и беспрекорност. Али, има један факт, налазим да га нико не може побити — људи самопрекора и љутог пропитивања своје савести, својих дела и недела, о свему ономе што себи замерају и око чега се труде другима прећуте! У томе није тешко препознати велико човекољубље, смерност и разумевање за туђе слабости, без имало осуђивања.

Свакако, Сергеј би се увек стао извињавати и са не малом убедљивошћу износио би разлоге због којих касни, изванредно и вешто, искрено се у томе правдајући. Не могу а да не приметим две ствари вредне пажње и можда чак и потпуног испитивања. Прво, Сергеј је, свестан своје кривице, покушавао да пронађе разложност свога кашњења како би у своме пријатељу изазвао неку врсту одобравања и опроста — на томе му не треба замерити и свакако му је то увек полазило за руком. А и рашта му мислено судити ако се стао правдати, онако простодушно и весело са једним узвишеним циљем — не да би себе показао као човека исправна и без погрешки (за њега се не може рећи да беше човек горд) већ како би сачувао Иванову наклоност и безгранично пријатељство. У свему томе у некој мери налазим чак и извесну забаву коју су једино њих двојица у потпуности могли разумети.

Друга ствар је крупнија од ове и несумњиво показује једну карактерну црту Ивана Петровића о којој се нашироко може говорити — он готово да и није проналазио баш никаквог преступа, па чак ни оног најмањег, у Сергејевом честом одоцњењу, иако је, још једном напомињем, он сâм био човек сатнице, тачности и којих све не префињености. Чак ни то што га је неретко чекао готово и читав сат није успело да поколеба и у било чему наруши то његово разумевање, брзо праштање, готово неприметно и без и мало љутње. Држим да је такав опрост, без двоумљења и чак било каквог размишљања о њему, толико искрен и срчан да онај који опрашта заправо као да тога и није свестан и свакако за ту своју узвишеност не очекује никакву похвалу! И коначно, то је ствар смерности што као показна карта разоткрива нечију ширину и пространство душе иако је такви увек стављају дубоко у џеп, јер неупутно је смернима да се било чим размећу.

Познавали су се још из ране младости — то је онај део човековог узрастања у коме су жеље највеће и када страхови готово да и не постоје; кад се чини да се све може, и да ли због тога или чега већ другог, хоће све. Не напомињем њихово познанство тек онако, из пуког причања, као нешто споредно и неважно, самим тим и небитно. Напротив, могу поуздано да кажем да се у познанству двојице стараца, или да се послужим прецизношћу Ивана Петровића — у једном од њихових сусрета, управо и зачела та крупна ствар о којој сам и намерио да пишем. Али, још увек неодлучан да се прихватим тог захвата, рећи ћу понешто и о Сергеју. Тако ће уосталом читава ствар, чини ми се да сам то већ и напоменуо, ићи по поретку и по једној од добрих људских навика — по одређеном следу.

Ништа мање кошчат и сувоњав од свог пријатеља, рошав, орловског и мало неправилног носа. У леђима не много погрбљен, лењог и избирљивог хода. Одавао је утисак човека који се увек око нечега нећка и двоуми. Поглед му оштар, али не и изазивачки. Испод тек мало накривљене капе живо севају очи, чини ми се увек нечим заузете, замишљене, истина скромно. Лице му нарочито топло и радосно, старачки смежурано. Изгледало је као сува кора столетног дрвета у чијој је шупљини скривен онај најслађи мед — благоликост и неизвештачена срдачност. Наравно, по природи ствари подразумева се да је на живот гледао као и Иван Петровић, уосталом другачије се и не може објаснити то њихово познанство и у њему дуговечна оданост.

Човек се веже за другог човека управо због свих оних појединости и трагова душе које лако препознаје и у себи. Сродност, не по крви, већ она друга, узвишена и чвршћа, сродност духа, упућује нас и везује једне за друге. Јер, да није тако, подједнако бисмо гледали на све око себе без обзира на то ко у шта верује, по којим принципима живи и да ли и шта држи за свето. Расудите сами — могу ли дуго остати у живом разговору прељубочинац и онај који је давно свео рачун са плотском љубављу и дао јој меру?! Ма колико се у томе трудио ја не могу јасно да видим, уопште и сâм сусрет таквих људи, а ако се он чак и удеси, у њему не налазим ништа више од неколико успутних речи, из чисте уљудности и некакве „прописане" толеранције што нас чува од отвореног сукоба са онима за које нас не веже иста идеја. Можда неко мисли другачије, у то се већ не упуштам. Уосталом, различитост у мишљењу само потврђује и открива посебност личности свакога од нас. Стога и хоћу још и ово да нагласим — не поштовати другог човека, не саслушати оно што он говори већ са досадом само одмахивати руком, свакако је преступ и скромност у љубави према њему.

Сергеј је још од прве вечери мог познанства с њим (о томе ће бити речи нешто касније) стекао код мене утисак одлучна човека. Такви ништа не предају случају! Разборит и у свему промишљен, трајне упорности на којој би многи могли да му позавиде. У њему сам лако препознао оно што се од других не да сакрити — правичност и усрдну тежњу да до ње некако дође. Разметљивост и охолост није трпео, а тек ако би неко присвојио туђе, туђом крвљу и знојем стечено — са таквим је био спреман одмах да се разрачуна!

Одлика је боголике душе да у свему тражи истину и правду и да непоколебиво стоји иза ње. Човека од врлина вређа нечија безочност и хладна савест што другога мучи и постиђује и то што се неки у својој лудости преузнеше и тако обманути стадоше људима закона, морала и врлине, досађивати. Присвојити туђе, ломити му пршљенове газећи преко њих, недело је, поруга човекољубљу и као такво не би смело остати некажњено. Јер, где би ту онда био закон и оно вековно преимућство доброте над делима таме и оковима зла?

Приметићу и ово — старост не гаси ватру жеље и ревност да истина прогледа, већ је још више распирује! Да није тако зар би Сергеј у својим поодмаклим годинама тражио правду за све оне што су дуго остајали у јарму нечије самовоље и бездушности! Неким је људима посебно мрско да гледају како зло напредује и како ни пред чим неће да устукне. Такви на себе узимају један посве свет и благородан чин, чак и завет над њим дају, сматрајући својом дужношћу части — зауставити ту злобу ненавидника јер због ње душе праведника дрхћу и грче се страхујући, и готово им уступају власт над собом.

Вечери у вароши каткад замиришу на процветали багрем. Пријатно, у зрелом пролећу. Људи застајкују поред излога и проналазе неку драж и очараност, неко посебно задовољство у њиховом разгледању. У журби се тискају једни уз друге и гласно негодују када их нечија рука нехатом додирне.

Чини се као да су се сви тек пренули из неког тешког сна и учмалости па сад журе да од њега што даље побегну, губећи се у свом том шаренилу што им се нуди. Ведро и са не малим усхићењем поздрављају једни друге на улици и о нечем врло живо говоре. Све подсећа на немирну кошницу пуну вреве, различитих исповести, уздисања, али и надања. Живот добија нарочиту боју и лакше га је поднети. Распитују се о свему и свачему, радознало и широм отворених очију у знак великог чуђења. У њиховом приповедању могуће је пронаћи најразличитија расположења — од потпуног задовољства и усхићености до огољене чаме што не види излаза нити надања. А човек без наде, човек је љуштура, осуђен да сведочи о ономе што је остало далеко иза њега, у чему је некада проналазио радост, тек тога више нема и он не зна како да се носи са тим губитком. Сулуд удес. Мрзак и тежак. Утолико значајан помињања колико и факт да таквих „појединачних случајева” има застрашујуће много. Малодушност, као убод игле у здраво тело од кога оно напослетку постане сво оболело, зна да обремени и да начини од човека само бледу сенку без воље, жеље и, уопште, без било каквог покрета и напретка. И све то само из једног разлога — из недостатка вере у себе и у друге. А онда, некако само по себи, дође и оно тешко стање духа од кога човек много пропати, сумњајући у све, па чак и у своје постојање!

Иван Петровић, као какав дух издигнут изнад тог варошког брујања, седа на клупу и лагано, одмереним покретима, пуни до врха лулу љутим дуваном. Воли човек свему да дâ ритуалност, и уопште узев, на њу много полаже. Њом се наслађује и у њој ужива. Тако и успева понекад да разоноди себи мисли, да их смекша и ублажи. Али, нешто Ивану

Петровићу није давало мира. Шиљио је бркове непрестано и с времена на време одмахивао главом. А онда би дубоко уздахнуо, накашљао се суво и из плућа и врхом штапа ударао о плочник. Једно је сигурно — нечим се мучио, тешком мишљу или пак каквом исцрпљујућом намером.

Човеку од разума лице још у недозрелим годинама може постати наборано, будући да свему тражи узрочност, оно исконско, непролазно и вечно, а у томе свакако има много страдања и муке. Неки чак и читав свој живот подреде вишем циљу у кога верују са толико пламена да би, уколико нису обазриви, олако сагорели.

Са чврстом увереношћу могу рећи да је Иван Петровић човек изванредног ума и оног, ретко сретаног, унутрашњег мира, посве детаљног закона коме служи и за кога се жртвује, до кости. Правичност, на несрећу свих нас, не срећемо на сваком кораку. Тек када дубоко загребемо под кору живота налазимо да има и оних људи којима су част и достојанство далеко испред свега. И да иронија буде још већа — сви су, без изузетка, на крстовима разапети, али не и тиме побеђени!

Прилази му Сергеј, одмереним корацима достајанственог човека који, чини се, држи све конце живота у својим рукама, и, готово по навици, и овај пут већ се стаде извињавати:

— Добри мој, сигурно те је досада већ добро намучила. Опрости, знаш и сам како је оку лако да залута.

— Не мари. Није човеку тешко чак ни смрт да чека, тек никако не пријатеља.

Сергеј се осмехну и примети:

— Имаш право. Много човек за живота жури. А да ли му остане, на крају, довољно времена и за смрт? Она нам, ето, сваки дан дише за вратом...?

— Да... — замишљено рече Иван Петровић отресајући свој оковратник, очито и не примећујући да то чини беспотребно: на њему није било чак ни најмањег трага од било чега.

Сергеја као да помало забрину озбиљност пријатељевог лица и већ у наредном тренутку он би спреман да свему дода неку веселу црту, боју и ноту, како би од њега измамио, колико му је то могуће, било какав осмех, па чак и онај невољни:

— Ма... умире се само у песмама. И то не у свим! Нема смрти, драги мој. Нема! Уосталом, зар нам није рано да о њој мислимо?

— Рано. Рано, него шта. Добро кажеш. Још нисмо ни седамдесету окрњили — прихвати Иван Петровић и гласно се засмеја.

— У то име подигнимо чашу онда. За тако нешто, несумњиво треба наздравити — продужи Сергеј, сада већ готово убеђен да ће остатак те вечери допустити души извесно олакшање у крчми „Код Милије”.

— За добро вино увек има времена, али нисам те због тога вечерас позвао. Ствар је крупна — погледа га Иван Петровић равно у очи и врати на себе ону, тек накратко прекинуту, озбиљност лица.

— Па онда говори, забога, брате.

Сергеј стаде нервозно корачати укруг, застаде, окрену се ка пријатељу и са зебњом у гласу, слутећи упита:

— Синови су ти добро?

— Јављају се често, мени, опет, и то је недовољно. Знаш и сам како је када човек остари, хтео би да су му сви драги људи увек око њега. Добро су, добро — указа Богу част што је тако и приби бледе, мршаве образе уз груди, тек мало истурене напред.

Сергеју као да паде огроман терет са плећа и он уз неизоставно захваљивање доброј срећи, одахну.

— Шта друго може бити тако крупно? Видим, урезало ти је бригу посред лица као ножем.

— Имаш право — сложи се Иван Петровић и подигавши главу стаде њоме одмахивати. Као притешњен некаквом чудесном, невидљивом и хладном руком уза зид, са муком настави: — Не ваља. Ово неће изаћи на добро. Николај Мартиновић се вратио синоћ у варош. Пуштен је са робије читаву годину пре одслужене казне. И то ми је закон! Јесте, али какав?! Тобож’, ти тамо су пронашли неку олакшавајућу околност. Није моје да судим, али када се пролије невина крв, шта ту може бити олакшавајуће? Хајде, кажи ти мени. И не само то! Прети осветом. Већ је и то стигао. Каже, разрачунаће се посебно са сваким чијим је сведочењем тамновао. Као да му је мало зла па хоће још да га испија. А закон, ђаво да га носи, није увек изнад руке злочинца. Веже је, али некад у томе одоцни. Када се несрећа деси, нема назад. У томе је читава коначност. Не ваља. Не ваља, кажем ти.

Сергеј слуша, наизглед мирно, ћутке, али и у неверици. Кроз главу му пролазе мрачне слике злочина ишаране равнодушним погледом починиоца... Људи се тискају на улици, све тело уз тело. Пуцањ их је као заповест и куга заједно обавезао да изађу из својих топлих домова и да сазнају шта се то напољу збило. Неки ипак нису могли дуго да гледају у непомичну, невину жртву те се, раслабљени и ожалошћени, престрављени вратише.

Несвршени студент и несуђени официр Н. лежао је на плочнику, бледа лица и склопљених очију. Над њим наднет, у лудилу нерава — то се разуме само по себи — стоји Николај Мартиновић, човек умногоме застрашујуће нарави, сада већ злочинац. Пркосно маше прстом, претећи свима око себе. Урла толико силно да му глас, у размацима, бива као жилетом испрекидан. Упозорава све те мирне, варошке људе побледела лица од подмуклог ужаса да је разумније да се склоне, да оду како некога од њих не би нашла иста судба. Злочинац говори о разуму! Има ли веће дрскости, а понижења и увреде свим оним, надасве поштеним људима од закона, згроженим зверским злочином?!

Ова мисао толико је намучила Сергеја да је он, готово њоме побеђен, само одмахивао главом, као да је хтео да из ње протера све оно што га је добро притисло. Направи неколико тетуравих корака и најеедном стаде испред Ивана Петровића, опрезно и невољно размичући усне:

— Крв, може ли се чиме оправдати? — погледа га испод ока и прецизно стаде одмеравати сваки његов покрет, па чак и најмањи.

— А чиме би? — сумњичаво узврати Иван Петровић, изнова пунећи лулу дуваном.

— Мислиш ли и да суровост злочина не трпи ни саму помисао о искупљењу? Да је то као некаква немила законитост?

— Држим да је углавном тако — одређено и уверено потврди Иван Петровић, лица забринута за судбу таквих невољника.

— Значи, ипак постоје и случајеви у којима злочинци сами себи суде, себи и том свом злочину? Такви сигурно и измене читав свој живот...

— Појединачних примера увек и у свему има, али, ствар у овом случају иде веома тешко. Истина је, разбојник на крсту се на самој самрти покајао! Ипак, он је само тај пример чврсте воље и могућности да човек, у тренуцима свог душевног лома, прихвати мисао о избављењу и да у њу поверује. Разбојник је у томе успео, али многи ипак нису, иако су његовим примером подучени да то и сами могу учинити.

— Да... он је гледао смрти у лице и ипак се од ње избавио — кратко се сложи Сергеј и накашља се, усиљено и суво, хотећи да тако отера горчину из уста. Начас као да зажеле да читаву ту ствар прекине и да разговор усмери на нешто сасвим споредно, те се стаде јадати на људе које је те вечери срео у пролазу: — Чуо си за усуд Илије Михаиловића? За то како су га суседи удесили? Онај рошави и кукаста носа, Андреј, и кујунџија Владимир.

— Чуо сам.

— Прођоше поред мене готово ме додирнувши раменима, без речи поздрава, ђаво би га знао чиме горди и без стида због тога што за њихово мрско дело читава варош зна.

— А зар су они икада и марили за друге и за њихово мишљење?! — готово одсутно примети Иван Петровић.

— Право кажеш, али опет мислим... посрамили се... не знам... — неодређено поче Сергеј да се премишља.

— Нема стида код оних којима савест никада и ни за шта не приговара. Понекад помислим да је такви ни немају. Ево ти и овај несрећни Николај... Па још и новим злочином запретио!

Сергеј спусти главу туробна погледа, незадовољан тиме што разговор са Иваном Петровићем о било чему другом изузев о том врашком Николају те вечери није успевао. Може бити да је Сергеј, за разлику од свог пријатеља, једноставно желео да ту мрску ствар остави за сутра, да се барем мало крчка, да добије коначну форму, готово до савршенства, до најситнијег детаља. Са друге стране, Ивану Петровићу то се никако не би свидело. Био је решен да одмах и без оклевања, нешто подузме како би спречио могућу невољу, јер се она, можда, по неком његовом чудноватом инстинкту, још вечерас може догодити. Вредна је помињања и сама чињеница да је Иван Петровић човек чврсте решености да ништа тако крупно, као што је то случај са Николајем (барем је он у то био уверен) не одлаже већ да брзо и окретно, по природи саме ствари, одмах дела.

Одлучно је и по ко зна који пут подигао врх штапа високо изнад главе и као човек од идеје и разума за уважавање, налик мудрацу коме је могуће да и читав један народ предводи у остварењу правде заробљене под потпетицама злочинаца, од силне узбуђености повика:

— До врага са таквим људима! Они кидају душе праведника хотећи да их понизе и убију све оно благородно у њима. Није ли нам дужност и узвишена обавеза да насилнику руке свежемо? Докле ће се узносити над свим оним што честити људи држе за светињу? Докле? — погледа Иван Петровић изоштрена лица у пријатеља, очекујући од њега одобравање, као да је од тога много зависило.

Сергеј подиже главу и уздахну толико дубоко да је то чак и Иван Петровић могао осетити. Силно стеже шаке тако да је, сасвим извесно, накратко и крв у њима пресекао. Задржавајући смиреност у гласу, кратко се сложи:

— Имаш право. Само... то о чему ти говориш равно је подвигу!

— Како подвигу?

— Ето тако! Једноставно, равно је подвигу — нагласи Сергеј посебно последњу реч.

— Некада није било! — успротиви се још једном Иван Петровић.

— Некада... Не заборави да је и то време на које ти, видим, полажеш многа надања и само готово заборављено.

— Та, не може бити да је тако.

— Може, и те како да може — још одлучније потврди Сергеј.

— Забога, какви смо то онда људи постали?

— Што се мене тиче, мишљења сам да смо такви одувек и били, себични и једни другима туђини, само што смо, чини ми се, ту ствар уздигли до савршенства.

— Зар је тако? — и овај пут посумња Иван Петровић и тако као да покуша да ни у ком случају не прихвати немилу истину.

Сергеј се само невољно осмехну и пресече:

— Баш је тако. И никако другачије.

— Убити недужног студента, ма и сама помисао на убиство...

— Знам! — прекиде га Сергеј, поправи искрзалу крагну кошуље и додаде: — Али, видиш и сам да неки у томе не налазе баш никакву одвратност нити било шта што би их изнутра начело, изјело. Са тим једноставно и без испитивања савести наставе да живе.

— Мислиш да је Николај Мартиновић толико окрутан и решен да се разрачуна са нама и да нам напакости јер смо против њега посведочили у случају убиства студента Н.?

— Могуће је. А можда ће се и задовољити наслађивањем нашим страхом и тако нам у потпуности исцедити душе. Ђаво зна шта све може бити у мислима крвника.

— Да... Он сада има потпуну слободу.

— Слободу од које друге подилази језа и ствара мучан осећај застрашености — закључи Сергеј и предложи да, будући да је одвећ доцкан, оду на чашу доброг вина, ону навикнуту „Код Милије”.

На његово изненађење, Иван Петровић се са тим сложи без двоумљења и опирања, иако му је до само пре неки час изгледао као неко ко ни под којим околностима неће одустати од своје намере и свега оног што му је у глави правило пометњу и неред. Очи му изнова засјаше, а лице доби здравојарку боју. Загрливши пријатеља, заједно с њим закорачи у влажну и помало плесњиву варошку вечер, загушену испарењем од учесталих киша, надајући се да ће барем до наредног јутра бити ослобођен од грозничавих помисли и слутњи.

Ноћ се брзо спушта и без премишљања завлачи у сваки кутак, салутирајући као одан официр откривеном небу. Силна је и непобедива. Тек бледа светлост од многих електричних сијалица са улица донекле успева да наруши ту устоличену тмину. Преполовљен месец као магнетом привлачи заљубљене погледе младости која још увек не спава. Мирно је и још једном испочетка, у неком нарочитом, обавезујућем поретку, вековном, без претње за пролазношћу. Заиста, има човек чему да се радује и чиме да се наслађује. Јемчим да се лепоти живота, ма колико се то понекад чинило другачије, све покорава и служи јој. Готово све.

Уснуло је све осим звезда које тек с времена на време трепћу, намигују и некуда журе. Све осим њих и људских душа наднетих над варош. Душа живих.

... Сећање је снага мудрости 🖋

ГЛАВА II

Нећу тајити ни о томе под којим сам се околностима затекао у вароши. Признаћу, мисао о томе како бих заменио престонички живот и сву ту ларму закрчених улица за нешто потпуно другачије — живот у вароши са тек неколико дућана и једним јединим шеталиштем у које су се стицале све приче, исповести и јадања, за мене је била нека врста последње наде и нешто за шта сам се као утопљеник грчевито држао. Сада, када се осврнем иза себе, са изразитом поузданошћу и без и мало сумње могу посведочити да изненадна промена, неки до тада још неокушани ток и след ствари, човеку бременитих мисли и ретко зле среће, неизоставно може донети поредак у живот и, коначно, један виши разлог како би наставио да се бори.

Ноћима нисам успевао да заспим. А онда, ако би ме неким чудом сан и успео да завара, будио би ме звекет точкова по шинама. Метални, груб и суров. Гунђао сам и проклињао читав тај свет под светлећим рекламама, неретко толико обесмисленог садржаја да ме је од некаквог ужаса језа подилазила. Опирући се, невољно сам устајао из кревета и тетурао до прозора са тек нешто мало воље и снаге, тражећи очима било какву разоноду када им је сан већ толико био мрзак. Налазио бих готово увек исто — широку, осветљену улицу и тек понеког ноћобдију на њој. Углавном опијени, подизали би прст изнад себе, некоме претећи. Својој судби, извесно. Горак укус живота. И утрнули нерви од пића јер оно поробљава, али зар је то њима битно ако ће реалност, тако неподношљива и тешка, барем накратко ишчилети.

Није била реткост да се омамљени толико осиле (или тачније тај злуради дух боце) да без икаквог повода стану досађивати непознатом свету из великих фабрика које ће сат уредно пробудити и наредног јутра, тек што сунце извири иза оне друге, за њих непознате, сневане стране. Те људе из фабрика и строго обавезујућих животних задужења буди дубоко у ноћи, неповезана и ничим изазвана галама невољника са улице који су све, па и читав свој живот, подредили пороку од којег су силно страдали. Обично би се све завршило на негодовању и псовкама ових „одозго”. Љутито су претили кроз отворене прозоре тим „људима доле”, „људима нижег слоја”, „људима улице”.

Некако су ми поделе људи на такав начин одувек биле изразито мрске, јер ако бисмо из бескрајног шаренила људских глава издвојили простог, неуког, човека са лулом који заудара на јефтину ракију и различитим подвалама покушава да превари живот, и човека уредно везане машне, господског фрака и непроцењивих манира и учтивости, запрепастили бисмо се над чињеницом да разлике између њих готово да и нема! Углавном и једни и други исте ствари држе за нешто узвишено и чак на веома сличан начин размишљају! Истина, за њих се не боре подједнако. А на то да је мука — мука, и подједнако тешка свима, да је свако од њих осуђен на борбу коју сам у себи води или од ње одустаје, рашта и трошити речи? И уопште, због чега неки високо мисле о себи покушавајући да се тако издвоје од тог обичног света, од људи у чијем се карактеру преплићу врлине и мане, мени никада у потпуности неће бити јасно. Свакоме човеку треба указати љубав и част, без разлике, ма ко он био, јер је свако заслужује и од ње чак живи.

Једне од оних ноћи у којима нисам никако или тек мало спавао, силно ми је засметала та необуздана галама која је долазила испод прозора моје спаваће собе (бар је по својој намени за то била предвиђена, без обзира на моју несаницу). Разгневљен и преко сваке мере напрегнутих нерава, био сам спреман чак да се разрачунам са тим „ситним душама” које су затуриле часовник дубоко себи у џеп, а сваку пристојност давно заборавиле. У тим тренуцима прегазио сам преко нечега врло битног, преко нечега што сам чврсто држао за своје уверење — да човек свакоме, али баш свакоме, треба да укаже бар мало поштовања и да разуме, бар у некој мери, чак и највећу лудост и немар.

Истрчао сам из собе, севнувши очима, решен да запретим тим људима који су безобзирно досађивали другима, а неким чудом, поигравањем судбе или чиме већ, и мени овога пута. До те ноћи готово да ми нису ни сметали, напротив, у њиховом разузданом мрмљању и галами проналазио сам чак и некакву, истина чудну, разоноду. Због чега су ми тада засметали, иако њихов изглед, преступ ни у чему није био другачији од претходних, ноћима уназад, ствар је чисто резонска — ма колико се човек трудио да у свему буде одмерен и да увек на исто искушење реагује пресликано, немогуће му је да у томе остане истрајан! Разлог томе може пронаћи једино у себи и у расположењу свог бића које никада не мирује, већ добија увек неке нове облике. Јасно је да за овакав рђав поступак могу једино да окривим себе и да га припишем немиру своје душе.

Са подигнутим прстом и претећи, истрчао сам на улицу и стао викати, без власти над собом, одгурнувши Илију, некадашњег професора, толико силно да је главом ударио о плочник, обилно крварећи.

— Тооо... тттт... тт... то никако није у реду, младићу — једва је промрљао неко, тетурајући.

— Ударити старог човека, хмм... — сложи се други, сумњичаво ме одмеравајући испод ока.

— Ммм... мог пријатеља — још једном се неспретним језиком умеша онај први.

— Злочин. Злочин, кажем вам. Понижење за седу главу — пресуди трећи, не толико омамљен пићем да је ипак, слободног разума могао расуђивати.

Угледавши некада угледног професора како се обема рукама држи за главу не би ли зауставио крв, преплашен и зачуђен својом лудошћу, пришао сам му и стао се извињавати:

— Опростите, лудост моја... Заиграли нерви... Крварите ли много?

— Ништа значајно, младићу. Сигурно смо многима овако разуздани сметали — потпуно прибран и оним што се збило у потпуности отрежњен, гласом кривца закључи Илија.

— Пустите сада то... Него, осећате ли јаку бол? Боже, па Ви силно крварите — приметих и још једном се грозничаво стресох, свестан онога што сам учинио.

— Боли. Али није то ништа наспрам живота. Е, тај бол траје. Њиме сам надјачан. Злом судбом. Слабим карактером и пороком. И никако да се оканем тих својих рђавих навика. Можда то више и не желим... Или немам снаге за било шта, тек за неки нови почетак никако — неочекивано за мене, с обзиром на то да се налазио у јадном стању, замисли се превремено пензионисани професор над читавим својим животом и настави наглас да се јада и претреса по сваком кутку своје прошлости.

Све оно што ми је поверио, баш свака реч, као врх копља забадала се дубоко у моју душу и ја искрено стадох да саосећам са тим човеком изгубљена угледа, некада поштованог, а сада готово презреног. Приметићу да је људима промашене судбе некако нарочито лако да изнесу своју јед и горчину пред незнанцем, тек тако, без било каквог већег повода, иако добро знају да то неће пореметити њихову чаму и пропадање. Ако још и пронађу у тим људима било какву заинтересованост за њихов случај (мене је живо занимало шта је тог, некада угледног човека могло да натера да допадне оваквог стања), јемчим да су спремни сатима да им говоре о ономе што их мучи, што их гони све дубље у понор. У ништавило и пропаст.

Могу готово са сигурношћу да тврдим, без преузношења и гордости, да је Илија, од пријатеља усуда равних његовом прозван „Мргуд", видео у мени човека који му умногоме може помоћи, и поред оне немиле сцене када сам га, у лудилу нерава, само пре неки час, голим рукама бацио на земљу. У карактеру пијанца понос се најпре губи, а жеља да се ма коме изнесе та своја жуч, расте и надима се као квасно тесто. Тако ја и дознах да „Мргуд" заправо и не беше мргудна карактера док је био човек угледа и породичне среће, уопште, док му живот беше млад, једар и здрав! То своје присвојено, друго име које нам о човеку говори можда више и од његовог, личног, оправдао је тек доцније.

Тужна лица, невољно и грчевита стомака, говорио ми је о својој прококаној срећи у прошлости, о свом животу реда и поретка од кога му сада нису остали чак ни трагови како би му се барем неким чудом могао вратити. О ономе изгубљеном, заглибљеном у прошлости нашом кривицом и немаром, није могуће говорити без сете, љутње на себе и очаја, углавном. Илија је био изванредан човек, угледан професор и свакако један од оних којима безусловно треба указати част и поштовање! Ствар је пре свега људска — достојни су заслужни хвале. Е сада, због чега неки у процвату личног успеха, задовољства и испуњеног духа доживе готово непоправљив лом и пад, остаје некоме да се ваљано тиме позабави! Судба од које није било могуће побећи, можда вешто притајена гордост која лако извире у души оних који дотичу врх живота, или нешто посве другачије, крупније и још важније на шта човек једноставно не може утицати... нешто од свега тога је и Илију, потоњег „Мргуда” сасекло у коленима и оставило му само отпатке некада уредног живота, којима се, хтео не хтео, морао заситити. Равно је чуду како се готово са једним људским, кратким удисајем читав човеков живот срозава са врха до дна, уз прасак у души, неизбежан и болан. Као одваљена санта леда која неконтролисано почне падати у подножје планине, кидајући се и силно урлајући, тако се и живот човеков од све лепоте претвори у ругобу и пропаст, ненадано, за један трен, трептај ока само.

Остао је најпре без супруге, и са изразитом поузданошћу могу тврдити да управо то и беше почетак његовог пропадања. Разлог растанка супружника сигурно је касније и пресудио читавом његовом животу, а разлог беше тај што јој је силно досађивао и товарио јој на плећа кривицу немања порода. Лакомислена оптужба, али шта то чак и разумног човека попут Илије тера да поступа насупрот својим уверењима и племенитостима што као бисери красе људски век? И зар има ико, нађе ли се барем један, који на властитој кожи није осетио да у појединим случајевима не влада собом, већ то уместо њега чини неко други! Углавном, професор је убрзо изгубио све оно чиме се могао поносити — част, углед и наклоност среће. Почео је сумануто да се опија, омамљен, телом се заносећи улицама, са високо подигнутом обрвом, некоме тако претећи. Лако је разумети — беше гневан на све и недовољно јак како би прихватио тај нови, непознати живот губитника. Није се чак ни трудио да било шта промени, и управо та скрама очаја и лењости, немарности да се заустави точак кога је ђаво покренуо, убија многе душе!

— Ето, то је та моја прича, крајње једноставна и шупља, зар не? Мој усуд, а ја га бирао нисам. Свеједно, кривица не може бити ни на коме другом за мој промашај осим на мени самом. Своје бреме и крст сам носим. Тако је увек. И са свима — тихо закључи своју исповест и као да је запечати, незаинтересовано отресајући капут, тек тако, без потребе и повода.

Понудио сам му топао чај, пријатељство и разумевање, заинтересованост за тај његов случај, што њему беше неочекивано те стога, са смешком некада врло учтивог човека, одби. Благо се наклони (заостатак некадашњих учтивих навика) и пође низ улицу са оним једнаким несрећницима са којима је, очито, поделио све. А то све у њиховом случају беше мука, страст и пропадање. Вртоглави удеси. Израњављене душе. Пусте и усамљене. Од многих презрене. Ето како човек лако може допасти стања без смисла и утехе и то као да је опомена свима нама да над својим животом непрестано бдимо и поставимо се барем на педаљ испред њега како нас својим немилостивим чељустима не би самлео, прегазио све оно што са собом носимо. А нит од лепоте живота до његовог потпуног краха, танка је. И невидљива.

Оборене главе и неплодне забринутости за случајеве ових несрећника (забринутост сама по себи није довољна да се некоме помогне, напротив, чак ономе који брине само уноси чаму у душу) вратио сам се у своју топлу, широку и богато намештену собу, да у свом животу, барем ми се тако чинило, коначно направим рез, ма колико он болан био! По први пут су ми засметале старе, елегантне винске чаше, те их упрегнутих нерава у нераскидиве узде неког необјашњивог лудила, само једним потезом руке све сруших на под. Наравно, разложност овоме узалудно је и тражити. Моје душевно стање било је урушено и пре сусрета са несрећним професором и његовим пријатељима, па су њихови удеси и мој грех према Илији још више раздражили моју унутрашњост, чини ми се до потпуности. Од те вечери ја постадох самоме себи до крајности мучан и несношљив.

Јасно је — сну се тек сада нисам могао надати. У том нереду душе, те ноћи поставио сам себи један за мене заиста узвишен циљ, с обзиром на стање у ком сам се налазио — свести рачун са својим животом, извроути му све џепове и отиснути се у нешто ново, нешто још неокушано или ипак већ виђено и познато, свеједно је, али у сваком случају нешто што ће му дати смисао и чак лепоту. Опет, један факт, сам по себи несумњив и необорив, потврђен је и мојим случајем — човек се из неког разлога усправља само из потпуног пада, а не са његове средине!

Сусрет са Илијом и његова искрена исповест натерали су ме да разумем да пијанство, иако отврдла страст и голема стега, несрећа, није ништа у поређењу са пијанством душе од кога сам и сâм патио. Та моја омамљеност, чудновата игра нерава и њихова стална затегнутост, претила је потпуним лудилом! Више него икада био сам свестан озбиљности и тежине свога положаја. Веровао сам само у једно — треба отићи било где, било којим другим путем, само никако не остати на том старом, врашким лукавствима утабаном промашајима, јер је са њега претила коначна пропаст! Наравно, човеку који „реже" читав свој живот, човеку који пресеца потпуне крајности и различитости, онај први тренутак након доношења одлуке, а онда и дани који за њим иду, изванредно су мирни и спокојни, иако им је претходио неред. Ствар је посве једноставна — намучена душа у тренутку одлуке да се из ње избаци све гњило и труло, умирује се и чак радује и самој чињеници да следи нешто сасвим другачије и ново. Јемчим да је управо у томе богатство каснијег олакшања.

Исте ноћи дубоко сам завирио под покров своје прошлости. У њој пронашао раскошне, уметничке слике које су из неког разлога стајале расуте по поду, у једном углу собе, а не на зиду што би било далеко приличније. Човек који не поштује и не воли чак ни самога себе (моја зла коб која ме је дуго мучила), зар може поштовати туђи дар и дело, труд? Нарочито сам се обрадовао старој слици у још старијем, боје бронзе раму, на којој су вештом кичицом сликара живо пренета лица, све до најситнијих црта и детаља, мог оца и мајке, из времена младости и највеће љубави. Све то што је годинама остајало одбачено у разним кутијама и чак запечаћено, сада ми је представљало задовољство. Тако пронађох и своју диплому на коју сам заложио године труда, а онда је, својим немаром, никада више нисам ни погледао, до сада! Одложих и њу поред оних слика у старим и најразличитијим рамовима (било их је од сасвим једноставних до оних окованих и масивних од којих сигурно упућеном посматрачу застаје дах) као нешто што ће ми у мом „наредном животу” сигурно требати. Имао сам чврсту намеру да напустим увек будну и разуздану престоницу са једним јединим кофером, истина повећим, у кога ће стати све оно што сам тек од те ноћи држао за вредно и потребно!

— Препис између деде, генерала краљевске војске и његовог величанства, самог краља — ово је читаво мало богатство и иде заједно са мном — пресудих у једном даху.

— Указ о дедином ванредном унапређењу као награди за посебне заслуге у служби свом народу, церемонијалне слике са те, јамачно највеће свечаности у читавом дедином животу — Боже, па ово је читава ризница!

— Краљев говор на Крфу, забележен уредним, дединим рукописом — шта све овде има?!

— Лепота тела и привлачност жене — побогу, шта ће то заједно са овим ретко вредним папирима — намрштих се и бацих тај чланак из недељних новина који ће, сасвим извесно, неславно завршити тамо где и све друге сличне безвредности.

— Омамљени прељубом — о, какве ли накарадности — хватао сам се за главу и пребацивао на гомилу „за уништење”.

— Ово већ свагда треба носити са собом — стари, дрвени, очев крст и породична икона...

Било је ту свега и свачега, од тричарија и ствари које вређају људско достојанство (све то беше моје) до уистину непроцењивих вредности које су годинама остајале занемарене. Претрпан кофер затворих са муком и већ тада сам могао кренути. Одлучих да ипак одем у нешто већ познато, у Петрову варош где сам одрастао и ако ништа друго упамтио барем уске, камене улице на периферији, широко шеталиште и дрвени мост, посебно цењен од свих варошана. Али, у пет часова ујутро, у још увек непробијеној тмини, зар сам могао било куда поћи? Ако ништа друго, правило љубазног опхођења према драгим људима обавезивало ме је да ујутро уз кафу саопштим својој пријатној газдарици да одлазим (добро сам знао да ће то бити мучан тренутак за обоје јер смо се некако једно на друго свикли а уз то, она беше жена ретко добре нарави и карактера), да јој предам кључеве од стана уз учтиво извињење што неизоставно морам отићи. На моју срећу, она се тог јутра беше нешто раније пробудила. Стрчах низ степенште као гоњен и узевши дах пред њеним вратима, покуцах. Као и увек, и овај пут дочека ме уз учтив осмех и раширених руку пријатеља, наслутивши Бог зна шта већ када ме угледа како поцупкујем као на ватри, а тек што се било разданило.

Вредна је чуђења и непрекидног промишљања чињеница да човек коме се некуда жури, сваку своју мисао и сав свој труд тада полаже на испуњење онога што га гони и притиска, што му душу мучи док не дође до његовог остварења. Том науму и тој журби подређено је све и неретко се на крају, када све прође, читава ствар у потпуности заборави као нешто потпуно безвредно и непотребно. Али, сви се читавог живота учимо стрпљењу како готово ништа не бисмо сматрали толико неодложним да не може још неки дан да се крчка, да сачека. У нестрпљењу се мало мисли и стога много греши, тако да нас оно за шта мислимо да се одмах мора десити, може скупо стајати. На сву срећу, то није био и овај мој случај.

Соба Марије Димитријевић сигурно беше једна од најлепших које сам тада виђао. Богато осветљена дневном светлошћу, украденом широким прозорима, без стида се откривала у својој пуној лепоти. У оним дугим вечерима у којима би Маријини пријатељи остајали код ње у разговору до касно, светлост је долазила одозго, са раскошног лустера велике вредности. Укусно размештена софа и полица за књиге, високо и једро цвеће у необичним саксијама украј прозора, непребројива гомила најразличитијих ситних драгоцености, све то указивало је на једно — Марија беше једна од оних жена широког духа, великог господства и трајне жеље за редом и поретком, са урођеним смислом за склад и лепоту.

Као омамљен и тог јутра сам посматрао прекрасну порцеланску шољу из које сам увек пио кафу и, ма колико то чудно било, њена готово до савршенства доведена израда, барем накратко, уразумила је моју ужурбаност. Лепота траје и носи увек исту моћ, једнаку снагу да оплемени душу како би могла замахнути крилима. Приметивши да по ко зна који пут посматрам ту за мене чудесну шољу и да коначно мирно седим у удобној, једноставној старинској фотељи (јамачно она беше вредно наследство), Марија уз осмех кратко закључи:

— Да, већ знам шта ћеш рећи. То да је тај комад порцелана теби нарочито леп и мио.

Тргох се из омамљености оним што је без сумње врло елегантно и привлачне спољашњости те се без двоумљења сложих:

— Изузетно је леп! Сваки пут ми се учини још лепшим. Овакве префињености сигурно никада не могу досадити.

— С правом тако говориш — потврдно климну главом Марија, не скидајући поглед са мог лица, као да је на њему желела нешто да прочита.

Постаде ми скучено и непријатно и при самој помисли да треба да јој саопштим нешто тако важно и да нећу моћи још дуго да околишам. Реших, не без двоумљења и потешкоће, да јој одмах наговестим шта је разлог моје посете тако рано.

— Марија, Ви знате колико је мени угодно у соби коју ми ево већ трећу годину дајете у закуп уз све оне повољности које нуде једино благородне душе. А цена за све те угодности је, то сам Вам већ више пута и рекао, скромна. Ваше разумевање за мене и мој случај тј. за то да немам много новца, јако ме је дирнуло, још на почетку нашег познанства. Стекли сте моје дубоко поштовање, наклоност и пријатељство. Уосталом, то и сами знате. Дивим се ширини вашег срца и љубави. Али... — и ту застах, без могућности да изустим било шта. Тежак тренутак, а тада се лако посустане.

— Али... Али шта, драги мој? — покуша да ми настави прекинуту мисао.

— Знате, одавно нисам био у Петровој вароши, а тамо сам одрастао. О томе сам Вам већ и говорио. Али, сама прича о њој мени више није довољна. Равно је проклетству и безумљу заборавити прошлост и не осртати се за собом — покушах да јој наговестим оно што ћу јој можда већ у наредном тренутку и саопштити, без довијања и помало необазриво.

— Хоћеш да кажеш да је време да проведеш у вароши неки дан, можда сада за викенд?

— Не, Марија. Заправо, да. Да, управо сам то хтео да кажем — неспретно се сложих.

Била је изненађена мојом несигурношћу и вероватно је већ нешто и наслућивала.

— Сигуран си да само то имаш да ми кажеш? — упита ме бојажљиво.

— Да. У ствари... Не само то — ништа мање неспретно наставих. — Има ту још нешто, само... верујте да ми никако не полази за руком да Вам то саопштим. Увек сам страховао од крупних речи. Ја чак ни у оним уобичајеним нисам нарочито вешт. А тек ово... — и овај пут мисао ме изда и побеже, скривајући се накратко.

— Шта може бити тако крупно да ти је тешко мени да кажеш? Дала сам себи за право да те за све ове године сматрам искреним пријатељем, а међу пријатељима не би требало да буде нелагодности — примети, а онда као мало се премишљајући додаде: — А ни тајни.

— Наравно. Слажем се. Само... ово што сам намерио да кажем има везе и са Вама — мало сигурније наставих.

— Тим пре, говори.

— Марија, ја заправо хоћу да се одселим у Петрову варош. Једноставно, овде, у престоници, не проналазим ништа више што би ме задржало. И не само то. Престонички живот ми је постао мрзак и неподношљив. Ето, то сам хтео да Вам саопштим и због тога сам Вам овако рано јутрос и дошао. Опростите ми на мојој неуздржаности и нестрпљењу. Знам да ме разумете. Ствар је коначна и ја желим још данас да отпутујем.

— Разумем — рече и ослони се лицем на дланове, замишљена, мало и изненађена мојом одлуком. — Свакако могу да разумем твој отпор према бучном шаренилу престонице. И да будем у потпуности искрена, и сама понекад пожелим да се барем накратко повучем негде дубоко у унутрашњост, у неку провинцију где свако свакога познаје и јутром му се јавља. Мада, ја сам на ову ларму одавно свикла. Хоћу да ти кажем само још нешто... — и ту застаде, као нечим ометена, провуче танке прсте кроз плаву, уредну и врло лепу косу, па продужи: — Знај, ма куда те живот повео, ићи ћеш и ти са њим увек у стопу. Где год намерио да кренеш, мораћеш да понесеш и себе. Своје радости, али и удесе. Расположења свога бића и тајне о којима се не говори — тихо закључи.

— Даааа... — невољно се сложих, знајући да ми је Марија овим потврдила једну истину: да се живот мења изнутра, у самом човеку, а све оно што покушавамо мимо тога, све оно спољашње, само може бити од некакве скромне помоћи, али не и довољно да нешто крупно промени, тек никако читав живот.

— Не брини. Биће све онако како треба. А требало би да буде добро — покуша да ме одобровољи.

— Биће. Биће, свакако. Верујем да хоће — некако неуверљиво се сложих.

— Него шта! — тек онако, као за себе, Марија потврди и одмах потом продужи: — Неће та твоја чама и празнина душе трајати довека. Знаш, овде се увек можеш вратити. Биће ми драго да те поново видим — сетна, уз уздах поново се замисли.

— Хвала Вам, Марија! Хвала на свему, а било је пуно тога за ове године — само по себи из мене је излазило благодарење тој племенитој жени широке душе, спремној да свакога и увек разуме.

Устали смо одједном и тако као да смо обоје желели да учинимо крај овом тешком тренутку, а после ћемо се већ некако сами изборити свако са својом самоћом, она овде где је како то сама рече, навикла, а ја тамо одакле сам давно отишао (то је исто што и бити истргнут из корена, јер то тамо је сада за мене потпуно неизвесно и непознато). Чврсто смо стегли једно другом руку. Погледи нам посташе издајице. Откривали су нерасположење, тугу и туробност коју растанци са собом доносе. У том, за нас великом и тешком тренутку, нисмо имали снаге да се гледамо дуго и равно у очи, нити да стојимо тако још задуго. Поздрависмо се уз до тада неуобичајене речи, носећи у себи свако своју жуч и распеће. Њој, удовици, тек никако није било лако, али ето, она је чврсто гурала живот жељна новог јутра, росе и цвата липа, јутарње шетње кад све мирише на вечност и лепоту, жељна песме... Жив човек. Борац до самога краја! Непосустали витез са визијом коју годинама чува у себи. Бог би знао каквом.

На перону беше не мала гужва, а тада људи себи најлакше допусте различите дрскости себичњаштва. Престаје чак и она најмања пристојност која је, судећи по ономе колико је човек у општој пометњи необзиран, пуко лицемерје или, у најбољем случају, само жеља да се покаже барем мало уљудности. Људе лако можемо да проценимо у два потпуно различита случаја: у потпуној, разузданој гужви и у осами. Готово по правилу, многи су у првом случају силни и одвећ гласни, себични и безобзирни, а у другом готово да их и нема, неприметни су — од самоће презају и од ње се чак крију или беже! Стога и толика галама на перону, јер свако држи своју реч и „право” над другим до изнемоглости.

Продавац цвећа, један од оних ретких добричина, не може чуду да се начуди иако годинама гледа тај исти немарни свет који је увек готов на свађу, макар и ону најмању! И њега самог гурају, пробијајући се кроз то шаренило глава и проклињући дан, гужву, свој усуд... све! Једни другима прелазе преко кофера док своје чврсто држе у шакама да их не би можда неко и нехотице закачио. Све то беше један исти свет, туробан и незадовољан најпре другима а онда и самим собом (незадовољан собом невољно и тек мало), а ту напретка нема, јер чему води то вечито стављање кривице на другога? Зар се тиме шта може променити?

Из опште разузданости издваја се проседи човек у поодмаклим педесетим, неукусног кроја сакоа и орловског носа, некоме претећи:

— Остави се тога, подлаче превејани, иначе... — и ту му се глас изгуби, западе за ресицу, те стаде чврсто стезати шаке шкргућући зубима.

— Седа старино, боље би ти било да гледаш своја посла ако мислиш да стигнеш тамо где си наумио — отресито загалами и надви се над њим младић, мимо сваке сумње „лупеж са перона” који је свој „посао” довео готово до беспрекорности.

— Пази ти њега! Краде па се осилио толико да још и прети. Гаде покварени — пљуну неко према младићу.

— Краааааадем...? — као изненађен тиме повика младић па продужи: — Видим ја да вас је више са којима ћу морати да се разрачунам — подиже увис стегнуту шаку још једном запретивши, а онда се окрену ка ономе ко се осмелио да га изједначи са лоповом, унесе му се у лице и осорно записка: — Знаш ли ти, клеветниче, да се за ту ствар иде на суд?! Срамота! Само да ниси тих година, сад бих те... — па још једном замахнувши руком, запрети.

— Са ким би ти да се разрачунаш? Тек што си се од мајчиног млека одвојио, а тако се осилио — умеша се трећи, тек да читаву већ запаљену ствар још више разбукти.

Очито, ова се опаска никако није свидела младићу те се он, гоњен крвљу која му је ударила у главу и која ионако мало размишља, хитро проби кроз гужву, шчепа оног за врат, зверски га гушећи. Притрчаше она двојица и тако човека спасише сигурне смрти.

Некако се и то заврши уз псовке, гуркања и многе претње, тек на другом крају, на самом улазу у воз неко је гласно негодовао што воз касни већ четврт сата, а њему се, ето жури. Циркус увек има неколико тачака, истина неједнаке снаге, и ниједна од њих не може да узме сву пажњу присутних. Све ово подсећало је на неку врло смешну сцену само што су улоге кловнова узели сасвим обични људи.

— Одакле пристиже тај воз? Биће из Москве?! — јетко је псовао човек ситних, црних бркова кондуктера који је до тада, и сам чекајући, мирно пушио лулу.

— Ено ти га отправник тамо па њега питај — незаинтересован за овај случај показа му кондуктер руком у правцу омалене управне зграде у којој је, разуме се, и câм отправник седео и, то се многима чинило, решавао судбе свих који некуда путују, јер је, по њима, искључиво од њега зависило да ли ће ред вожње бити испоштован.

— Ја да га питам?! Њееега...? — издужено промрмља овај.

— Њега, разуме се. Њега, него кога би ти? Мени можеш само карту да покажеш и то онда када ти је затражим — гласом човека који има „моћ”, барем у овом случају, одсечно одговори кондуктер, очигледно љутит што сваки час мора да вади лулу из уста како би некоме нешто објаснио, иако за то није додатно плаћен.

— Ма идите бестрага и ти и он — не уздржа се и поскочи љутити путник, машући картом у руци.

Кондуктер га мрко погледа испод ока, спреман за наставак препирке, али се овај, на срећу, удаљи и стаде нервозно шетати унаоколо по перону.

Навикнут на све ово (често сам путовао шинама јер сам у томе налазио некакву очараност) мирно сам ушао у воз којим ћу се одвести до Петрове вароши и који, на моју радост, полази тачно на време. Тих неколико сати, путујући, обишао сам читаву вечност, чини ми се сваки њен кутак. И даље сам веровао да ће се све решити, тек тако, само од себе, само да стигнем... Наивно веровање, равно заблуди. Ипак, осетио сам неко олакшање заједно са оним дивним, још неотрованим варошким мирисом, и то је било довољно за почетак и за једну скромну срећу. Уморних корака, али растерећен у доброј мери, задовољан донекле, корачао сам преко старог дрвеног моста једноставне градње, загледан у људе чије судбине готово читав један век спаја. Био сам сасвим близу. Близу неком новом животу, у то сам без и мало сумње био уверен.

... Највећи пркос смрти је борба

ГЛАВА III

Јутро Ивану Петровићу није донело ништа ново. Ништа што би му истргло мисли из једноличног, равног и готово мртвог тока забринутости и неверице. И она чаша вина синоћ „Код Милије”... све је то само пусто заваравање онога чиме се човек мучи, па иако је тако, олакшање се тражи свуда и у свему.

Пробудио се нешто раније него обично и некако само по себи то је указивало само на једно — лоше је спавао те ноћи, извесно. Пљуснуо је хладном водом по лицу неколико пута, нервозно. У томе не беше оне навикнуте ритуалности као што обично бива са свим стварима које упорно понављамо читав живот као нешто што се само по себи подразумева и што није подложно било каквом испитивању, већ се прихвата потпуно уобичајено и неизбежно. Скину старачку, отежалу скраму са очију које су много тога виделе, дохвати се тањег мантила, господског и врло лепог, стави чак и шешир (надирао му је дубоко на чело) и тихо, како не би пробудио супругу Наталију, пође ка вратима.

Човек од реда и поретка (постоје и таква убеђења и верујем да су оправдана), читав свој живот чврсто држи у уздама и по одређеном редоследу, по правилу, како се неким случајем не би прекинуо или можда пошао неким другим, нежељеним током, и управо због тога чак ни тако крупна ствар (Николајево пуштање на слободу то заиста беше) ни овај пут није пореметила оно уобичајено „јутарње правило” које је Иван Петровић без грешке, готово на исти начин, увек понављао. Узе штап украј комоде (никако се није могло десити да буде на неком другом месту) и са болом у леђима спусти се како би помиловао Жућка. Псето му се нестрпљиво обмотавало око ногу вртећи репом од силне радости што ће и овај пут и он ићи са својим добротвором по хлеб и дневне новине — више од тога Ивану и Наталији није ни требало. Старост је у прохтевима, у жељама, веома скромна.

Узе ситан новац, потребан за ту прилику, и стави га у џеп. Без сумње, сви продавци су га по тој навици упамтили и, само они знају зашто, на томе му бескрајно захваљивали. Он би само климнуо главом потврђујући нешто што се, у то је био уверен, само по себи разуме и што ће, сасвим сигурно, учинити и следећег јутра — са пажњом ће издвојити тај ситан новац, „судбински” намењен баш њима. Наравно, у овом чину ни јутрос није било ничега чиме би се човек додатно могао позабавити тако да Ивану Петровићу оне туробне мисли од претходне вечери осташе непокорне.

Дуж читавог пута Жућко се поигравао, весело му поскакујући око ногу. Беше то заиста веома леп пас, непотрошно веселе нарави, дуге, жуте длаке (по томе је и добио то своје једноставно име), задивљујуће памети и посебно живахних, чак немирних очију. У знак задовољства увек је на исти начин махао својим кратким и помало смешним репом укруг, изазивајући смех у људи, јер мимо тога што му реп беше смешан он га је чак и вртео на веома необичан начин, што је само повећавало забављање присутних. Свакако, добро је осећао старчева расположења тако да би понекад знао лежати испред заложене пећи сатима, гледајући га испод очију, једним делом прекривеним повеликим ушима, не би ли му он дао било какав знак како би му, и поред његовог лошег расположења, одмах потрчао.

Иван Петровић ни овога се пута не задржава у куповини. Њу је сматрао само нужношћу, добровољном обавезом. Вративши се, одложи штап украј комоде, на исто оно место одакле га је пре неких четврт часа узео. Скида мантил, лоше воље и мрштећи се. Мимо сваке сумње, вест да је Николај пуштен на слободу и да је поново у вароши, на њега је оставила дубок траг, урезујући се под кожу и силно га мучећи. На софи, не много истараној, широких, дрвених и изузетно масивних наслона, седи Наталија, жена лица наранџине коре, његова вечита подршка и нада. Она га је разумевала у свему готово пола века. Јутром се будити поред вољеног човека, поштовати сваку његову мисао и трептај ока, сачувати га у срцу толике године, у свакој првој и последњој помисли у дану среће, али и страдања и потешкоћа — то може само жена велике љубави, ничим мерљиве, и кадра да разуме, па и када затреба чак и оћути, опрости и истрпи.

Наталија, жена љубави! Жена чедности. Вере и верности. И оног широког осмеха, искреног, кога ништа не може скрити. Љубав везује људе. Али и обавезује! Нуди и пружа потпуну слободу ономе кога волимо. Коме верујемо. И коме се увек, па макар то и потајно било, надамо. Угледавши га, устаје и шири руке према њему. Загрљај дуго потраја. Чврст је и олакшава и једном и другом. Жена спушта његову слутњама отежалу главу на раме и тако дуго поћута. Речи нису неопходне, па чак нису ни потребне људима који се разумеју срцем и само једним уздахом. Потребом. Жељом и погледом. Крајичком ока загледа му се у руке које је испружио низ тело. Руке навикнуте да благосиљају. Да милују и стварају. Заболи је његов бол (осетила га је можда свом јачином), дубоко уздахну и у леђима се исправи.

— Нека. Нека тога, Иване. Враг однео зебњу и слутњу — тихо му рече.

— Ех... Драга моја... Када би то могло... тек тако... Мрви живот и не пита — пожали се Иван нерадо и одмах затим заћута.

— Живот треба волети! Теби је барем то увек било лако, тек онако, у пролазу.

— Не спорим. Право кажеш. Волим ја живот, свакако га волим. Да је неким случајем другачије, не би ваљало. Не иде да се човек једи на свој усуд и своју срећу па каква год она била. То није добро.

— А шта је онда? Ива-не Пе-тро-ви-ћу! Чујеш ли ме? Шта је онда? Треба ли човеку више од тога?! Воли и благосиљај оно што ти је пружено и тиме буди задовољан.

— Наталија... Говориш ми као да то и сам не знам. Али, није све у томе! Није довољно само волети живот.

— Није?

— Опрости, али није. Нисмо ми у свету да бисмо судили једни другима, то се разуме само по себи, али да станемо и заложимо све за правду, за истину, за човечност... то морамо! Дужност је то, разумеш ли?! Дужност! Обавеза! Злочинце треба казнити!

— Докле, Иване? Докле! Имање ћемо можда изгубити у убеђењу да је све по закону. Да тако бити мора. И? Зар ћемо тиме шта постићи? Добра су убеђења све док од њих не почнемо да трпимо штету, а то може бити овај случај са Вуком Ивановићем. Тај би и најрођеније без двоумљења преварио само ако од тога има било какве користи! И? Мислиш ли да ће му макар савест приговорити ако нам узме наше? Такви немају ни зрна части нити поштења и чак мисле да је то што чине у реду. Да тако треба. И тај закон... што не заштити недужне? Коме сада ми да се пожалимо? Хоће ли ико чути наше гласове? Да нам не узима наше. У туђе не дирамо нити смо. Само наше тражимо, од очева наслеђено!

— Нека, жено! Готово ће бити и то са Вуком. Ако нам и узме то што је наше, зло му не упамтило. Нека се само на томе заврши, ђаво да га носи.

Наталија спусти поглед тако хотећи да нешто, чини се врло важно, сакрије од њега. Наивно је веровање да је људима који се добро познају тако нешто могуће. Наслутивши да се дешава нешто врло рђаво, Иван Петровић поскочи, повуче је ка себи и повика:

— Говори!

Она стаде као укопана жалостећи се што ни овај пут, као ни до сада, неће успети да прећути и тако сакрије истину од њега, да га од ње сачува. Мораће да му каже оно што ће га сигурно намучити и још више га оптеретити. Несигурно, премишљајући се, неспретно покуша да започне разговор о нечему сасвим другом и небитном, као да је то сада могуће, али је Иванова забринутост у томе прекину.

Има једна црта у карактеру племенитих људи, вредна пажње и дубоког уважавања (њу је Наталија свакако имала) — у тренуцима бола и душевне патње онога за кога се боре и кога воле, такви карактери се труде да учине чак и оно што је готово неостварљиво и што захтева велику упорност и снагу (све су то углавном умни људи, резонери) да одобровоље оне до којих им је стало тако што ће им скренути мисли у било коју страну, само да не остану под теретом слутње и тешке муке. Тим необично милим људима такве намере, учињене или изречене како би, истина мало вероватно, скренуле ток тешких мисли оних људи које воле, пристају и природно се утопе у њихову већ богату благородност. Нажалост, све се обично заврши само на покушају, јер је човека обремењеног бригама, распетог патњом и муком, немогуће тек тако заварати, иако је намера њима блиских људи добронамерна. Ако ништа друго, остаје та племенитост благородних душа и њихова жртва без рачунице да како помогну.

Наталији зебња запрети читавом бићу. Требало је некако рећи све оно што њеном супругу сигурно неће бити драго да чује. Нешто што ће му у души изазвати још већи јед и бригу. Суморна слутња не да мира. Понекад човек нема где склонити главу и одморити је барем накратко од потешкоћа и туђих злурадости.

— Вук... — некако отпоче — запретио је поново. Каже, овај пут ће се лично разрачунати с тобом. Не треба му суд! Теби ће он бити закон. Превремена смрт. Погибија.

— Бог с тобом Наталија! Шта то говориш?! Он да ми пресуди? Тај подлац који се о нас огрешио још и да нам суди?

— Не говорим ја ништа сама од себе. Он тако рече. Био је ту, испред капије, само четврт сата пре него што си се ти вратио. Одбила сам да га пустим унутра. А он галами, прети и чак псује.

— Псује?

— Псује, помиње чак и мртве!

— Нитков. Хуља. Изгредник и лупеж каквог варош није упознала. Шта сад хоће? Прети? Чиме?

— Говорио је узнемирено и као неко ко себе више не може да обузда од лудости. Мало шта сам успела да разумем. Знам само да је поменуо оног несрећног студента Н. и да он располаже неким фактима које си ти, каже, вешто скрио. И да су сва она сведочења против Николаја Мартиновића лаж и обмана за јавност. Прети како ће можда још сутра у нашем недељнику освануги истина о случају студента Н. а ти ћеш, ако реда и закона има, ускоро бити иза истих оних решетака иза којих је Николај читаве три године неправедно пропадао.

Иван Петровић поскочи као да му је неко подметнуо усијано жезло под ноге. Очи му се помутише испуњене једом. Лице доби нездраву боју цимета, а онда плану и оста тако мучећи га жаром. Ухвати се штапа и, за њега неочекивано и туђе, изгуби у потпуности мир и стаде нервозно корачати с једног на други крај простране собе, ударајући врхом штапа о под. Све ово пратио је болан уздах човека оклеветаног туђом подлошћу и злобом.

— Иза ре-ше-та-кааа... — нагласи Иван Петровић. — Ја иза решетака? Овог пута нећу посустати да се изборим за своје. За своју част и достојанство. За истину! Нећу, тако ми ове седе главе. Тако јутро не дочекао, изборићу се за све оно у шта читав живот верујем. Ако има вере у Бога, у правду, и снаге у овом нашем народу, једном засвагда стаћемо на реп онима што нас годинама тлаче, понижавају клеветама и гоне! Овога пута претераше! — како то рече, тиме као олакшан, седе и замисли се.

— Претераше! — тихо и уплашено закључи Наталија.

— Свему дође крај. И свима. Некоме у миру, а некоме... Ма шта је мени до тога?! О томе нека сами мисле ако памети имају — пљесну рукама и помало одсутно, сад већ прибран и умирених нерава, погледа кроз прозор низ улицу.

Јутро је већ разоткрило сваку тајну вароши. Назначило лепоту и изнова покренуло све и свакога. Неки се озареног лица распитују за здравље пријатеља, други, опет не оклевају да чине пакости, па макар и оне најситније. Има и оних што се лицемерно наклоне познаницима у пролазу у знак великог поштовања, а онда им без и мало смутње подмећу ногу на њиховом путу којим сами не могу ходити, а хтели би. Не прашта човек човеку уредан, здрав и успешан живот, упакован онако по мери срећом и ситним задовољствима. Вековно је то проклетство! Зачуђујуће и ужасно.

Са варошке пијаце на праг Ивана Петровића куцају речи благодарења, али и проклињања, псовке и читав метеж између трговаца. Готово све их је знао, и то не онако, површно, већ са дубоким промишљањем о свакоме. Размиче драперије у један крај прозора и тако се још занесеније упушта у завиривање у туђе судбе. Није то чинио само из пуке радозналости, већ из заинтересованости за сваког човека, за његову невољу, његов крст, али и за његове лудости, похлепе и злочињења. Стари превејанко, накупац Тимотеј, обилази све и завирује свуда. Тај је свој „занат" добро наплатио. Ако је веровати на реч Павлу Васиљевићу (са њим је Иван Петровић имао и одржавао нарочит однос, без сумње му веровао и поштовао га, увек код њега пазарећи) тај Тимотеј био је један од оних људи што су нашироко на злом гласу, али неким чудом, тај зао глас му никако и никада није нашкодио. И даље је и то са још већом ревношћу (да, са ревношћу јер и људи готово никаквог морала могу имати ту црту у карактеру, истина залуд заложену), препродавао по неколико пута једну исту ствар, туђим знојем стечену. Можда у томе и нема много места за изношење пред суд о моралној исправности таквог чина, али вредно је пажње и свакако, великог гнушања то што је продавао драгоцености за које се јамачно знало да су украдене. Тако је варошки судија ту, на пијаци, на своје опште запрепашћење, пронашао свој у наследство добијени позлаћени сат који му је неким „чудом" нестао. А „чудо" је било у томе да му је с пролећа, када шеталиште у вароши врви од разгаљених глава жељних сунца, Тимотеј у општој гужви скинуо тај вредни сат са руке, зналачки и вешто, тако да то овај није ни приметио. Наравно, Тимотеј је упорно побијао факт да је тај сат, изнет на пијацу са осталим скупоценостима, судијин, и тако га јавно још и унизио. Судија је дуго после овог немилог догађаја проклињао све оно што је годинама студирао — закон и теорију о њему. Несрећник, био је у потпуном очају. Да ли због могуће подмитљивости, недостатка ревности и жеље за редом и поретком, због невољности или чега већ, надзорници су Тимотеја остављали на миру чак и онда када су имали јасан доказ за неки од његових кривих случајева. О њему ће бити речи и касније, јер су такви људи свакако вредни пажње и дубоког промишљања о њима и њиховим поступцима, о подлости на коју полажу много и из које ће, барем се тако увек надају, добити корист. Уосталом, учинио је нешто толико дрско и човека недостојно да би био грех не споменути и тај случај.

Иван Петровић, као уморен од дугог загледања у туђе судбе и размишљања о њима, навуче драперије и крену поново ка софи на којој је седела Наталија немо га посматрајући и одмеравајући му сваки поглед. Сваки покрет. Свакако, много је једноставније затворити се у већ извучене црте свог живота, властитих хтења и потреба, не размишљајући превише о другима, о њиховим удесима, мукама, али и нитковлуку и изгредима сваке врсте у неких. Има благородних људи за које је човек и све оно што се с њим збива посебан закон и нешто што је изнад свега! За људе таквог карактера испод је части и достојанства, на које иначе много полажу, да ћуте и скривају поглед када силни у својој уобразиљи стану тлачити „мале” и „јадне”. Иван Петровић је на читаву ту ствар полагао све што је имао — живот и чврсту вољу да барем нешто промени.

— Седи — благо му предложи Наталија. — Није добро чак ни за младог човека да се толико кида око свега, да га све дотиче и да све сам покушава да реши. Читав сам живот уз тебе и знам добро за јачину твоје воље да правда увек и из свега извири и прогледа. Али, плаши ме та твоја узнемиреност и брига! Тело ти неће издржати. Сачекајмо мало. Решићемо то већ на неки други начин. Не може се све за дан и пола ноћи завршити. Не иде то тек тако — забринута лица предложи му да о свему, ипак, још једном добро размисли.

— Од овог бољег начина нема — уверено дочека Иван. — Сам ћу предухитрити нитковлук. Докле да ми тај Вук прети? Докле, питам ја тебе!? Да барем знам због чега све то ради и да за то има какав разлог... Овако... Овако се више не може!

— Пусти. Можда је јутрос дошао тек да би се поигравао са нашом судбом и да би, видећи како због његових пакости трунемо, сам добио насладу у томе — још упорније стаде да га уверава и чак наваљује како он поново не би ушао у отворен и, сигурно, врло непријатан сукоб са тим наопаким човеком.

— Све и да је тако као што говориш, да је све нека његова сулуда игра, опет... одакле му право на то?! Још после свега онога око очеве земље! Кажем ти, неки претераше у свом безумљу и пакости, а кад је већ тако, наћи ће се и они што ће им пресећи наум и помрсити им злобе конце.

— Да, наум је таквим људима врло рђав...

— Рђав и опасан! — прихвати Иван Петровић одобравајући.

У потпуности свесни важности онога у чему су се сложили, погледаше се и накратко заћуташе.

Наталија је кршила прсте, нервозно, уз болан израз лица. А болело је са две стране — прво, то што међу људима има и оних који се толико осиле да стану сметати и угрожавати поштене и смерне, а друго... болело је због боли супружника и немогућности да га убеди да се окане нечега у чему је ретко ко успео, јер савршене правде, на несрећу свих благородних људи, овде, у свету, нема! Поправљала је рукаве на својој цветној блузи, неспретно од тескобне раздражености и муке, као да је њој, жени у тим годинама стало до тога, а заправо само је покушавала, без успеха, да у сенку којом су и она и њен супруг били прекривени, унесе барем трачак светлости и неке умирујуће необавезности. Али, како? У томе се крила читава мудрост! Како када им душе због Вуковог нитковлука западоше у стеге и тако укљештене болно се стадоше ломити?! Ипак, у свему што их је задесило, њихово узајамно разумевање и годинама учвршћивана љубав, били су толико јаки да се некако све издржавало. Јаду се супротстављало! За дивљење је снага ових двоје стараца. Са друге стране, колика неразумност тлачитеља! А између њих — огроман јаз. Ни са чим премостив. Непомирљиве различитости и убеђења.

— Опасан... опасан, хмм... — сложи се Наталија и продужи: — Него, кажеш... претераше? Ко?

— Ко?! Вук Ивановић и Николај Мартиновић, ђаволима дружба. Чула си да је Николај пуштен на слободу, мимо сваког поретка, закона и човечности?! И не само то! Његова дрскост сада прети људима који су посведочили шта се збило оне кобне ноћи са студентом Н. Тврди да је све то лаж и измишљотина, да он нема никакве везе са тим случајем!

— Шта то говориш? Николај! Пуштен је на слободу?

— Пуштен!

— То не може бити!

— Свакако да не би могло да је реда и поретка, закона и части и да свако то поштује, овако...

— Биће да је онда због тога Ирина, жена Павла Васиљевића, јутрос била тако узнемирена. Само ми је махнула и рекла да ти Павле поручује да неизоставно вечерас дођемо. Каже, има с тобом око нечег врло важног да разговара. Глас јој дрхтав, рекла бих не мало је уплашена.

— Видиш! Сада ти је све јасно. И Павле Васиљевић је на суду без бојазни сведочио против Николаја, а овај сада припрема освету. Због тога нас Павле и позива да дођемо. Разумеш?

— Срећнија бих била да не разумем, али разумем, све сада разумем.

— Крвнику изгледа да није доста зла.

— Може ли бити? — још једном сумњичаво упита Наталија.

— Може — без двоумљења, уверено јој одговори.

— Зар је могуће да се због убиства није горко покајао?

— Наталија, зар се сви људи кају? Шта то говориш! Некима то као да и није могуће.

— И, кажеш, прети?

— Прети!

— Нека нам Бог је помоћник, иначе... — стаде слутити Наталија, одмахну главом и устаде са софе, затечена истином. Тешко је човеку благе нарави и чистог срца да поверује да постоје и такви људи који бедра опасују злобом. Благородне душе, честите и незасенчене тмином, готово увек до чврсте одлучности за супростављањем доводи свака вест о неком најављеном злу, о претњи миру и сањаној срећи. Не може човек за живота проћи мимо патње и страдања. Питање је само који су улози. И ко се за шта бори. Непомирљиве супротности вековима режу вратне жиле једна другој. Не могу честитост и љубав у човечанству да истрпе похлепу и злобу. Уосталом, у томе би била потпуна издаја свих идеала и веровања у савршенство које чека, далеко негде скривено, или је оно можда негде дубоко закопано у нама.

... Само ће истрајни у правичности наследити венце славе 

ГЛАВА IV

Павле и Ирина Васиљевић живели су на великом имању на самом крају вароши, и то су нарочито наглашавали, поносни, кад год би им се за то указала прилика. У томе су, очигледно, обоје видели неко нарочито преимућство, благодат и лепоту, можда чак (ни та мисао није без оправдања) и смисао читавог живота. Скроман и повучен живот, одвојен од других, живот у миру. Не по законитости, али јамачно по неком неправедно подељеном усуду, управо таквим људима они са друге стране, ниткови и подлаци, помрачују ту животну светлост за коју се читав свој век труде како би је имали у изобиљу. Коме су они могли засметати, мимо сумње врло благочестиви и праведни? Коме, кад никоме чак ни оштру реч нису упутили? На несрећу, има под овим свитком небеским толико зрелих развратника, лупежа и преступника сваке врсте који не гледају ко је ко, већ подједнако злобе свима — угледном и поштеном човеку подједнако као и онима себи сличним. Код таквих људи зла мисао је зараза и све друго томе је подређено. Могу напакостити и Васиљевићима, и уопште свим људима који нешто држе за свето, до крви ако треба. Николај Мартиновић, преступник закона и одступник од части, зар мари за углед и поштење њихово?! Добро се распитавши о свему још у притвору, сазнао је да је и Павле Васиљевић, накнадно, посведочио против њега у случају студента Н. и сад, као из кавеза одбегли лав, кидише на његову застрашену душу. А Павле, као сваки разуман човек, забринут за своју и судбу своје породице, потражио је помоћ од људи равних себи. Тешко је изнети сам на плећима толику муку и притешњен злобом под њом се не угушити. Уосталом, величина пријатеља није у свечарским ноћима, већ тамо где се душа сужава од тешкоће, вапије и кида.

Васиљевићи су имали добру навику да угосте верне пријатеље са којима би, с пролећа, понекад остајали у разговору све док зора не сазри. Били су то дани до ситних детаља смишљени за радост и срећу и време када душа у човеку од силног добра хоће да искочи. Али, као што то по некој помало можда чак и суровој законитости обично бива, све оно што је извезено ретко пријатним тренуцима надања и усхићења, чврстом вером и наслађивањем добром у изобиљу, не траје вечно. Иако су Ивана и Наталију Петровић дубоко поштовали и несебично се трудили да код њих увек изазову осећај олакшања и радости, сусрет са њима те вечери никако није могао бити пријатан. Понекад није довољно бити окружен добрим и честитим људима да би срце од радости устрептало. Има дана када оно, притешњено слутњама и стрепњом, остаје оковано и згрчено ма ко да му се нашао у близини. До чуђења је застрашујући факт да силина зла којим неки људи обремењују друге толико може да намучи човека да се он, несрећник, у тој пометњи никако не може снаћи, барем испочетка, нити лако истргнути из ужасних руку које вуку к себи, у пропаст. И равно је потпуном запрепашћењу колико тих злих сила вређа и досађује једром и благородном поретку у човеку, не би ли га барем окрњиле, ако не и у потпуности урушиле. Свему томе одлучно се супротставити, зар је лако?

Без обзира на муку и због ње истргнути мир и једних и других, Петровићи и Васиљевићи поздравише се широким осмесима у знак искреног и отвореног пријатељства. Ирина се, удобно сместивши драге госте, накратко повуче у кухињу. Особина је племените душе да свакоме колико може удовољи и укаже част и наклоност, посебно онима за које је пуно тога везује, осећај потпуног поверења најпре.

Чај је почео да гунђа на врелој плотни и за тили час већ беше изнет. А онда, као да се нечег врло важног досети, Ирина подиже прст уз оно уобичајено: „Аха" и тако се извинивши за своју „несмотреност" још једном оде у кухињу како би из кристалне посуде понудила свима слатко од трешања. Беше то жена изузетно јаке воље и урођеног осећаја за ред, па чак и за мале, не тако битне ствари. Да је неким сучајем у потпуности заборавила на слатко (иначе нестварно пријатног укуса), вероватно би то себи данима пребацивала као да је то нешто од чега је много тога зависило. Поређења ради, има људи који се и према веома крупним и значајним стварима односе крајње неодговорно и расејано, а она је придавала значај и детаљима, па је лако наслутути какав је став имала према ономе што је истински важно. Извинивши се свима благо спуштене главе у знак нелагодности (иако за то није било баш никаквог разлога), спусти кристалну чинију најпре пред Наталију и прозбори:

— Добро сте нам дошли, Петровићи.

— У добру вас увек и налазили — прихвати Наталија и окусивши слатко од трешања, не промаче јој да похвали вредне руке које су га спремиле:
— Код тебе је, као и обично, најукусније.

— Признајем, ето, мало сам се потрудила — поново као да се стаде извињавати Ирина, скромна и срамежљива, нехвалисава.

— А где вам је Марта? — одједном примети Иван Петровић.

— Даје часове виолине судијиној кћери. Можда је већ и завршила с тим — укључи се и Павле, иако се по његовом изразу лица јасно могло видети да је нечим врло притешњен и да се са великом муком суздржава да не започне разговор о томе што га тишти, тек онако, без претходне најаве.

— Дивну кћер имаш, Павле Васиљевићу. Дивну. Понос родитељима. То сам увек говорио, не пуким случајем, већ разложно.

— Имаш право — сложи се Павле.

Иван закрену фотељу ка њему па продужи:

— Чујем, заволела је Андреја, Вуковог сина?

— Не знам да ли ће се то с њим свршити онако како би она хтела. Онако како у својој невиности машта и заслужује. Крв је наследна! Благодатна или заразна.

— Сигурно мислиш на Вука кад помињеш крв?

— На њега, извесно.

— Стрепиш да Андреј није налик оцу?

— А ко не би био забринут за судбу своје кћери ако за оца њеног изабраника поуздано зна да је обичан нитков и клеветник?! Кажем ти, брине ме та Мартина готово опседнутост сином човека који не мари за част, већ злоби без смућивања. Уосталом, ти то најбоље знаш.

— Даааа... — откину се издужено одобравање из Ивана. Он мало поћута, замисли се па настави: — Али, није правило да ће син бити раван оцу. Карактер још нико није добио у наследство!

— Није. Само... питам се ко би му био узор да постане карактеран, од кога је могао да учи и добру се научи? Од кога, кажи ти мени.

— Не страхуј. Добром карактеру не треба узор колико чврста воља!

— Нека буде да је тако — невољно се сложи Павле и упита: — А ти и Вук...? После оног првог и бешчасног парничења око земље, остави ли те на миру?

— Ђаво да га носи — наједном сав уздрхта Иван Петровић. — Јутрос је долазио. Прети ми тиме како читав случај око убиства студента Н. држи у рукама и да ће све бити објављено у недељнику. Каже, има доказе да сам ја умешан у то. Докази су таквим људима клевете! Ја то знам, али, опет... Изједа ми душу његов крајњи нитковлук и не могу чак ни да наслутим шта из свега тога може изаћи. Ипак, он је чиновник кога због користољубља поштују многи, у вароши угледан, иако за то не може бити баш никаквог одобравања. Јер, чиме је он заслужио тај углед?! Само... може бити да ће у новом спору, ако до њега дође и ако изнесе какву клевету у варошком недељнику, његова реч вредети више од моје. Клеветом ми је и очеву земљу наумио да отме. Нитков. Хуља. Још ако се сада удружи са Николајем... Помрачења њихових душа могу ми наудити.

— Због тога сам те и позвао да ме неодложно посетиш — закључи Павле Васиљевић и погледа у Ирину. Њој је, свакако, све било јасно. Разумела је да Павле жели да остане насамо са Иваном Петровићем те стога, сасвим природно и опрезно, како ни у кога не би изазвала осећај нелагодности, предложи Наталији да оду у другу собу, с чиме се она без противљења и чак врло радо сложи. Имале су и оне о чему разговарати.

Иван Петровић је, пунећи лулу, жвакао мало парче дувана, тражећи у томе изгубљени мир. А онда, схвативши шта чини, поскочи и стаде нервозно тумарати по соби. Павле га је гледао са запрепашћењем, у великом чуду. За читав га живот није видео у овако јадном стању, готово равном безизлазном вртлогу. До сада је веровао да је човеку попут Ивана Петровића немогуће да не држи све конце личне судбе у својим рукама, да је увек миран и сталожен, без изузетка. Ипак, можда тако значајне ствари које су силно притискале старца могу променити и њега самог, читавог човека, а не само његово расположење. Иван Петровић је одмахивао главом у чуду над самим собом. Људи његовог карактера у гложењу и неправичности, у пакости охолих, увек пронађу један виши циљ да тој туђој лукавости стану на трбух. Истина, некако је требало поднети и навикнути се на то страно стање духа, до врха испуњеног узнемиреношћу, не малим страхом и зебњом од онога што се нечија дрскост може осмелити да учини. И управо та издржљивост и јака воља да се изборе са злим дусима који нападају и нарушавају мир, чини од таквих људи хероје, витезове живота.

Историја није, или је само нерадо бележила страдања окривљених, оних што су остали без части и достојанства, без поштења и тако начинили некакав преступ својом вољом, јер такви су само добијали по својој заслузи. На њих, рашта исписивати дугачке повести и тако им у некој мери још указати и част?! Ако су страдали својом кривицом, услед неког свог изгреда и тако праведно осуђени, зар има у томе ичег вредног помена или величања? Али, има људи, великих у свом благородству, који чак и ако нису стављени у повести људске, својим животом и делом остају урезани у нешто што је много веће и величанственије — у сваки дамар неба. Такви говоре из свега — из камена и цвета тако постајући вечни. Никада не умиру јер им се име изговара са посебном пажњом и усхићењем, са осећајем великог поштовања. Јер, за живота су страдали жртвујући се до кости зарад више идеје коју су следили до смрти — идеје правде и чврстог уверења да човек треба да стави на жртвеник оно најбоље што има како би се истина устоличила. Није реткост да су ти велики људи понекад и сасвим занемарљивог и неприметног положаја међу људима. Ето, и Иван Петровић је само простодушни дрводеља, човек малог, готово никаквог угледа по мерилима света, али веома поштован од људи равних себи, од честитих и поштених који исто мисле и делају као он. Зар такво признање није веће чак и од дијамантима украшене круне?

Иван Петровић наједанпут застаде насред собе и као неко ко је управо пронашао решење за све што га кида и ломи, усправи се потпуно у леђима истуривши груди напред, заузе држање снажног младића, али истовремено и старца који у сваком тренутку зна тачно шта хоће, заблиста обневиделим очима и јасно, нагласивши сваку реч, као да обећа Павлу:

— И за смрт се нађе лек! Наћи ће се и за ово што нас мучи, тишти и ломи.

Павле га погледа испод ока проверавајући у себи сваку његову реч, и сâм се у њих утврдивши, одсечно повика:

— Добро говориш! Имаш право! Мора бити тако!

— Не може клевета људска бити већа од закона. Од реда и поретка.

— Не може! — ипак мало подозревајући, несигурно се сложи Павле с њим.

— Опрости ми, али Вуково понижавање ја нећу више трпети. Знам да је он отац изабраника твоје кћери и да ћеш сасвим извесно с њим морати да оствариш однос, али то нема никакве везе са мном ни са мојим случајем који се тиче њега.

— Побогу, Иване брате! Па то што је Марта силно заволела Андреја, не значи да ћу ја остати равнодушан на Вукове злобе.

— А шта можеш ту учинити? Шта?

— Не знам, али нешто морам подузети како не би, искористивши блискост двоје младих људи и мени стао да досађује, можда и уцењује различитим подлостима?! Са таквим људима не можеш никада бити начисто. И само Бог зна на шта су и због чега све спремни.

— Имаш право.

— Отац си и сâм. Разумеш ме сигурно. Није моје да се мешам у Мартин живот до те мере да јој забраним љубав према Андреју. Уосталом, љубав бранити није ни часно нити могуће. Због ње је човек спреман да учини оно што ни у ком другом случају не би учинио. Љубав пише свој закон. И њој је све могуће. Ни од чега не зазире и у лудости се понекад упушта. Али, опет, сама је себи оправдање за све, јер човек ни за шта узвишеније не зна нити ће икада сазнати!

— Пусти децу, Павле. Из те њихове блискости можда васкрсне и онај нитков?!

— Кажем ти, у њихова осећања не дирам. Не може човек потпуно пронићи у суштину онога што не види, што неко проживљава сасвим лично и дубоко. Сан срца нико не познаје до Бог који га је и саздао. Шта ја могу знати о томе што је Марта дубоко закопала у своју душу? Само сам је, као што би то сваки отац учинио, упозорио да буде обазрива са Андрејем како у јагњету напослетку не би пронашла вука. Једном повређено срце часне жене која верује у лепоту и сву величанственост љубави, тешко је залечити. Не бих да јој се то догоди. Да јој можда душу Андреј не рани. Разумеш?

— Јасна ми је твоја брига. Ипак, Марта сама бира своју срећу. У томе смо сви слободни.

Ова истина као да помало уплаши Павла иако је и он сâм у то веровао. Замисли се набравши чело и мучно се стаде напињати као човек обузет боловима. Видевши пријатеља колико страда од исцрпљујуће забринутости, Иван Петровић му приђе и чврсто га стеже за рамена:

— Хајде, стари мој! Испашће то све на добро. Није Андреј ни налик Вуку. Частан је младић. Ја га барем знам као таквог.

— Нека је у Мартино здравље и срећу ако заиста није раван Вуку! — прихвати Павле.

— Није!

— А шта ако ипак због оца силника и он сам страда?! Ако је многих слабости у карактеру јер му нико није показао ваљан пример? Шта онда? — подозрење није престајало да досађује Павлу.

— Пусти Марту нека сама то процени. Нека расуди добро о свему. Уверен сам да је то већ и учинила. Оштроумна је и проницљива.

— Право кажеш! Можда у читавој тој ствари и нема места за бригу!

— Тако је. Нема! — још једном покуша Иван Петровић да разбије подозрење у Павла јер, знао је добро колико се њиме мучио.

— Него, оно због чега сам те позвао...

— Знам! — прекину га Иван и продужи: — Страхујеш сигурно због тога што ти Николај сада прети.

— Душу ми исцеди сазнање да је пуштен на слободу — пожали се Павле.

— Ти си накнадно посведочио да је он убио студента Н.?!

— Тако је.

— Ваљда наше речи заједно имају већу тежину од његових!? Уосталом, због тога је и тамновао. Због злочина и сведочења о њему. То су факти, али опет... И мене све то силно мучи, приметио си и сам, зар треба шта о томе да ти говорим?!

— Јесам. Како и не бих. Ја те таквог не познајем. Узнемирен си и расејан — потврди Павле.

— Околности могу променити расположење, можда чак и читавог човека! — закључи Иван.

— И? У овом случају, шта је паметно чинити?

— Нисам сигуран. Али, обећао сам себи да ћу овај пут истерати читаву ствар до краја.

— Зашто ти? Ниси ваљда толико угрожен, Иване Петровићу!

— Чак и да нисам, угрожено је људско достојанство и све оно племенито у човеку. Све што сам увек држао за велико и свето. Зар онда да будем равнодушан према ономе што се збива?! Уосталом, кажем ти, она хуља ми прети неистином и њеним изношењем у јавност. Тај подлац, Вук, помиње недељник и како је решен да се побрине да у њему освану неистине, све саме клевете на моју штету.

— Забога, због чега те тај човек тако силно гложи?

— Не треба злој ћуди повода нити разлога.

— И то што кажеш — сложи се Павле па продужи: — Предузећеш нешто?

— А имам ли бољег избора?!

— Али, шта забога?

— Још о свему пажљиво размишљам. Другачије и не може кад је ствар тако крупна! У једно сам сигуран: нећу чекати да се клевете злобника толико осиле да на крају за друге постану стварност. И ако изгубим неким случајем ту парницу око земље, нећу изгубити част! Ни веру да зло не може потрајати довека!

— Имаш право. Враг је појео шалу са све закуском. Треба нешто учинити и то што пре.

— Треба! Синоћ сам видео Сергеја. Он, за чудо, успева да задржи мирноћу и здраву памет. Биће нам и његово мишљење и помоћ око свега овог потребни — извлачећи преостали део дувана и чистећи лулу, закључи Иван Петровић.

Павле стаде климати главом у знак одобравања. А онда охрабрен овим и верујући у Сергејеву умешност и довитљивост, поскочи, пљесну рукама и стаде се живо занимати за њега, те како је он и како он гледа на читаву ствар, показујући велику жељу да се и с њим што пре види.

— Знаш где га увече увек можеш наћи — набора Иван Петровић чело, подиже обрве и продужи: — Навику да сваке вечери одемо „Код Милије” на ту једну, судбински баш нама намењену чашу вина, још увек уредно држимо.

— Видиш, толико сам пута намерио да се тамо барем надвирим. Да одморим душу од равних дана и свега онога што мучи, гони и притиска.

— Сад имаш разлог више да ипак нађеш времена за ту чашу вина са нама — предложи му Иван и погледа га испод ока.

— Вредело би видети старог пријатеља и о свему овоме поразговарати. Учен је и, за разлику од нас двојице, има многа познанства у вароши која би нам могла користити.

— Право кажеш.

— Радо ћу доћи „Код Милије”.

— На задовољство свих нас.

— И зарад једног вишег циља — замишљено и помало одсутног погледа закључи Павле па продужи: — Чини ми се да овај народ остаје без идеје. Без вође. Без потребе да другоме испружи руку. Да посведочи истину када затреба. Неко то неће из страха, неко из равнодушности.

— Због тога смо ми ту, Павле Васиљевићу — одлучно рече севајући очима. — Ми ћемо учинити оно што можемо. За убиство студента Н. нема ко није чуо у вароши. И сви знају истину о томе коју неки сада хоће да преврну наопако. Знам да ће се многи из страха повући. Да неће желети да имају било шта са тим случајем. Само да то не учините ви који сте посведочили, да ко из неког разлога не промени свој исказ и тако нам науди, мада, ја за тебе и Сергеја могу да јемчим да ћете остати чврсти правдољупци.

— Не одступам, Иване Петровићу! Ни педаљ! Истину сам увек говорио и ако треба још једном ћу је и на суду потврдити.

— Онда у овоме нисам сам — охрабри се и Иван.

— Ниси — потврди Павле.

— Пружи руку у јемство!

— Ево руке и ево поштене речи — уверљиво узвикну Павле и с тим као да обојици лакну. Као да је тиме већ све унапред решено.

Јасно је и без нарочитог расуђивања да је човеку муке, ономе ко је до пола покопан тежином својих брига и готово надљудских намета, прогона тлачитеља, чак и сама помисао на неку врсту заједништва са људима исте или сличне судбе, радосна и прихватљива. Она се једноставно намеће као олакшање. Заправо, она и јесте онај замајац који покреће све, читавог човека, како у очајању, притиснут несрећом не би пао на коловоз живота који немилосрдно кида и меље све пред собом.

Има једно правило, законитост, да уколико се макар и два човека удруже око исте ствари, мимо сумње значајне и узвишене, не постоји баш ништа што би их спречило да испуне тај свој „завет", судбински њима намењен призив. Заиста, у заједништву, у окупљању живих душа ради остварења светлих циљева, крије се једна величанствена снага које, нажалост, многи нису ни свесни. Или, једноставно, у њу не верују. Али, потреба за коначном победом добра, потреба за победом лепоте над ругобом различитих облика, и жудња за духом братољубља, човекољубља и оданости закону Божјем, осмишљава читав живот и човеково постојање. Да је другачије, шта би могло објаснити толику оданост и ревност старца, Ивана Петровића, да се једном засвагда разрачуна са људима којима је тај закон Божји, па уопште и људски, онај природни, у човека чини ми се самим рођењем утиснут закон поретка и савести, само мртво слово?! Дивљења је достојан факт да су људи идеала, високих мисли и уверења, исправног и честитог живота, људи огромне снаге и полета, без обзира чак ако су и у дубокој старости. И, насупрот томе, као и свака друга вековна, ничим помирљива различитост, људи без оног, па макар и зрна моралног, без савести која љуто сагорева душу, без осећаја за туђу муку и патњу, они који друге гложе, људи су слабости и на крају, сасвим извесно — губитници заслужни казне због распуштености душе у којој нема места за љубав и милост према другима.

Дубоко верујући у ово, Иван Петровић и Павле Васиљевић, чврсто су решили да своју судбу узму у своје руке и да се њом ваљано позабаве. Јер, препустити ствари случају и не супротставити се уколико је то потребно, или што је још теже, препустити да други одлучују у наше име, кукавичлук је и повређивање људског достојанства. Не може онај ко барем и мало држи до својих уверења очекивати да се неко други у потпуности заузме за њега док он незаинтересовано избраја дане и у њима ленствује и оклева! Човек од врлине — човек је и дела! Обично се такви уздају једино у помоћ одозго, свише, и од ретких људи у којима могу пронаћи оданост и исто уверење које их, на крају, и повезује. Оно их води истим путем ка том вишем, светлом циљу који су дубоко урезали себи под кожу. А ако човек искрено зажели и поверује у срцу да ће се његов добри наум и остварити, на крају се беспоштедно и заложи за оно у шта верује како та његова вера не би постала слепа, већ реална и остварива. И увек треба да има на уму да је добро одређено за победу, али и да је за то потребан наш мали залог.

Иван Петровић чврсто стеже Павлову шаку, заблиста очима и чак се широко осмехну, задовољан што у наметнутој борби против силника више није сам, јер, ето, и Павлу Васиљевићу је превише свега. Истина, и разговор од синоћ са Сергејем, упућивао га је на ту мисао, али од Сергеја није добио коначну потврду заузимања око исте ствари, као што је био случај вечерас, у дому Павла Васиљевића. А када два врлинска човека један другоме пруже руку у јемство ради заузимања око истог случаја, то се може сматрати чак заклетвом од које се, само по себи казује, никада не одступа! Посета дугогодишњем пријатељу још једном је оправдала поверење и учврстила односе између ова два човека. Задовољан због указане му части, подршке и поверења, Иван је у веселом расположењу напустио дом својих пријатеља, заједно са супругом.

Сумрак се већ одавно спустио на Петрову варош. Тежак и влажан. Сакрио сваку тајну, барем до новог свитања. Мост који годинама спаја душе варошана, затворени дућани, летњиковци начичкани на оним местима која измамљују највише уздаха одушевљења, широко шеталиште које по сунцу врви од људи, све је то сада везивала једнака судба — осуда на дубоки сан. Више није било оне богате различитости, јасно уочљиве дању, када је сунце украс свему. Овако, чинило се да се читава варош претопила у једно згуснуто тамно клупко у коме готово да и нема места за посебно издвајање у том општем безличју. Једино је крст на варошкој цркви, осветљен из различитих углова неуморним рефлекторима, указивао на оно што увек траје, без сна и предаха. Указивао је на вечно. И загушене уличне светиљке, са једном другом, скромнијом намером, инатиле су се до потпуног исцрпљења тој општој тмини, од чега су понекад, неке од њих, до зоре и згаснуле.

Дугом, уском, гранитним коцкама поплочаном улицом, корачају двоје стараца. Без речи. Свако притешњен до бола својом муком. А помоћи, барем се тако чини, ни у предворју. Ниоткуда. Истина, може се рећи, и то са извесношћу, готово потпуном, да их је посета Васиљевићима обоје барем мало одобровољила, охрабрила и дала оно зрно снаге како уморних колена не би посустали. Иван Петровић се мрштио сваки пут када би прошли испод уличне светиљке која је из неког разлога, или можда чак и без њега, нешто јаче светлела од осталих. Боре око очију би му се прошириле, а он уста кисело развукао у једну страну, тек тако, ненамерно.

Гледајући у уличне светиљке како жмиркају, размишљао је: „Електричне сијалице... И удобност широких фотеља са масивним наслонима за руке. Тековине цивилизације. Мимо сумње, напретка. Опет, чему све то када увек остаје она вртоглава запитаност и вековни, неразјашњени и до исцрпљења толико мучни страхови у човеку. И патње. Мука и бол. Понижења и увреде.”

Питао се, и због тога му је лице у појединим тренуцима постајало мрко. Тешко је разумном човеку који увек за нечим трага! И, готово по правилу, као проклетом, да му неко ко му није достојан ни воду принети, помрачује и кида живот, комад по комад, сладећи се и ликујући. Људи од разума, врлински и од великих идеја, обично су презрени од света који увек тражи и намеће само једно — опште безличје и служење застрашујуће тесним формама некаквог лажног и трошног благостања које човек треба сам од себе да створи. Ово је само у равни наивних маштарија, а они, који се у то маштарење не упусте, биће распети и презрени! Ругоба света би, да како може, бацила сен и на све оно што осмишљава и улепшава човекову стварност, али и сан о вечном блаженству. Ипак, лепота тог истог света која ниче из камена, шапатом говори са извора и небом се осмехује, побеђује све и траје вечно! Тој мисли Иван Петровић служио је у зноју и крви. Све је дао и жртвовао за то лепо, чудесно и непроцењиво у животу обичног човека. И све без прорачуна и дангубљења! Веровао је и био сигуран у крајњу, толико сневану и дуго призивану победу добра над свим духовима палости који би, да само како могу, читаво човечанство заразом ништавила у потпуности опустошили.

... Лепота на крилима анђела снева

ГЛАВА V

Сат откуца подне. Николај Мартиновић невољно се придиже из кревета и поче тетурати по замраченој соби без и мало свежине, ударајући у све што би се нашло пред њим. Гунђа и мрзовољан негодује. Душа му урушена и сваким часом прети да му се на комаде распе под ноге. Много тога га гони на крајњу безочност, на неосетљивост и тупост, на ужасне мисли, а тек што се беше расанио.

Дубоко се накашља, издужено и суво, и тако још више појача онај општи утисак заглупљујуће устајалости, немара и нереда у запуштеној соби. Из уста му је заударало и на дуван и на претходне ноћи испијено вино, тако да је тешко било одредити шта је од тога више изазивало тај ужасан задах од кога би човеку уредна живота мучнина силно досадила. За слободу је држао нешто што је равно потпуној распуштености и разврату сваке врсте те се он, читав мај те године (тада се већ беше ослободио окова тамнице), силно опијао и уживао у ситним пакостима, газећи преко своје слабашне заоставштине људског достојанства и блатећи своју личност готово до мере непостојања. У људима свакојаких преступа и рђе, душевног чада који прети да угуши и оно зрно заосталог благочешћа, у свакој речи, по изразу лица и покрету тела, уопште, по свему, лако је препознати суровост којом се руководе као нечим што се само по себи подразумева, а заправо је једино достојно сваке осуде.

Судбина људи вечита је тајна, дубока и недостижна чак и највишим умовима. Нико не може знати шта се све може збити само са једним човеком — не може се чак ни наслутити. И читав тај процес што се заплиће, руши и изнова диже и надзиђује у сваком бићу, као да нема краја нити сигурна пута. Ко то са потпуном извесношћу може потврдити своју намеру и оно чему ће служити читавог свог века и то без колебања, без лицемерја и двоумљења, одано и искрено, без испитивања својих уверења? Сумњам да има и једнога. Човек се ломи, грчи и трага, узвисује и унижава. Умире и изнова рађа. Вечити, незаобилазан усуд. Читав је живот вртлог и сам по себи намеће велику одважност како би се у њему опстало.

Николај је од човека изузетне моралне чистоте, готово беспрекорне, од оне уљудности и достојанства за уважавање и дивљење, постао злочинац и за неверицу заглибљени преступник. Не само што је био виновник несрећне судбе невиног студента Н. — он је чак то своје лукавство, превејаност и окрутност довео до те мере да је у њима чак почео и да ужива. Само велики људски немар, неопрезност и потпуна распуштеност нутрине (чак и накратко само) може од моралног направити човека најдубљег пада који ноктима заривеним у туђе душе, кида их и одваја на комаде. Такве је тешко променити, одвојити их од чињења даљег злочина, а опет, са друге стране, онај савршени, унутрашњи закон у човеку тражи од нас да их не осудимо! Напротив, и њих треба заволети, и то искрено, прихватити их у том њиховом најдубљем паду очајника. Веће уметности од ове (ко у њој успе) нема. Са друге стране, ни мисао да су злочинци достојни казне не треба стављати под истрагу, у испитивање и сумњу, јер у том закону лежи читав поредак човечанства и сам од себе просто се намеће. Између те љубави према свакоме, па макар то био и најокрутнији преступник и тог тешко обориг закона кажњавања због учињеног злочина, лежи потпуна неизвесност шта ће, на крају, својом силином превагнути. И поред свих учињених преступа (пре свега убиство студента Н.), судити Николају, за човека од љубави просто није прихватљиво нити могуће. Ко воли, прашта! Не суди! Опет, не би ли то било несавршенство оног свише спуштеног нам закона да крвници остају некажњени, и да поред свих својих злочина несметано и даље досађују другима својим подлостима?! И заиста је између ова два чврста краја, читав човек и све оно што се с њим збива. Да ли ће љубав надјачати закон или његова силина љубав? Не бива увек исто. Некада је та несравњива љубав према човеку, праштање и милосрђе изнад закона о казни, а некада тај исти закон ништа не може померити ни педаљ! Има и разлога томе. Није човек некаква сува и једном дата форма правила па да му се увек може наслутити и та његова крајња судба.

Николаја нешто још увек држи од тог коначног, крајњег суда. Тај суд и није у рукама човека. И то је добро. Препустити човеку да решава судбу другога човека, услед наше палости, зависти и различитих неправичности, никако не би ваљало и на срећу па то и није могуће. Иначе, таква судница човечанства уколико би и била могућа, мора да би личила на ужасну долину у којој би свако свакога пљувао и газио, оптуживао га за све и свашта, а за самог себе увек проналазио оправдања. Заправо, људи то и раде. Али, не могу то чинити довека. Нешто им, напослетку барем, везује руке. Некакав закон изнад њихових глава, потпун и непогрешив!

У магли властитог немара што му изнова изнурава душу, нервозно се грчи у стомаку и сапличе о неред запуштене, мрачне собе. Можда би читав живот ставио у залог само да је то и могуће као што то чини очајни коцкар, за само један тренутак мира и живота обичног човека. Или му је можда овакво стање душе постало природно, навикнуто?! У време тамновања могао је са собом да сведе рачун, беспоштедно и покајнички окривљујући себе, али он то није учинио. Неко други сигурно би. Човек је тајна, дубоко скривена. И толико је различитости међу људима! Свакоме од њих, ипак, нешто нас вуче, па макар и онај осећај припадности да смо сви ми, уопште узев, врло слични, ако ништа друго оно барем у несавршености. Смеса коју увек треба изнова обликовати.

Навикнутом на таму и ужасан задах ћелије, није му сметало што се свуда између зидова његове у закуп узете собе провлачио тешко подношљив, устајао ваздух. И засторе на прозорима готово да никад није подизао. Мраку бића одговара пригушено светло из неког угла собе, мутно и слабо, и то тек да се намештај у њој може назирати. Поједини људи потпуно свесно и са чврстом намером бирају себи пут порока, страсти, злочина и мржње! И још та врашка очараност злобом и чак жеља да се из тог магновеног круга никад и не изађе већ да се потпуно покори злим дусима и својим страстима, није ли ништа друго до беспуће по ком се гази уморним корацима, а оно је равно самоубиству!

Иако се пробудио уз тупу главобољу, приближи пламен како би га горчина запаљеног дувана омамила и још више му умртвила нерве. Потпуно промишљено и с намером ишао је против самога себе путем самоуништења, желећи да покопа што дубље чак и сваку помисао да било шта промени у свом животу. Можда је чак хтео и да себе чиме отрује, али док се већ на то не реши, док се то не деси, ужасна га жеља гони да напакости још некоме, ако ништа друго, барем из забаве. Свом бићу, души препуној мемле, био је највећи тиранин, ликујући увек када би могао још више да је закали, да је затрује било каквом подлошћу. Чак је у томе проналазио и нарочиту драж, очараност мишљу да ни дно пада, као ни висина људског узлета душе, не може бити коначно, да му нема граница и да је њему самом могуће да још дубље утоне у таму своје пропасти, тамо где светлости нема ни у трагу, где је хладно и лишено сваког, па и оног најмањег, осећаја љубави и човечности, где све постаје празнина и тупост, ништавило. Да, човек може мрзети себе, можда чак и са већом страшћу од мржње према другом човеку, решен да себи пресуди, да сведе рачун са животом самоубиством, а да претходно угаси последњи пламен жеље за рађањем изнова, за било каквом променом. И за чудо је колико такав човек може бити обузет помамом да самом себи науди, да себе смести у прошлост. Очајање, некад због учињеног злочина, некад због чега другог, свеједно, мртвило је душе и њен ужасан оков.

Заваљен у фотељу, увлачи дим брзо и дубоко као да је намерио да што пре сагори плућа, да осети бол и у томе, о чуда, он ужива! С времена на време удара јако шаком о дрвени наслон, тек тако, из пуког забављања. Нешто промрмља, тромо и безначајно, без реда. А онда, јетко севнувши очима, стаде разбацивати све по соби. Све осим папира са давно изреченом пресудом за убиство студента Н. Њиме маше испред себе и прети, гласно изговарајући имена оних који су се осмелили да говоре истину и да је посведоче у његовом случају.

У стиснутој шаци остаје му угашени жар од дувана. Није чак ни променио израз лица, иако га је жар, без сумње, болно пекао. Тешко дише и саплиће се о лењиве мисли. Сваки му је покрет тром и тежак, а поступак непредвидив. Јер, може се десити да ће још у наредном тренутку позвати служавку Василију и запретити јој ако му није спремила јело по његовој вољи, или ако га само погледа онако како то он не би хтео. Надмен и охол човек налази нарочито задовољство у томе да намучи и зубима свог лудила покида нечију преплашену душу (служавка је с правом била ужаснута и преплашена при сваком њиховом сусрету), и то чини тек онако, из неког наопаког задовољства. Ономе ко је читав свој живот подметнуо под ноге злочина и различитих подвала, урасте под кожу сулуда потреба да увек другоме науди, ма како, са поводом или без повода, свеједно. У томе Николај ужива! Јер, изазвати страх у невиној души, па барем и најситнијом пакошћу, за такве је весеље и разонода којом се боре против само њима познате и врло чудне учмалости.

За Николаја се никако не може рећи да је привлачне спољашњости, нити да је ружан. Црномањаст, зашиљеног носа, црних набора око очију и готово до самих усана истањених бркова. Неодређеног погледа и свакако мргодног лица. У читавој његовој појави, умногоме безличној, ипак, издвајало се нешто што је остављало нарочит, језив утисак. Очи су му биле врашки живе и гореле су буктињом зла и жељом да ђаволу како год послужи. Све друго на њему било је некако уобичајено, подношљиво чак. Али очи... Смрт и дим пакла. У њима наопака моћ да другога уништи.

Из доњег дела нечега што је личило на радни сто вади пиштољ, очигледно пажљиво угланцан. Ставља га испред себе, одмах поред урамљене, велике фотографије студента Н. — његове жртве. Пакосно се насмеја, гласно и уз нељудске крике, а онда узе пиштољ и удаљивши се у крај собе, зауставивши дах, стаде нишанити... Опијен том игром оболеле душе, повлачи ороз иако у цеви метка нема... У својој развраћеној уобразиљи изнова и изнова убија студента Н. И тако све док не засити глад помраченог ума... А онда, пажљиво пребрисавши пиштољ, враћа га у корице и насувши вино у чашу до врха, „наздравља” студенту Н. Овај ритуал држи свакодневно! И са истом, ужасном страшћу.

Свет убице мрачан је и тесан. Зачаран. Без сна и здраве мисли. Прогони га заоставштина савести коју је немогуће заобићи, поравнати је. Од савести која иако само накратко зареже, оставља траг жилета!

Вечита опомена убици. Његов највећи немир и небрат. Можда је њоме баш сада Николај и поражен и огољене душе притеран уза зид. Јер, након уживања у изопаченом ритуалу, из груди му се оте уздах немоћног, пораженог човека. Брзо се умири, забаци главу у наслоњачу, чврсто је стежући рукама као да му је у том једном једином тренутку откривено све оно од чега је бежао скривајући се под плаштом зла, откривена истина — „Да, ја сам убио човека!” И то ништа више не може променити. Питање је само са којом ће вештином успевати да потисне дубоко у себе то зрно савести која зна понекад и најокрутнијег убицу и нечасног човека силно да оптерети и да га баци на колена, сваки пут када стане из њега израњати као најтежи терет, болно и неиздрживо.

Опора мисао и тренутно признање самоме себи да је убица, злочинац и крвник узнемирише Николаја можда по први пут тако силно да он стаде тражити начина како би се те, дотад незнане самоосуде, ослободио. Тако нешто није могао да поднесе. Из њега је израстало нешто налик покајању, али он му се свом жестином супротстављао. Наравно, увек је теже сагледати своје слабости и зао чин, надвирити се над провалијом личног пада него остати немаран у својој прљавштини, већ свикнутој. Сасвим извесно, то је био разлог због кога се Николај супротстављао светлом призраку који је тражио пут до његовог срца. Како би се ослободио тог мучног самоиспитивања пред судом савести, махнито је, као поседнут вражјом силом, зариво нокте у кожу као услед несношљивог сврба. Отпаднику смежураног лица и мемљивог погледа, обузетост злом напашћу ужасна је коб и вечито проклетство, вољно изабрано. Ухватио га је грозничави бес и у том лудилу, у поскакивању нерава, савладан жишцима и пламеном очију злих духова, поче страшно да кркља, да се тресе читавим телом, потпуно ван себе и поробљен тамом властитог бића.

Читавог тог дана Николај је преседео у задимљеној соби са тек мало светлости, покушавајући да умртви мисли и сваку опомену због почињеног злочина. Увече, тек што је избило седам часова, звоно је прекинуло раван ток обамрле стварности са којом се морао суочити. Отворивши врата своје собе, у широком предсобљу и чкиљавој светлости једва да је могао препознати лик човека са којим се једино виђао након што је себи приграбио незаслужену слободу. Служавка је (затекла се и она ту), наклонивши му се и стрепећи од његовог погледа, прихватила летњи капут неочекиваног госта, као нешто што се само по себи разуме.

Испред њега стајаше Вук Ивановић. Он га поздрави врашким осмехом превртљива човека. Без учтивости и тражења одобрења да га прими (ових манира нема у свету без пристојности) ушао је у омалену собу још више стешњену страшћу и пороком. За њим је кренуо и он сам, грубо одгурнувши служавку и заповедивши јој да им донесе вина. Несрећна девојка само је слегнула раменима, у себи проклињући своју злу судбу што мора свакаквој рђи служити како би преживела.

Вукова нестрпљивост говорила је уместо њега. Беше очигледно да је имао шта важно рећи Николају. Човек зле нарави и поквареног наума уколико има шта крупно да саопшти некоме себи равном, прећи ће преко свих уљудности и уобичајености које налаже правило општења међу људима и одмах, као из рукава, истрести све због чега је, уосталом, и дошао. О правилу и поретку, о било каквој пристојности у свету злочинаца и лупежа, зар је могуће и говорити?! Чак и да постоје, она немају ништа сродног са правилима које држи обичан свет, стрпљиво верујући у идеале и у све благородно у човеку.

Вук пљесну рукама и севнувши очима напојеним лукавим ликовањем и задовољством, извади из џепа варошки недељник и баци га пред Николаја. Удобно се сместивши и подвивши ноге, сасвим неочекивано прсну у заједљив смех, а онда гласно стаде читати садржај насловне стране недељника окренувши се ка домаћину:

— Мистерија око убиства студента Н. Како је успело Ивану Петровићу да тако вешто обмане јавност — а онда продужи: — Ево Вам. Ево. Читајте. Хајде читајте. Ово ће јамачно изазвати највећу пажњу варошана.

Ликовао је као и сваки други потпуни циник због још једне клевете на коју је много полагао. Николај зграби недељник и готово без даха стаде ишчитавати редове пажљиво смишљаних лажи које ће у лакомисленим људима пробудити гнев према Ивану Петровићу, и сасвим извесно, неправедно га осудити. На Николајево задовољство, оклеветани су и остали сведоци несрећног случаја, Павле Васиљевић и Сергеј.

— Лукави враже, ово сте толико уверљиво уредили да бих и ја у све ово поверовао — одаде му Николај част.

— Пијмо онда у то име, невини убицо — предложи Вук и стаде га одмеравати испод ока тражећи ефекат речи „невини убицо" што би на свакога морало оставити нарочит утисак, негодовање, правдање или шта већ. Ипак, на равнодушност и злу нарав Николаја то не остави баш никакав траг! Лице му оста без посебног израза и без осећања, уобичајено мрско, ледено и пакосно.

Николај погледа ка столу где стајаше испијена флаша вина и тиме силно озлојеђен већ тражаше кривца у служавци јер она као да је „заборавила" да њен мучитељ нема ништа од те једне, сада већ испијене боце (као да је то она могла знати), а ето ту му је и човек са којим је једино одржавао везу у вароши и с којим, подразумева се, „правило налаже", треба да наздрави за будуће неприлике невиних људи.

— Василија! Василија, вуци се овамо — гласно и заповеднички повика. — Василија! Лењивице!

Преплашена девојка, чим је чула грозничави глас тлачитеља од кога јој крв накратко застаде, потрча уз степенице и нешто из страха, нешто из журбе, спотаче се о степеник и при паду расече колено. И не марећи за то, још више узрујана, пожури ка Николајевим вратима, и опет, из страха или опште пристојности које налаже правило опхођења благоразумних девојака, поправи хаљину пре него што позвони.

— Улази, дерле непокорно. Морам ли те ја звати за сваку глупост и за оно што се само по себи разуме, сваки час? Где је то вино?! — у грозничавом заносу прекореваше Николај видно уздрхталу служавку.

— Али Ви... Ви сте рекли...

— Шта сам ја то рекао?! — грубо је прекиде Николај и прореза јој девојачке груди дивљим, унезвереним погледом.

— Рекли сте — стидљиво се поче бранити Василија — рекли сте да Вам више не доносим вина осим по Вашем извољењу и то само, у том случају, једну боцу. То сте још и нагласили. Рекли сте... — дрхтавим гласом продужи Василија двоумећи се да ли је мудро да му и то каже у оваквој прилици — рекли сте да желите прекинути са опијањем и свим оним што уз то иде. Ето, баш сте тако рекли — тихим гласом стаде се поново правдати и спустивши поглед, ишчекивала је прекор, казну или шта већ за ту своју „дрскост“.

Николају се запалише фитиљи очију и као у необузданом пожару стадоше горети. Искрививши лице од једа и надвивши се над препаднутом сенком недужне девојке, стаде јој претити из свег гласа:

— Још једном ако не затекнем довољно вина кад год ми се прохте да га пијем сâм или да наздравим са... — па се главом окрете ка Вуку указујући служавци на њега (очито му беше тешко да га именује, да га назове пријатељем, јер међу таквим људима пријатељ је јака реч које они нису достојни) — да наздравим... да наздравим... ма с ким год хоћу, много ћеш пострадати због тога и због те твоје бунтовне, лење нарави. Ти ћеш да ми говориш шта је то за моје добро?! Ти о мени да сводиш рачуне?!

— Ако Николају, не мари — испрва се учини као да Вук сажаљева и разуме Василијин избезумљени и грчевити страх, а онда потврди властитим примером да је од таквих људи немогуће очекивати благородност, па макар и ону незнатну, ону изненада ишчилелу, и он продужи са израженим цинизмом у гласу: — Нећемо пропасти због те боце вина, али њена служба код Вас, на овакав начин, засигурно хоће — заједљиво се насмеја и тим осмехом откри сву ругобу своје огољене, развратне и себичне, исквварене душе.

— Пропашће — сложи се Николај. — И те како ће пропасти, стари... — па ту застаде и опет прећута оно „пријатељу”. — Унајмићу девојку која ће ми и за мање новаца бити покорнија и боље ми служити. Донеси то вино овамо! И чаше! Гледај нека буду свечане, има се рашта наздрављати. Шта си се ту удрвенила, иди, иди... — викаше Николај за Василијом. Њој очито лакну како шкљоцну бравом за собом и оде.

— Бестидница! — кратко пресуди Вук и са задовољним осмехом и погледом поново усмери Николајеву пажњу на недељник.

И Николај се осмехну, заједљиво и гордо, осмехом победника, климну главом у знак одобравања и одавања врашке почасти Вуку због његовог лукавства и префриганости.

— Све сте добро уредили — потврди Николај још једном, овај пут пажљивије ишчитавајући ретке недељника.

Одобровољен Вуковом до детаља смишљеном подвалом, Николај неочекивано поскочи и стаде нестрпљиво корачати по соби, трљајући руке од задовољства, знатижељан због саме ствари и њеног даљег тока. У том његовом заносу, на вратима се поново појави Василија, бојажљиво се скривајући, али он је, на њену срећу, и не примети. Готово на прстима и нечујно, приђе столу и понизно сагињући главу пред Вуком, кротко спусти чаше и вино. Вук је у свом положају надмоћног човека уживао (природа поквареног ума), са великом страшћу пушећи своју повећу лулу. Василија убрза корак и за тили час изађе из собе и као гоњена напашћу стрча низ степенице.

— Страх држи благородне душе у покорности. Ето начина да се завлада другим човеком и његовом вољом, не у потпуности, али добрим делом засигурно — сам за себе расуди Вук, док Николај још увек, у све већем узбуђењу, ходаше по соби, мењајући израз лица из пакосног и надменог у немиран и слутећи. Мучио га је исход те његове зачаране игре у коју је многе праведне душе увукао. Мучио га је и поред тог охрабрујућег чланка у недељнику, јер немирна савест не верује никоме и ни у шта до краја. Због тога су злочинци, и уопште узев, рђави људи, прекомерно сумњичави и једино у себе, услед своје огромне гордости и самовоље, полажу велике наде и дају себи за право много више од онога што другима допуштају да чине, при том силно себе величајући.

Николај се окрену ка Вуку и као нечим новим уверен и охрабрен, као човек који је добио у јемство да ће се његов прљави наум коначно остварити, широко развуче усне у ужасан, пакостан осмех. Још једном победнички пљесну рукама и стаде наливати вино у чаше како би са својим саучесником туђој несрећи и пропасти, „наздравио” једном за њих непознатом свету (у то је сад већ био готово уверен) — свету часних и храбрих људи који не узмичу пред ногом злочинаца и против њих се, свако на свој начин, бори! Необично слављe два рђава карактера продужи се чак до заруделе, младе ноћи и тада Николај, омамљен вином, предложи Вуку да пођу „Код Милије”.

— Али Ви сте одвећ добро пијани — подсмешљиво примети Вук и додаде: — Можда је за Вас боље да легнете, мислим, толико испијеног вина па сад још и „Код Милије” ићи... сумњам да је то добра намера.

У њиховом случају, оно уобичајено „ти” замењено са „Ви” довољно је говорило о природи њиховог односа. Не беше то поштовање саговорника нити указивање части, то никако, већ напротив — умарајуће подозрење, неверовање у искреност речи и дела оног другог. Крајња одвратност лицемерног општења.

Николај се тромо засмеја, дубоко се и из плућа закашља, и погледом готово запрети Вуку:

— Ето, прохтело ми се да пијем још! Нећете ми ваљда Ви одређивати шта ћу чинити, добротвору мој — прасну у необуздан смех после онога „добротвору”.

Истина, и злочинцима се из уста може искрасти понека блага реч, али то је увек лажно и са ружном намером, а што се тиче дела... тек ту ствари стоје врло рђаво.

— Ваши прохтеви, Ваша воља — помирљиво прихвати Вук.

— Моја! Моја, него шта! Знам ја добро да је зла, али ја управо у томе и налазим насладу. А вечерас ми се уз то, баш пије. Учините ми част, Вуче Ивановићу. Нека моја жеља не буде далеко од Вас. Нека

Ваша благоразумност удовољи мом прохтеву — и опет се, онако исто, лакрдијашки и пијано засмеја, још гласније, и овај пут изговарајући речи које никако не иду уз његов карактер и стање у коме се налазио.

— Знате добро да Вас не могу одбити. Пристојност ми то не дозвољава.

Овоме се обојица углас засмејаше. Николај се на час затетура, али га рука „пријатеља” спаси сигурног пада.

— Хајдемо онда. Признајем, добар си посао са недељником свршио! Пијмо, наздрављајмо томе. Идемо.

— Ако треба и до јутра ћемо наздрављати — прихвати Вук, коме се, очигледно, и самом пило.

— До јутра, него шта. А и како другачије?! — одговори Николај заплетеним језиком. Тетуравим корацима крену ка вратима, бедром закачи о високу комоду, али то и не осети. На вратима их дочека Василија, носећи вечеру припремљену за „господина Николаја”, како је он изричито заповедао да му се обраћа.

— Ево ја као и увек... На време. У девет, како сте изволели... Макароне са сосом од печурака... — без разлога се правдаше несрећница, а опет знајући да једноставно тако мора, да другачије не може и не сме.

Николај жмирну очима и гневно пљуну у тањир са припремљеним јелом.

— Ето, сад је још и добро зачињено — ужасно се зацерека.

„Надмени зликовче! Развраћени покварењаку!”, све би му то и можда још и више Василија рекла да је страх од тог нечовека није потпуно обузео и још силније је везивао. Овако, није јој остало ништа друго него да га отрпи и овај пут и да се пред њим још више унизи. Та мисао, још у наредном тренутку, учини јој се прихватљивијом. Благом карактеру није лако да се одлучно успротиви, јер за то треба решености и чврсте намере.

Погледа за њима како се тетураво спуштају низ степенице, погледа у дрскошћу презрету храну, помирљиво слеже раменима и тек онако, за себе, уверивши се претходно да је они засигурно неће чути, прошапута негодујући:

— Овако нешто недолично је и зверима. Шта то човека може натерати да се толико упрља? Да толико заглиби?

Замишљена и још увек под јаким утиском, Василија се врати у своју собу.

... Моћ зликоваца велика је, али не и трајна 

Нисам често залазио „Код Милије”. Чак ни тада када бих се неким чудом или за мене необјашњивим околностима тамо затекао, нисам био радо прихваћен нити радо виђен у том за мене туђем, неприступачном свету. Разлога за то, ма колико се трудио да их пронађем, не беше, тако да се ја задовољих јединим могућим одговором — људима из провинције тешко је да одмах прихвате некога ко је однекуда дошао и ко није у кругу њихових интересовања, и живота уопште. Варошки је менталитет колико племенит, простодушан и наивно доброћудан, подједнако и суров и то готово по правилу према „странцима” — тако варошани називају све оне који нису потекли из њиховог окружења или их је, уколико и јесу, живот из њега ишчупао и по њиховом убеђењу, самим тим покидао им и жиле. Испочетка ми је било болно то сазнање, и та неукусна реч „странац”, дрска и искључива, непрестано ми је звонила у глави као точак по металним шинама и опомињала ме да и поред моје жеље, ја једноставно ту не припадам! Чак ни то што сам коренито везан за Петрову варош и што сам након повратка живео у кући својих родитеља, није ми ишло у корист нити ми је олакшавало тај мој тешки, ничим заслужени, положај „отуђеника”. Памћење је у људи, нажалост, кратко и ко би се још могао сетити мојих дана из детињства када сам често боравио у Петровој вароши?! Временом сам прихватио болну чињеницу, пуну горчине, да ја више никада нећу бити део тог њиховог света, иако у њему опстајем и мој се пут, све да то и не желим, укршта са њиховим.

Нарочито ме је поражавала мисао да сам у некој врсти изгнанства (подсећам на околности под којим сам напустио престоницу) и да сам онда када ми је то било најмање потребно одбачен и од људи са којима сам још од доласка у варош био спреман да делим исту судбу. Свршило се (ако се уопште и свршило) на томе да сам тек уз доста муке и скромне наклоности звезда, стекао пријатеља и то случајем, баш ту, „Код Милије”. Понекад је недовољно да човек само жели, да хоће, па макар то биле и најблагородније жеље. Околности пресуђују! Оне су најважније! Намећу се и тешко је скинути њихов јарам.

Сергеја сам упознао у помало чудним приликама. Ипак, беше то за мене величанствен дан пун нових надања и могуће радости. Такве дане човек је готов и да празнује, јер они уносе светлост у усамљену, прогнану душу. То познанство удесило се баш „Код Милије”. Уосталом, ту је једино и било могуће, јер ја се нигде нисам задржавао дуже од четврт часа осим ту, и кад бих то чинио, било би изричито наменски, углавном како бих прекратио своју чаму, мада и то беху само ретки случајеви, на срећу ретки.

Затражио сам чај, сместивши се у неуредном, прашњавом углу крчме. То место као да је судбински било везано за усамљене, недруштвене и „пропале” госте, како су их овде са израженим цинизмом називали. У оправданост таквог резона не бих залазио. А једини разлог због кога сам увек седао за тај сто „осуђеника” беше врло једноставан — ја нисам налазио начина да се приближим том свету који је у мени видео једино странца и чак извесну претњу! Због чега претњу, никада нисам успео да докучим. Наравно, то ме је доводило у стање раздражености и потпуне малодушности.

Отворих новине и испод ока стадох премеравати сваку главу посебно, не би ли ми се, барем пуким случајем, поглед срео са неким од њих. На моје изненађење, иако сам скромно и обазриво веровао у ту могућност, лик једног старца беше необично благ и мени чак пријатељски наклоњен. Не знам чиме сам откупио његову пажњу, тек он ми се осмехну и у знак одобравања подиже чашу. Изненађен приликом, не мало се сметох.

Стадох тражити шољу са чајем како бих одговорио на отворени чин пријатељства, потпуно сметнувши с ума да сам на чај тек чекао и да га нисам имао испред себе. И сам се насмејах својој неспретности и на подигнуту чашу одговорих потврдно климнувши главом. До савршенства је занимљиво посматрати човека којем се изненада, тек тако, укаже прилика да схвати да је и он барем од некога примећен и поштован па се у тој новој околности никако не сналази, изненађен што му неко указује част. Тај осећај олакшања, чини ми се, изнова рађа и изграђује. И добро је што има тако благородних људи, јер они подижу цену живота усамљених и одбачених.

— Милија, однеси младићу то што је тражио, шта си се спетљао?! — благо се насмеја Сергеј и још једном ми указа част.

— Иде, иде... — стаде се правдати газда, а уједно и крчмар. Намети су, каже, велики па нема од чега још и крчмара да плаћа.

— И ја чекам и не негодујем. Зна се ред и у крчми! — осорно ће неко.

— Ко је тај да се ти ломиш око њега, Милија? И зар због њега да нас, верне госте, раздражујеш? — оте се другом.

— Отуђеник, а самим тим и врло рђав човек — пресуди гост који је седео толико близу мом столу да сам му јасно могао видети јед у очима.

Чини ми се да се читава крчма дала у протест због Сергејеве љубазности и да су сви сложно устали против мене. Неко се од прекомерног гнева и жестине толико занесе те ми стаде и отворено претити подижући стегнуту шаку. До тада је Сергеј мирно седео посматрајући ту људску слабост, добро је познајући, али та претња упућена мени нарочито му је засметала.

— Говорите ли ви то из сазнања или из предубеђења? Ако је из сазнања, изнесите факте, а ако је само пуко нагађање из злобе... то је опасно и никако није добро — закључи Сергеј.

До само пре неки час силни и гласни, раздражени, наједанпут сви устукнуше. У крчми настаде непријатна тишина. Сергеј устаде од стола и пређе погледом преко свих. Чудно је како их је тако лако уразумио. Његов карактер и мудрост учинише да се свако стаде изнова бавити оним где је пре неки час застао, те у крчми поново постаде живо и разгаљено. На моје још веће одушевљење, Сергеј седе за мој сто понудивши ми отворено пријатељство за које сам био спреман много тога да учиним како бих га оправдао, те сам му, одлазећи код њега касније, просто наметао своју помоћ у свему. Ивана Петровића и Павла Васиљевића упознах исте вечери. Они дођоше касније. Са Павлом Васиљевићем сам временом покушавао да остварим што чвршћи однос, иако сам га од те вечери само ретко сретао, углавном у пролазу. Разлог томе свакако да је постојао и био крупан, мени врло важан, али о томе другом приликом.

Ни сам не знам шта ме је повукло да и те вечери пођем „Код Милије” када је Вук са Николајем наздрављао пропасти Ивана Петровића и да будем сведок дешавања о којем је већ сутрадан брујала читава варошка јавност, и уопште, сви обични људи. Иван Петровић, Павле Васиљевић и Сергеј већ су пили по своју уобичајену чашу вина и врло живо о нечему разговарали. Сасвим је извесно — одавно за то нису имали добру прилику. Видевши их, силно се обрадовах и на њихов позив радо им се придружих. Нисам стигао ни да се ваљано распитам за њихово здравље, кад све тежу учмалост и тупо досађивање људи крчме прекиде тетурање два човека на улазу. Вук је савлађујући с муком своју опијеност вукао још и Николаја за собом. Неповезано мрмљајући, некадашњи затвореник се томе опирао, неспретан у покушају да убеди свог „пријатеља” у нешто што је изгледало врло смешно — ето, он може сам и њему не треба неко ко ће га водити под руку као петогодишњака. У једном тренутку он се оте из Вукових руку и посрнувши, нађе се на натрулом и мемљивом, дашчаном поду. Ово код свих у крчми изазва обазрив подсмех и само делимично задовољство смешном сценом, јер добро су познавали Николајеву нарав и уопште, зазирали су од њега јер је он, тај исти Николај који сада пред њима лежи на крчмарском поду, усмртио човека!

Некако се с муком придиже одгурујући Вука, иако он беше готов да га поново узме под руку, и придигнувши се, пређе љутитим погледом преко преплашених глава. Шкргућући зубима, запрети свима као да су они виновници његове несмотрености. Одмах затим прохте му се да се опроба за картарошким столом и тако вођен неодољивим злим духом седе поред Николе, старог обућара и у вароши презреног, извесног Луке, иначе познатог интриганта и човека врло рђаве, пргаве нарави. Заповедничким гласом затражи од Вука да и он седне и да се побрине за један нов, још нераспакован шпил карата. Чкиљавим очима стаде премеравати двојицу несрећника слеђених жила. Обојица су добро знали да би се лоше свршило по њих ако би својом несмотреношћу одбили Николаја у ономе што је наумио, те му се, уз овоштан осмех, стадоше још и клањати, лицемерно и са страхом како би му указали част што је, ето, баш њих изабрао за покер...

Сто прекрише зеленом чојом и по њему расуше карте. Вук је само жмиркао очима и трљао руке, знајући да су Лука и обућар само две муве око насумице исплетене мреже паука и да ће он, сасвим извесно, од Николаја добити један део тог прљавог новца. Ова двојица нису смела допустити себи да у надметању са злочинцем остану победници, јер би то значило њихов тренутни крај и од тога би сигурно имали велике непријатности. Знајући то, Вуку постаде досадна та игра јер је победник унапред одређен, те стаде лукавим погледом подлаца бестидно зурити у Ивана Петровића, и заједљивим осмехом, изазивајући осећај тескобе у намученом старцу, настави да га мучи и прогања. Парница између њих двојице беше још увек отворена и можда је Вук чак и знао њен коначан исход, и решен да у потпуности понизи старца, измислио ону окрутну подвалу у недељнику. У једном тренутку он старцу нешто добаци, дрско и увредљиво, али то на остале не остави баш никакав утисак јер је пажња свих поверена Николају. На уму ми је било само једно — да картарошка игра потраје и да барем мало истрезни и одобровољи злу ћуд бившег затвореника. Признајем да у овоме има доста себичности, јер сви смо са гађењем гледали како се игра намешта, како несрећници губе, како им се и дланови и лице подједнако зноје због великог губитка. Али, док је игра трајала, сви смо били слободни од могуће непријатности.

Павле Васиљевић, видно устрептао и престрашен, предложи да се склонимо док је време, предосећајући невољу. С правом је тако расуђивао. Ипак, Сергеју и Ивану Петровићу било је испод части да се повуку пред људима за које се поуздано зна да им нису морално ни до глежњева и са којима се можда још вечерас, коначно требало разрачунати и показати им да злочин тешко добија заборав, да се он памти и кажњава! Злочин код праведника изазива гађење и осуду, ватрену побуду да правда освaне, да је има, да буде изнад свега. Са друге стране, најокрутнијим починиоцима злочин је нешто са чиме се они једноставно саживе и што сматрају чак и оправданим, природним!

Присетивши се студента Н., Иван Петровић је осећао муку као да му оштар нож реже стомак, осећао је грозничави укус у устима који скоро да га подиже на ноге како би полетео ка столу за којим је седео злочинац са својим ађутантом мучећи све око себе. Сасвим извесно, сручио би се свом силином на њега, али она црта у његовом царском карактеру спречи га у томе те оста непомичан, ишчекујући саму крупну ствар, а до ње је неизоставно морало доћи, предосећао је.

Сумња Павла Васиљевића нашла је своју оправданост. Николају постаде досадно да гледа у покорна лица несрећника за својим столом, па одједном поскочи као ватром опечен, раздера оковратник и свом силином удари шаком о сто. У страху многи пребледеше и у ишчекивању невоље тежак сен прекри им лице, грчећи га до бола. Заклета тишина. Зле слутње и мучно ишчекивање онога што ће сасвим извесно ускоро уследити... Све је одавало такав утисак као да ће се чак и мемљива и оронула таваница од силног напрезања и сама распући.

Николај замахну руком кроз задимљени, готово непрозирни и устајао ваздух и баци недељник пред Павла Васиљевића. Затетуравши се, дубоко се накашља како би прочистио скраму уста и свом силином, унезверено и застрашујуће повика:

— Хајде сад, Павле Васиљевићу, да те видим! Да знам ко си! Ти... Ти несрећниче! Ти си нашао правду да кројиш и прекрајаш. Говори проклети лајавче, откуд ти смелости да сведочиш!

Павле Васиљевић у тренутку пребледе и грозничава, услед страха дрвена укоченост га обузе. Оно од чега је очајнички покушавао да се одбрани, беше претећа слутња која му је дисала за вратом, чак и више од тога — он је сада могао јасно да види искежено лице зле судбе којом је неправедно гоњен. Чело му покри хладан, незадржив зној, усне му се стегоше, а лице, тај подмукли човеков издајник, откри сву пренераженост и готово потчињени положај несрећника. Некако му пође за руком да сакупи мало расуте здраве мисли и као чиодом убоден он се трже, чак се и осмели да погледа у крваве Николајеве очи. Узе недељник у руке са још неразјашњеном намером, јер беше јасно да није хтео чак ни да завири у њега, а тек никако да га ишчита. Нешто је успело да му и поред те опште напрегнутости нерава узме сву пажњу, нешто врло крупно и достојно уважавања, умногоме и дивљења. Та светла мисао о немогућности вечитог трпљења туђег лукавства и отворених претњи и одвратност према том око врата стегнутом обручу, наједном га обузеше и улише свежу крв у жиле. Трже се и поскочи на запрешћење многих. Лице му плану горећи незадрживом јарошћу. Једно је стављено ван сумње, без испитивања и сасвим је извесно — Павле Васиљевић беше одлучан у намери да још једном, отворено и храбро, потврди истину о Николајевом нитковлуку не размишљајући о могућим последицима, а то је сигурно одлика карактерних људи.

— Проклете да су ти те руке злочинца. И читав живот твој, проклет је! Крвниче бестидни. Још и претиш!? Ево ме, Николаје Мартиновићу! Ево црва твоје савести и тек те начиње! Хоћеш и у мене да пуцаш? Ниткове. Подлаче разврађени — викао је Павле Васиљевић и са раширеним рукама, отворених груди, кренуо ка Николају.

Овај се, сад већ готово у потпуности истрежњених нерава и изражених нагона звери, некако ослободи стегнутих шака свог пратиоца, решен да рукама пресуди човеку коме је дојадило вечито узмицање пред суровошћу тлачитеља. И ко зна шта се све могло десити још у наредном тренутку да неким чудом охрабрени, верни Милијини гости не скочише на ноге и тек са великом муком савладаше Николаја, црвеног од гнева и паклених помисли. Иван Петровић трже пријатеља за руку и очима му даде знак да седне, да се умири, како у наступу затегнутих нерава не би начинио неку лудост и због тога касније сигурно зажалио.

Требало је много објашњавања, уверавања и измишљених разлога како би се злочинац примирио, те напослетку, Николај невољно и само накратко устукну уз силне претње свима. Али, убрзо му је напетост толико порасла да је стао заривати нокте у кожу. Иван Петровић га је гледао испод ока, пратећи сваки његов покрет. Слутио је да ће овај поново напасти, да је то само питање тренутка, и сасвим очекивано, први стаде у одбрану Павла Васиљевића.

„Чак и да је власт над другим човеком природна, а не само мрски нагон човека, требало би је некако зауставити. Још кад скромни људи који верују у опште добро стану страдати од силника који траже да се пред њима и њиховим унакаженим ликом клањају покоравајући им се... е, то је већ потпун злочин”, поче премишљати Иван Петровић одмахујући главом и мало се одмакнувши од стола удари неколико пута месинганим врхом штапа о под, као да се хтео уверити у то да је већма натрулио и да је време да га Милија замени новим. Премеривши добро читаву крчму, свестан тога да су све очи сада окренуте ка њему, подигнувши обрве од силне забринутости, окрену се ка Николају и Вуку и отпоче, тихо, исрекидано и врло опрезно, јер знао је да га и само мала брзоплетост и прејака реч могу скупо стајати.

— Николаје Мартиновићу, ја знам за твој положај. Знам и да не мариш много за друге. Али, знај и ти да је твој повратак у варош многе забринуо, неке чак и на смрт препао. Страх од неког новог злочина поробљава и саму вољу тих јадних људи да ти се у било чему успротиве. Народ је овај колико силан да све опрости толико и слабашан у својој немоћи, застрашен слутњом да се још нека несрећа не догоди, још тежа и болнија... Не везуј им душу у окове, нико то од њих није заслужио. Ако већ хоћеш некоме да се светиш... — и ту застаде и погледа га равно у очи — ево, стојим испред тебе, освети се мени ако за то имаш разлога. И ако сада сви ми прећуткујемо твој злочин спремни да с тобом живимо у миру, не би ли нам се и ти могао одужити некако. Свима је доста зле коби. Време је да све то стане и да, ако је то могуће, сви живимо у миру. Другачије неће ваљати. Неће, Николаје Мартиновићу.

Овај поскочи и подигнутом песницом стаде претити, избезумљено урлајући:

— У пакао ће сићи свако ко ми још једном помене то због чега сам тамновао! Ти старино, мораш платити рачун своје подвале. Ти и сви ви бедници. И ти, Павле Васиљевићу, нарочито ти — окрену се ка њему и раздражен, решен да га чак и усмрти. Ипак, овај пут сам савладавши своју ћуд (равно чуду), унесе се Ивану Петровићу у лице и запрети му: — Мислиш ли да ће те твоја подвала спасити заслужене казне? Ти... ти убицо невиног човека! Знај да ће читава варош већ сутра брујати згрожена истином. Ено ти, ено... Читај — па погледавши у недељник и мрштећи се, паклено се засмеја.

Вук је, лукаво се смешећи, ћутао као да га све то уопште и не дотиче. Ликовао је због још једне успешне подвале Ивану Петровићу. А онда, припаливши своју лулу, са изразом лица озбиљног и званичног чиновника, пресуди:

— Да, да. Читава истина. Истина људи. Живели смо у заблуди. Окривљен је недужан човек у случају убиства студента Н.

— Угажени умови и оскрнављене душе. Докле ћете обавијати своју мрежу сулуде мржње око свакога коме част и морал још нису досадили нити постали само слово на папиру? Докле? — говорио је Иван Петровић тихо, као да себе пропитује.

— Лаж. Лаж и обмана — потврди Вук још једном и шеретски се засмеја. — Подвала! — сад већ и повика гледајући у Ивана Петровића изазивачки.

— Мени је, признајем, много тога око несрећног случаја било врло чудновато, да не кажем сумњиво — значајно примети неко одмахујући главом.

— Сумњиво. Сумњиво, него шта! И шта ја то говорим... Чак и више од тога. Дрско и лишено од сваке човечности, вражије — сложи се други.

— На суд онда с њим! Нека се поново парничи. Нека се испитају све околности до најситнијих појединости! — повика Тимотеј, исти онај лупеж са пијаце који се дрзнуо да чак судији украде леп и врло скупоцен сат, и коме као да је основно занимање било то да се нађе увек поред Вука у различитим интригама како би оправдао улогу његовог ађутанта за неприлике. Вук је то добро знао и користио његову верност у свакој прилици па тако и овај пут. Тимотеј се окрену ка њему и потврдно климнувши главом указа му на нешто што се само по себи подразумева: да у свакој прилици може да рачуна на њега, јер он је човек лукав и наслађује се туђом муком, потпуни превејанко и обична варалица.

— На суд, него шта! — повикаше многи, лакомислено, а нешто и из страха од Николаја. Очи им замућене, од дима ужутеле.

— Иване Петровићу! Зликовче! Није ти ово парничење око земље, а и ту ћемо убрзо већ свести рачун. Живот човека је у питању, хеј! И то живот младог човека! Да робијаш, ето то ти је — озбиљно и намргођеног лица (резултат увежбаног лицемерја) процеди Вук, што на присутне остави нарочит утисак и учврсти њихово криво уверење.

Наста врева и ускомешаност, гласно подвикивање уз прљавштину псовки. Сложно и са свих страна многи стадоше чак и претити старцу, црвени у лицу и јетких погледа, разузданих нагона услед своје непромишљености и оне огромне мрље у карактеру неопрезних и подмуклих људи — да већ унапред и по својој мери изрекну другоме пресуду.

Суд човека хаљина је од закрпа на коју свако пришива онако како му се прохте. Само узалудност. И бесмислица. Трговина са ђаволом. Таштина а даље од тога... и не назире се. Тама незнања и човековог проклетства да другог намучи, да му Богом дану слику замути и упрља, из зависти, из пакости или само из безначајне разоноде. И до врага, ако људска несавршеност већ тражи да суди... зашто то чини напречац и то по правилу без кајања, без стида и имало самилости?!

Ово до детаља срачунато и пакосно Вуково подваљивање честитости Ивана Петровића, смишљено у свим појединостима и врашки лукаво, није могло проћи без нарочитог ефекта код других. Неправедно оптужен, венуо је у лицу и савијао се до земље од нервозних грчева у стомаку. Ствар је рђавог карактера, препреденог и довитљивог, да ужива у томе да како праведника исмеје и пред многима га унизи. Да му ножем прореже дамаре душе.

Тврдокорност охолих наметљива је и страшна. Олуја усред ноћи. За Николаја је очигледно било велико задовољство то што су сви од њега стрепели и за то је још једном добио потврду! Знао је да има потпуну власт над тим ситним, безвредним душама, па му је и помисао да ће некоме од саме његове појаве тело задрхтати као прут доносила посебну драж и наопаку омамљеност. Све их је чврсто држао у шаци, покоривши их оним што је људској памети мрско — застрашивањем и снагом своје окрутности. Људи налик њему, заслепљени светлом у свом свеопштем сумраку, тешко дишу у својој густој, лепљивој злоби и не схватају да их само једна племенита душа, то светло што их заслепљује, ма колико им се то чинило чудно, само један човек од става и идеја, намах може бацити на колена — јер, племенитост и читав свет мења и покорава. Како тек не би једног злочинца?

Има један посебан закон, у потпуности оправдан и честит, што стоји изнад природе и логичности људског разума. Изнад бестидних клевета и нарушавања туђег достојанства. У тај закон Иван Петровић чврсто је веровао. Да је другачије, шта би ту доброћудну старину могло одржати у овој борби Давида и Голијата?! Тај закон, светли циљеви и високе идеје — ето, за то се и тиме се честит човек за живота бори!

Иван Петровић застаде насред крчме мирно саслушавши све увреде и сва нечасна оптуживања а онда, погледавши у Сергеја и Павла Васиљевића, чврсто стеже штап у руци, накашља се и добро премери светину што је против њега силно протестовала а да и није сигурна због чега то чини. Сергеј, који се до тада држао по страни и нервозно се ломио мишљу какав би могао бити његов допринос у овом случају, не могавши више да поднесе горку истину да се људи услед страха могу претворити у највеће лупеже што ће изрећи и најстрашнију лаж како би остали нетакнути, наједном поскочи и отресито повика:

— Којешта! Само мали карактери могу поверовати у ово што ти, Вуче, говориш! Али, лаж... Лаж никада није могла заменити истину. Никад јој није била равна нити ће.

— Чули смо шта је истина. И с тим... доста је — невољно процеди неко.

— Ви као да не знате шта се све догодило оне страшне ноћи?! — озлојођено повика Сергеј, мрштећи се на ту силну изопаченост душа и равнодушност.

— Ко још на то мисли?! — заплашено и жмиркајући очима промрмља неко и одмахну руком.

— Шта је мени стало до тога? О самој ствари мало знам, нисам у њу умешан, а ви... сведите рачун сами онако како мислите да треба — додаде други наслућујући нове неприлике и тражећи начин да у њима не учествује.

— Ако је овај човек неправедно робијао посредовањем ваше лукавости — умеша се неко из угла, погледом означивши Николаја — онда са свима вама, лажним сведоцима, заиста сместа треба изаћи пред суд!

— Какав суд! Губљење времена. Зна Николај како ће са њима — оте се некоме ко је себи очигледно поставио један врло рђав циљ: ласкати злочинцу на било који начин, по сваку цену и тако задобити његово одобравање, мада је то било готово немогуће. Ово је прилично једино малим карактерима. Само они увек бирају једноставнији, сигурнији и лакши пут на коме нема опасности и потешкоћа као у случајевима када се чврсто брани истина.

Има људи, и такви се обично крију иза сени разних лупежа, интригана̑та и незаситих злочинаца, који бринући се једино за своју главу (уз то још и врло сумњиве памети) и за своје личне интересе, радо говоре и сведоче како је за њих „корисније”, онако како би могли испоставити што већи рачун ономе за кога се заложе. Са друге стране, та застрашеност, приметна код ниских, малих карактера, толико овлада тим несрећницима да су у стању да потврде и најгнуснију лаж, да буду саучесници најстрашнијих злочина, само да они остану сигурни и нетакнути! Та неразумна и фанатична борба за голи живот љуштуре, живот без части и поноса, без идеала и уверења, правила и мерила по којима увек треба поступати и безусловно их следити, доводе човека до велике заблуде и самообмане, до различитих подвала, превара и попустљивости према свему ономе чега се поштен човек стиди! Једном речју, лакше је стати на страну људи Николајеве нарави и самим тим оправдати их, него им се супротставити и тако навући на себе њихов гнев и пакао освете, могуће невоље. Е сад, има ли ишта у томе моралног... о томе се неки и не питају, а ако је већ тако, онда им и не мучи савест...

„Ако се станем правдати пред овом светином", размишљао је Иван Петровић, „онда ће само имати још један разлог више да својој поквареној машти пусте на вољу да сама обликује можда још и ужаснију лаж. Овако... моје ћутање ће им испочетка бити тајанствено, недодирљиво и смутно, а онда... Бог би га знао, ваљда ће се напокон умирити, јер углавном човеку није занимљиво да напада, да озлоједи и потпуно уништи некога ко не пружа никакав отпор, ко се не брани и не супротставља... Ако бих неким случајем стао износити факте у своју одбрану, само бих навукао још већу сумњичавост на себе", закључи, решен да никоме више не упути ни речи, па чак ни самом Николају.

Стаде пратити испод ока неће ли Николај и Вук неким чудом одступити, неће ли напрасно из неког разлога отићи из крчме и тако прекинути даље непријатности. С друге стране, силно је желео да баш сада и баш ту саопшти равно у лице и једном и другом све оно на шта га је његов, веома изражени понос нагонио.

Људима чврстих уверења, спремним да учине све како би осујетили намере злих силника, у једном одређеном тренутку толико нарасте та њихова фанатична жеља да ствар узму у своје руке да се једноставно ничим не могу обуздати и поред своје умерене, урачунљиве нарави. Сасвим је јасно — то је ствар силног, праведног нагона, светлог и бескрајно великог, који у одређеној тачки свог узрастања више не може да трпи изопачености и душевну скраму ћудљивих и до запрепашћења лукавих, злонамерних и надмених људи. То је једно. А друго... Друго је њему потпуно супротно — рђав карактер осим што допушта себи различите подлости и угњетавања недужних, напослетку се толико опије и залуди, да се стане руководити најстрашнијим преступима као нечим потпуно природним!

Старац завуче руку испод искрзалих ревера, тражећи оно мало заосталог дувана како би његовим опорим укусом, накратко барем, умртвио сваку своју мисао, а све му наједанпут постадоше сувише тешке и слутне, далеке од било какве уобичајене лакоће и једноставности. Ишчекивао је да ће се десити нешто крупно, нешто врло рђаво, иако и поред све своје проницљивости и до савршенства развијене интуиције није могао да одреди шта би то могло бити. С правом је имао тај мучан, грозничав осећај зле слутње.

Николај се у тренутку док је Иван Петровић непослушним прстима стао тражити преостали дуван претурајући по свим џеповима наједанпут трже мислећи да је наумио да њему, озлоглашеном преступнику пресуди. Извади танко, готово неприметно сечиво и насрну на старца, од ужаса смртно пребледелог. Павлу Васиљевићу, који је био у близини, некако пође за руком да одгурне насилника тако да, на сву срећу, само врх сечива засече старчеву руку, иако је злочинац, по свему судећи, у свом помрачењу разума имао намеру да га усмрти. По старчевом згрченом лицу јасно се могло видети да трпи јак бол и да ствар није нимало безазлена. Многи из крчме стадоше се правдати једни другима неким измишљеним и безмало смешним разлозима само да би што пре отишли, страхујући за своју судбу. Николај се, на опште чуђење, после суманутог нагона тамне страсти наједанпут умири. Обриса сечиво о унутрашњост свог капута и потпуно равнодушно врати га на исто место одакле га је потегао.

Невероватне су промене расположења људи који више не владају собом и непредвидив им је поступак који тек има уследити. У једном тренутку омамљени суровим нагоном, спремни су на сваки злочин, а већ у следећем потпуно мирни и затворени, незаинтересовани за било шта. И управо та несталност њиховог расположења, то колебање између зверства и потпуне равнодушности продубљују подвојеност њихове личности где се не зна која је страна страшнија и изгреднија. Николај, седећи мирно после разузданог насртаја на недужног човека, гоњен злим духом поново поскочи, увредљиво погледа Павла Васиљевића и подижући прст стаде му претити.

— Тек с тобом има да сведем рачун! И да имаш где, не можеш се од мене сакрити! Доћи ћу ја опет по своје! Теби неће бити заштитника...

— итд. итд., углавном све само решене претње на његов рачун, али Павле, очигледно у потпуности већ савладавши онај погубни страх од злочинца, на то само одмахну руком и испрати га љутитим погледом.

Окренувши се према пријатељу коме смо Сергеј и ја са доста успеха успели да зауставимо крварење из до пола засечене руке, осетио је несношљив јед и пожелео да већ у наредном тренутку чврсто стегне злочинца за револере и силно га притисне. Ипак, на то се није решио.

Вук је за то време покушавао да убеди Николаја да је време да крену, вероватно зато што је страховао да би следећим и врло могућим изгредом могао довести у врло неповољну ситуацију обојицу, а овако се читава ствар већ некако могла изгладити, истина тек са много лукавости. Јер, Ивана Петровића је у јавности у последње три године свог чиновничког службовања успео до те мере да унизи и оклевета, да му замрља чисту слику пред неким варошанима (нико од њих није имао своје мишљење о човеку већ су га правили на основу туђих уверења) тако да му ни овај пут неће бити тешко да све окрене на његову штету и оно што је у тој дрској ствари најужасније и достојно сваке осуде — он ће у томе пронаћи и уживање. Николај је гунђао, али ипак пристаде уз велико негодовање и противљење да пође ка вратима крчме. Видевши то, Иван Петровић стаде на ноге и савлађујући бол уз надљудске напоре, повика за њима:

— Изгредници! Ви што увек некога тлачите. Превише је поруге униженим и јадним. Свему има суда. Зар мислите да ћете проћи некажњено због тога што нам душе и ране крваре и никако да се исцеле јер их стално изнова продубљујете? Нећете се довека наслађивати туђом муком и ускраћивати нам слободу! Пресуђивати онако како се вама прохте и по вашој мери кројити нам судбе. Клеветати све оно у људима што сами немате. Вуче, теби говорим! И не помишљај на неку нову подвалу. Овај пут ти то неће поћи за руком. Другачије ћу ја од сада са тобом. А ти... Ти зликовче окрњене казне. Нећеш се још дуго гордити незаслуженом слободом — и ту застаде, само накратко, црвен у лицу од бола и од тешко подношљиве неправде, а онда мучно подиже расечену руку, на њу указујући, и још једном повика: — Сечивом си кренуо на мене, несрећниче! Злочин рађа нови злочин. Али тако више неће моћи — закључи Иван Петровић и још једном погледа за сенкама две разврраћене душе.

Ови се чак и не осврнуше, убеђени да им старац никако не може наудити, напротив — они ће њему у потпуности помрсити конце и довести га до свршеног чина. Затворише врата крчме за собом и несташе у магловитој, уморној ноћи. Убрзо за њима пођоше и њихове жртве, носећи са собом велику горчину и несношљив јед, и сви они знатижељни људи (а не беше их много) који су савладали свој страх и остали те вечери у крчми како би били сведоци важног случаја, и како би, већ сутра, свако од њих имао своје виђење ствари и то посведочио другима без колебања као нешто што је у потпуности тачно — „истину” о ономе што се десило „Код Милије”, у свим појединостима, без иједног пропуштеног детаља, али свакако са доста тога придодатог и измишљеног како би им прича била ефектнија.

Иза свих остаде једино стари крчмар Милија да се, по обичају, добро позабави насталим нередом и ћудљивошћу својих гостију. Наједанпут се трже из расејаности угледавши недељник и у њему оптужбу на штету Ивана Петровића. На првој страни недељника стајало је:

Иван Петровић, некадашњи варошки лекар, а сада дрводеља, по многима узоран и честит човек, вешто је обмањивао јавност за све време тамновања Николаја Мартиновића. Истина може бити само једна, а истина је за многе сигурно неочекивана и поражавајућа, зачуђујућа, али и неоспорна — Иван Петровић је оне кобне ноћи усмртио студента Н. због заосталих нераишчишћених рачуна на шта указује неколико необоривих факата и они ће свакако бити познати суду. Једина „кривица” Николаја Мартиновића јесте у томе што се његова судба немилосрдно поиграла са њим — затечен је у близини места злочина. Тако је и осуђен, без олакшавајућих околности, сведочењем људи чији се искази сада стављају под велику сумњу. Ако има суда, правде и здраве памети, детаљно ће се испитати читав случај испочетка, без пристрасности и у свим појединостима, и сва интригантна, смела и за неверицу дрска сведочења свих оних који су у читавој ствари узели учешћа...

... Иза одраза добра никада не иде сенка зла

Читав процес, интригантан и за многе до крајности неочекиван, вешто припреман и у најизгледнијем тренутку започет, свакако да је заузео посебно место у варошкој јавности, а испраћен је и великим интересовањем, нагађањима и различитим погледима на потпуно једнаку ствар. У сваком случају, сигурно беше једино то да се сада никако није могао избећи. Могућност људи да пресуђују, да међу собом размењују улоге сведока и извршиоца казне, и тако укруг до изнемоглости, одувек је многима била привлачна. До лудости њоме анимирани, свакако да не могу приметити оно трајно и непотребно лакрдијашење у коме учествују, и што је још и битније — огромну штету. Бавити се туђом судбом, чак и под претпоставком да се то чини на честит начин и са светлим циљем (ако је то уопште и могуће), без пристрасности и грубог изношења неистина, један је од тежих облика кршења људског достојанства.

Вест о свежем догађају из крчме ширила се као зараза и васкрсавала у много различитих форми и облика, сасвим очекивано и за врло кратко време. Свако је ономе што му је неко можда само успутно дошапнуо, као нешто несигурно и неиспитано, додавао још понешто тако да је крајњи конзумент ових прича имао потпуно фантастичну представу о ономе што су сви добровољно наметнули себи као дужност и обавезу — готово свако је држао да једноставно не може бити без удела у том случају из крчме, врло битном, чак судбоносном... Ретки су били они што су ћутке прихватали све, и то онако како се заиста и збило, трудећи се да се забаве нечим потпуно другачијим како и сами не би упали у мрежу могућег зачињавања читаве ствари различитим измишљотинама. Укратко, били су то људи свога посла и свога пута. Своје судбе. Мало је било оних без коначног суда. Уопште, без суда. То је био један од значајнијих разлога што се читав тај процес извођења Ивана Петровића пред суд јавности отео контроли и што на њега мучно да је могло било шта утицати како би се он зауставио или барем одложио на неко време, до испитивања ако је то већ нужно, и даље, до прикупљања неоспорних доказа, уколико су постојали.

До савршене озбиљности и као нешто што се, природно, издвојило из свих дешавања, прихваћен је догађај од претходне ноћи, тако да је веселост лица људи на улицама вароши постала готово најстроже брањена — свакоме ко би другачије поступио као да је претила казна и осуда. Разумљива и наглашена педантерија у прихватању или оспоравању свих тих различитих тврдњи и саопштења постојала је само код неких варошана. Свакако, то беху карактерно изоштрени људи, одмерени и изузетно опрезни пред тим случајем. Они нису прихватали то што се слободно могло назвати непромишљеним нагађањем, већ само оно што је заиста истинито, без и мало сумње. Са друге стране, било је и оних (такви су држали већину) што су сударајући се са Иваном Петровићем на тргу, гледали у њега са гађењем, прекорно и грубо. Чињенице су биле посве другачије — њему је нанета озбиљна озледа сечивом, али то су само неки држали за нешто чиме би се, и то само можда, ваљало позабавити. Такви су сажаљевали његов несрећни случај. А сажаљење, као ни осуда, не иде уз човека, ма какав он био! И уопште, ни код једних ни код других, ни код оних што су му судили нити код оних што су га сажаљевали, он није могао пронаћи било шта што би му ублажило страшну душевну рану од које му је читаво тело подрхтавало.

Ако некоме вежу руке и поведу га на губилиште — њему остаје једино скромна нада да ће неким чудом бити помилован у последњем тренутку. Али, уколико тог истог човека дуж пута који води на место погубљења, док он проживљава најгрчевитију, личну драму, многи још зеједљиво и пакосно стану подсећати да ће ускоро страдати невин, без и мало кривице, у томе чак и уживајући... то је већ посве другачија ствар! У њему се тада уздиже силна жеља и потреба да пружи отпор док крви у жилама има, док има снаге да ломи копља зла голим, и већ свезаним рукама!

Иван Петровић је добро знао да му је припремљена поруга, да ће тек постати предмет исмевања и задовољења нечије изопачености, да ће допасти још већег понижења и рашта сад и покушавати и било кога убеђивати у нешто о чему готово сви већ имају своју представу које се држе као утопљеници, без обзира да ли је она исправна или не — они од ње неће одустати ни по коју цену! Старчев положај кривца без учињеног злочина додатно је био отежан и оном несрећном парницом око земље — њој краја као да није било. Заузети се око обе ствари и при томе и у једној и у другој бранити своје достојанство, мучно је и тешко подношљиво, и то још уз све оне непријатности и увреде части, дрске и неизбежне. Приметно и нагло је венуо у лицу од силине брига и наметнутих смицалица од којих се некако требало ослободити, кад се већ никако нису могле избећи.

Наталија, како га је јутром угледала расечене руке, вриснула је и прекрила очи рукама, што из неверице што из немоћи женског срца да поднесе чињеницу да је човеку кога воли неко могао учинити тако нешто, до крајности свирепо и равнодушно. Без и једне једине речи већ је унапред разумела све. Нешто од тога дуго је и наслућивала. Покушала је да га убеди да чим пре пођу доктору, али он се томе одлучно противио, уверавајући је да не трпи јаке болове, иако је било посве другачије. Трудио се да јој ни једним јединим покретом, ни једним изразом лица не да до знања кроз шта пролази и колике су његове отворене ране, пре свега душевне, тешке и дубоко урезане. Достојна је дивљења и дубоког поштовања његова решеност да кроз све те мрачне теснаце прође потпуно сам, и да њу ничим не оптерети. Наталија је, опет, силно туговала што од њега никако да чује ни речи о читавом случају, да му барем својим разумевањем и нежношћу да било какву подршку. Не могавши више да отрпи ту тишину и услед ње голу слутњу, реши се да она прва поведе разговор о ономе што их је обоје, само са различитих страна, силно мучило:

— Николај?

— Он — кратко јој потврди.

Наталија на тренутак застаде како би ухватила изгубљену мисао и како би јој се онај тежак укус горчине у устима о нешто разбио или спустио до стомака, где ће наставити да је мучи, а онда продужи:

— Како даље? Шта је крвнику толико засметало да то учини?

— Наталија, нема више узмицања! Направили су игру са ђаволом, он и Вук Ивановић, онај... — па се ту мало замисли и застаде. А онда, погледавши у њу настави: — Мене су криво оптужили за случај убиства студента. А ово... — па показа на расечену руку — ово ће проћи. Крв се обнови. Рана исцели. Али увреде, клевете и понижења... са тим ствар већ стоји другачије — замишљено примети Иван Петровић.

— Оптужили су те пред свима? — у неверици упита Наталија.

— Пред свима, разуме се. И многи од њих већ су ме и осудили. Кажу, тај им је случај ионако био врло сумњив!

— Сумњив? У чему то?

— Много је разлога за подозрење код људи који су навикли да мере рђавом мером. Недељник... Недељник... — понављао је нервозно, присетивши се свега од прошле ноћи.

— Шта с њим?

— У недељнику је та смишљена обмана у потпуности и јавно оптуживање људи који немају никакве везе са случајем студента Н. Ево ти, читај. Већ су га готово распродали и многи читаоци само одмахују главом у неверици.

Наталија пребледе од ужаса. Ионако упале очи, од силног запрепашћења као да се потпуно заклонише у дупљу. Руке јој стадоше подрхтавати од осећаја потпуне неверице и немоћи. Згрчено лице наједном доби нездраву, од муке тамну боју, а онда опет пребледе. На крају, измучена и искидане нутрине од онога што је прочитала, заплака.

— Пусти. Само пусти, Наталија. Не треба ми још и твоја патња. Лакше ми је без ње. Добро није, али ридање над личном судбом никоме не помаже.

Ја ћу своју још да прекрајам! — изрекавши и потпуно уверен у то што је говорио, доби неку нову снагу и чак поскочи.

Ходао је брзо и окретно, као човек који у сваком тренутку тачно зна шта хоће. Дохвати се силних хартија (све заједно чиниле су његову одбрану у парничењу против Вука око земље) и стаде их разврставати, детаљно неке од њих по ко зна који пут и опет изнова ишчитавајући. Не могавши да сакрије силну оптерећеност и измученост због предмета, смртно одуженог, уздрхта као прут, јер у сваком од тих папира проналазио је и свог тлачитеља, човека који је над њим хтео да има потпуну власт, налазећи у томе извесну насладу!

Поквареној машти Вука Ивановића и његовом разулареном уму, неморалу у свој његовој одвратности, граница се никако не може повући. Уживање у туђој муци и због тога отворено ликовање, наздрављање у част сила таме, сурова, из пакла пренета тежња да другога мучи, да га покорава и угуши својим деспотизмом, у крајњем и отвореним варваризмом — све то указује на изопаченост људске душе и робовање злим дусима! И још та горда и злочиначка, непомирљива тежња да некога на коме нема кривице стави под свој закон, под иронију свега што је достојно честита човека, и тај сумануги нагон да невиног пороби, да га назове слугом — дрскост је и треба да буде кажњена.

Људи њему равни, навикнути да од других траже понизност и удовољавање њиховим сулудим прохтевима, нису ништа друго до груби преступници, злочинци над чијом је главом већ отворен суд. Немилосрдна је и острашћена та њихова тежња да у другима угазе слободу, да угуше и у потпуности овладају њиховим бићем, иако им ти несрећници нису нити било каква претња нити су им било чиме засметали на њиховом путу срама и вероватне погибељи. Наопако је и зло да туђа мука некоме постане отворено радовање! И поред свега тога, изгредника је увек било и без сумње ће их бити. Али, тај надземни закон, некима можда и несхватљив, обуздава читав свет од свеопштег пада како се не би претворио у сумануги циркус у којем лудаци са тронова своје гордости и изопачености различитих облика повлаче конце плишаних лутки, а онда их, из забаве стану још и сечивом расецати...

Иван Петровић, уопште узев, није био тип човека који свакој, па и оној безначајној ствари тражи узроке, јер тако би сигурно само скренуо памећу. Али, ако је нешто тако крупно и значајно, за то би се заложио без прорачуна и потпуно. Ствар је посве једноставна — умео је да мери добром мером не дозвољавајући себи да се уобразиља (иначе присутна код многих) издигне изнад његовог живота јер би то значило само једно — илузионарство где човек не дела нити шта решава, већ бежи од стварности и потешкоћа. Од живота у илузијама, у различитим представама, потпуно фантастичним, држим да нема ничег опаснијег јер се човекова воља да дела, да изграђује и ствара, мрви у прах и нестаје у облацима сладуњавих снова који лако заварају. Још ако се од таквог живота стане нешто и очекивати... Ништа, само груба издаја и заваравање себе и свог достојанства. То је једно. Друго је можда још и важније — Иван Петровић није дозвољавао себи да падне у очај, и у чему год га је живот затекао он би му пркосио, издржавајући све — љути бол, понижења и увреде.

Добро је познавао судбе старих просјака, измучених и од многих одбачених, болесних до те мере да им је то постало неиздрживо. Једни са штакама у рукама, други епилептични, трећи већ душевно оболели... И сви ти људи ипак су се сударали са осталима где год би се затекли заједно, тражили су разумевање за свој удес и држали увек барем оно мало вере да ни они, као ни било ко други, нису тек тако, суровим случајем залутали у живот! А та вера, вера у потпуну разложност њиховог постојања, јесте оно што им је у појединим тренуцима било довољан разлог да у усхићењу славе и величају свој живот више од било кога другога, дајући им снагу да издрже све и да се чак и радују!

Код тих људи све су ствари и животна рачуница били до савршенства једноставни — не роптати због оног недостижног, већ се радовати ономе у чему те је живот затекао! И ако чак и они, иако за то имају најмање разлога, славе и величају своје постојање надајући се нечему већем, нечему што је изнад и самог њиховог поимања, нису ли онда и сви други готово дужни да се тргну из очаја и да се не жале због тих неколико животних жуљева којих једноставно мора бити?! И сви они који прецењују могућност свога разума па га обремене преко мере у потрази за решењем не знајући да га једино живот и жива вера могу дати, неизоставно ће од тога претрпети велику штету.

Живот треба заволети, ма какав он био. И држим да је у предности свако ко је до било каквог искуства дошао живом вером, а не учењем о њој, јер се у томе учењу лако може изгубити она животност и величина тога у шта човек заправо верује, а онда и доспети у такав ћорсокак на чијем ће нас крају сачекати једино сумњичавост, упорна и тешка, и одвести нас, готово извесно, у очај. Од свих тих људи непријатне спољашњости и без трунке сјаја, изношених и подераних капута, нећете наћи готово ни једнога ко отворено протестује против свог живота и ко би радо, да како може, заменио ту своју поцепану крпу живота за неку нову, бољу и лепшу. Ето, управо због тога је Иван Петровић дубоко поштовао те несрећнике!

— Наталија! — повика он неочекивано.

Она се трже и подиже поглед ка њему. Приђе јој и хитро је ухвати за рамена.

— Чак ни када се учини да је неизбежно дошао крај, није тако све док се човек са тим не сложи! Ја никада нисам хтео да имам непријатеља. Никада! Али, сама знаш, они су ми се наметали.

— Знам — тихо се сложи Наталија.

— Онда знај и то да ја никада пред њима нисам узмицао нити ћу!

— Знам и то, Иване.

— Наталија! Тргни се! Кажем ти, јадиковање над животом не може помоћи.

— А како мислиш да изнесеш све? Како? Парничење и сад ово... Ову нову подвалу злобе. Како?

— Изнећу. Знам да радим исправну ствар, а ти подлаци... Како они? Питаш ли се то? Како они могу и како ће?

— Питам се. Они се не питају.

— Уверавам те да ће све бити добро. Твоја брига само ме још више, непотребно и тешко оптерећује. А бриге никоме нису добра донеле.

— Разумем.

— Опрости. Треба ми мало мира и самоће. Идем за свој радни сто — па узевши читаву ону гомилу папира око парнице, затвори врата.

У папирима које је држао пред собом непрестано климајући главом и палећи до врха напуњену лулу, био је садржан читав онај мучан и тежак процес од кога је често добијао несношљиве главобоље, а понекад чак и допадао таквих стања отупелости и мрзовоље, раздражљивости да је са свим тим тешко излазио на крај и готово намислио да од свега одустане. Мало парче земље, а толико брижљиво исписаних редака (неки су чак и подвучени више пута), чињенице и одбрана против неморалних оптужби човека који га је отворено презирао из непознатих разлога. И таман када би читав спор постао довољно зрео за закључивање, појавиле би се нове оптужбе, а онда и на њих припремане одбране.

Треба приметити једно, што сигурно вређа људско достојанство и идеју савршене правичности — човек без трунке кривице може бити уплетен у различите интриге и чак бити у невољи да брани оно што му иначе законом припада. На крају, читава ствар (под условом да је друга страна толико префигана и крајње лукава, а то је уобичајено) сведе се на одбрану части и достојанства човека који уопште није ни за шта крив, већ је ето, само бранио то своје право. И управо нас то „наше право” чак може и скупо стајати. Ствар је прилично једноставна — не можете увек очекивати савршену правду и праведну казну од несавршених људи и истог таквог закона, јер и закон је донео човек! То што је Иван Петровић водио спор паралелно са човеком коме је дао своје заступништво, нимало не чуди ако се узме у обзир да он просто ништа није хтео да препусти случају. Напротив, у свему је живо био присутан. Није ствар гордости и подозрења у умешност човека коме је поверио да води ту парницу против Вука Ивановића то што је он сада нервозно корачао по соби и претурао по тим силним папирима. Ствар је ипак другачије природе.

Уколико се ради о нечему што је од велике важности, од чега зависи слобода и одбрана личног достојанства, тешко је човеку да мирно очекује повољан исход без икаквог подузећа, па макар он за то ангажовао и највештијег заступника! И управо у том двојном, паралелном процесу човек и налази снагу да издржи. Другачије, тешко би се поднело. Кад зло вреба, извирује иза сваког кутка, човек треба да дела, а не да спава!

Лице Ивана Петровића наједном поче да се грчи, а онда постаде мрко као угаљ. Мрштио се подижући танке обрве док је неповређеном шаком гужвао и бацао од себе све оне папире који су га нарочито мучили или је сматрао да су мање битни. А онда, погледавши око себе, хитро стаде скупљати разбацано у настојању да га врати у претходно стање, јер беше очигледно да се без тога не може. Одсутно се насмеја својој неопрезности и немогућности да у себи одржи мир, насмеја се свом губитку стрпљења, а онда поново седе за радни сто још више задубљен у процес. Расположење му се мењало доста често и прелазило је из задовољства у потпуну забринутост. Лулу је све време пунио потпуно одсутно, готово несвесно, али до врха и без уобичајене ритмике и уживања. Нервозно је ударао прстима по столу све дотле док га силина тог добовања не би тргла из различитих могућих представа како би се све могло свршити, а онда би тешко уздахнуо, свестан чињенице да га читава та ствар обузима у потпуности и да му прави неред у глави.

„Можда ће његова превејаност изиграти моју искреност?! Не, то не може бити! А можда… Можда ће и без доказа парница припасти њему и тада његовој пакости и подсмеху неће бити краја!", мучио се, а одговор ниоткуда није долазио, што заправо и јесте човекова највећа мука.

Када је Наталија ушла у собу држећи у руци запечаћену пошиљку, он то чак није ни приметио. И тек када га је гласно позвала по имену, окренуо се и збуњено је стао гледати. Покушавао је да се прибере, да разуме разлог њене неодложне потребе да га прекине у нечему тако крупном и битном. И тек када му се поглед зауставио на њеним дрхтавим, белим рукама, постаде му јасно колика је важност њена доласка. Писмо је, извесно, било из суда. Она се никако није могла одлучити и предати му то што им је обома изазивало мучан, болан осећај у стомаку. Та женска болећивост не издржа дуго и прекривши лице рукама, Наталија поново заплака, стресе се као у грозници, а онда крајем своје цветне блузе избрисавши патњом отежале очи, приђе за његов радни сто и без иједне једине речи спусти пошиљку. Он је прстима рашчешљавао густу и на местима замршену браду, тек тако, без воље и уопште без потребе за тим, потпуно одсутно и са забринутим изразом лица.

Постоје такви дани у животу свакога човека тешке и дрске судбе, да се од силине личног удеса оне уобичајености живота извршавају без и мало учешћа у њима, постају чак толико омражене да је боље да их и нема, јер за крупну ствар, за остварење идеала, за утврђивање и одбрану части и достојанства потребно је сјединити све снаге из дубине унутрашњег човека и њима подредити све! Баш све! Ти дани у животу Ивана Петровића трају одвећ дуго. Али, рашта се једити на свој бродолом? Уосталом, најбитније је да из њега изађе жив човек, а остала штета услед олује већ ће се некако поравнати. Само јак карактер може много тога изнети на самару којим га је живот оседлао! И то је чуду равно!

Погледавши у Наталију он узе писмо са стола и стаде са њега скидати восак, а онда наједном застаде као да се нечег врло важног досетио, и врати писмо на сто. Слабост, узмицање пред извесним ударцем, пред несрећом, позната је свакоме. И она, у круг затворена тежња да се коначност нечега врло непријатног барем мало одложи, тек мало олакшава.

Стаде кршити прсте, све до бола. У једном тренутку чак га обли толики зној услед ужасне напетости да је имао осећај благог губитка свести. Лице му овај пут постаде црвено услед многе крви и крајњег напрезања нерава. Читаво тело му је имало круто и стегнуто држање. Одавало је утисак да ће се, уколико само измакне под њим та невидљива потпора, срушити и разбити се на комаде. Задрхта и са великом тешкоћом стеже непослушне мишиће лица, а онда покуша да их некако опусти. У једном тренутку помисли да би можда било добро да се уштине, било где, али ни то му не пође за руком. Душевна парализа и потпуно умртвљена воља; стање у којем се човек брани инстинктом и добрим навикама, увежбаним до савршенства. Наталија, увидевши ту његову борбу, покуша да му некако врати здраву мисао.

— Иване, добро си? — тихо упита и рукама му обухвати мршава, спуштена рамена.

Ово га у потпуности отрезни од пређашњег стања, он се трже и поскочи. Загледа се у Наталију и као да му је било потребно да га она ухвати и чврсто стегне за руке како би се уверио да је заиста ту, пред њим.

— Добро... Добро сам. Него... нешто размишљам... Све је у реду — неуверљиво потврди бришући зној заостале муке са чела.

— Гледам те и све ми дође да те нешто упитам, а ни сама не знам како да то учиним. Некако си одсутан... И лице ти дошло тмурно, страшно и намучено.

— Питај! Питај, Наталија!

— Ништа! Него, онако... Да те чујем само и да...

— Да ли су врата закључана? — прекиде је и изненади оваквим питањем.

— Јесу — одговори збуњено, покушавајући да разуме зашто је то пита.

— Држи их закључаним увек од сада. Имам лош предосећај. Сигурније је тако.

— Забога Иване, због чега сад још и ово?

— Не умем да објасним, само... Буди послушна и овај пут. Нека буду закључана.

— Биће — забринуто климнувши главом она потврди, наслућујући да се са њим нешто врло чудно збива.

Тешко је исцртати границе до којих нечија рђава намера може да досегне, и чини се да би их, ако би неким чудом оне и биле повучене, изнова пресецала та страшна решеност ћудљивих људи да своју жртву докрајче и да је баце на колена. Граница, мера и уопште све оно што људе обавезује на пристојност, зар може имати било шта заједничко са преступницима? А ако је већ тако, ко је Ивану Петровићу могао тврдити да му није припремљена нека нова подвала и само је питање повољног тренутка када ће она бити подметнута. И управо је та мисао ледила жиле у изнемоглом телу старца пред кога је живот поставио крупне захтеве.

Гледао је у до пола отпечаћено писмо и подозревао у њему нову тешкоћу и неповољност и може бити да ће му она као привезак, тек тако, бити прикачена да стално за њим ландара како не би никако имао мира. Стегну грчевито ону неповређену шаку, а онда, отпустивши је, протрља њоме болну руку и дунувши у дланове, узе поново писмо, решен да овај пут просто стргне печат са њега.

„Ишчекивање ништа друго не може донети до једино болест због титрања нерава, а када је већ тако... и ако се случајеви и позоришни комади живота никако не могу избећи, ред је онда и да се све то лепо 'распакује', да се обнажи и открије па ма колики ударац био", помисли старац и у истом тренутку отпечати писмо до краја.

У рукама му се нађе уредан и не много дугачак извештај, допуњен једним прилогом. Он беше исписан на посебној хартији, руком. Углавном, у том извештају, у само неколико савесно и прецизно искуцаних редака, без грешака — оне су у овако озбиљним стварима недопустиве, стајаше решење спора са Вуком Ивановићем због кога је он и елаборирао читав тај процес у гомилу жутог, исписаног папира на коме беше његова лично вођена одбрана на дрске оптужбе. Спор је решен у старчеву корист јер се његов тужитељ како је то сам навео, одриче „свог права" да му се, уз заступништво суда и помоћ правде „одузето врати". У приложеном акту, Иван Петровић препозна рукопис нечасног чиновника и интриганта, свог највећег тиранина и тлачитеља. Свој положај умео је више пута да искористи и тако добије на своју страну подмитљиве људе. Они су му отворено ласкали и тако му подизали сујету. Све оно на шта би положио своје нечасне, похлепне руке, у овом случају парче земље од којег је, из само њему знаних разлога, одустао, углавном би са огромном страшћу присвајао. Испрекидано, врло нечитко, до крајности неуредно и ситним словима исписано, стајаше и његов својеручно потписани исказ о опозивању покренутог спора.

Ја, Вук Ивановић, одричем се онога што је предмет мога спора са Иваном Петровићем. Моје достојанство и годинама изграђивани углед чиновника више не могу отрпети овај мучан процес против човека врло сумњивих склоности, а особито нечасна и рђава морала. Тражим од суда да се заказано парничење поништи, јер овим мојим одустајањем од спора, губи се и сам његов предмет, те тако постаје, лако је судити — беспредметан. Уосталом, ја сам ангажовао све своје способности и умећа у расветљавање другог, посве значајног случаја, од кога, унапред вас уверавам, нећу одустати као што то сада чиним јер је тај случај врло деликатан. И свакако — наћи ће се убрзо пред судом. О томе ћу вас писмено благовремено известити тужбом озбиљне тежине.

У уверењу да ће моје одустајање од још увек отвореног парничења наћи разумевања у нашем врло цењеном и поштованом суду, срдачно, Вук Ивановић.

Жишци Иванових очују плануше и разбукташе се по његовом укоченом лицу. Оно поново постаде нездраво црвено од силног узбуђења. Поскочи и треснувши ногама о под стаде кривити вилицу час у једну час у другу страну. Запрепашћено је гледао у Наталију којој тек сада ништа није било јасно.

— Зликовац. Ово је потпуни злочин! — викао је озлојеђен.

— Иване, биће све како треба! Сам си то рекао! — неспретно га стаде уверавати. — Говори, говори, шта пише? — узбуђено продужи Наталија.

— Одустао је од парничења а самим тим суд је донео пресуду у нашу корист.

— Па шта је у томе злочин?

— Злочин је, и то врло подмукло и префригано смишљен, у изјави тог клеветника. Ево ти. Читај — раздражено је викао, покушавајући да се обузда од све јачег гнева.

Наталија уплашено узе папир, стаде читати, и већ по њеном изразу лица беше јасно да је и она прозрела у нечасне, лицемерне замисли њиховог тлачитеља.

— Лицемерно одустаје од спора побуђен „часним намерама” како би расветлио један крупан догађај. Клевета о мени као убици већ ће се наћи пред судом, сигурно је на то мислио кад је поменуо ту нову тужбу озбиљне тежине, а он овим својим чином одустајања од парничења покушава да завуче своје прљаве прсте и у суд, да се представи и њима као тобожњи ревнитељ за правду и истину — у једном даху изрече све оно што је Наталија већ и сама могла да разуме.

Све нервозније је корачао по соби, а онда, нагло се окренувши, разбаца све оне папире са стола као нешто око чега се силно заузео а на крају, у томе није видео никакав смисао нити плод великог труда. Истина, пресуђено је онако како је он желео, али кад се само сети свих непроспаваних ноћи и заузећа око нечега што се сада на овако подмукао и лицемеран начин окончало... Тешко је и наслутити шта је све Вук Ивановић предузео и шта ће још предузети како би његова нова оптужба постала предмет великог интересовања и коначног доказивања нечега што заправо није ни постојало, и управо је то Ивана Петровића доводило до ивице потпуне душевне провалије над којом се надвила сенка злог човека који је већ једном ногом био спреман да га затрпа након што он у њу упадне.

Зла слутња правила му је неред у глави и он је већ имао неколико различитих верзија како ће се све окончати. Свака од њих му је везивала слободу у окове, а она, по њега најтежа, уколико би се догодила, довела би га, сасвим извесно, до потпуног очајања — у том случају он би био осуђен за нешто што није починио, а то би са собом донело тешке последице! Само, никако му није полазило за руком да одгонетне ту до детаља припрем그ану, препредену клопку, јер ако већ новине пишу о њему као убици, а у исто време Вук Ивановић представља себе као „добродушног помиреника” тако што одустаје од даљег парничења, и само успутно наговештава да се има заузети око крупне ствари, зашто с њом већ није изашао пред суд?! Није могао да поверује у могућност Вуковог двоумљења, да он од нечега страхује па му није лако да пресавије папир, оптужи га и то преда судским чиновницима. Био је сигуран, и то потпуно, да је постојао неки разлог који се није могао занемарити због кога је Вук опрезно и лукаво чекао повољности под којима би се будући процес могао покренути. А до тада, до коначног обрачуна ова два човека, сигурно ће и један и други предузети баш све како би на крају реч једнога била изнад речи противника.

Иван Петровић замоли Наталију да скупи разбацане папире са пода и да их од сада она чува, ако неким случајем поново буду потребни да их има, да се нађу већ. Замоли је и да га остави самог, уверавајући је да је с њим сада већ све у реду. Седе поново за свој радни сто и стаде записивати све појединости којих се могао присетити у вези са несрећним студентом Н. Сасвим је извесно да ће му то бити од користи и потребно за овај случај. Решио је да никоме не даје своје заступништво у одбрани — браниће се сам, по свом личном избору и убеђењу, по правди пре свега.

За време те његове личне драме и отварања новог процеса пажљивим записивањем чињеница око нечега за шта је очекивао неправедно прогоњење, Вук Ивановић је седео у својој канцеларији окружен предметима који су чекали да их он узме у руке и да их реши. Било је ту свега и свачега: различитих захтева, понека жалба и чак отворених, снисходљивих молби, снисходљивих до потпуног одрицања поноса.

Судбине многих људи биле су окренуте ка њему. Од њега је зависио коначан исход свега онога што је некако требало решити — од неисплаћених зарада па до молби да нечији син, ако је то икако могуће, ступи у чиновничку службу. Наравно, уз сваку молбу ишло је много ласкања и похвала упућених њему. *Ваше благородство; поштовани и дубоко уважени г. Ивановићу; омиљени и радо виђени чиновнику...* и још много сличних одобравања како би се његова чудна нарав одобровољила у решавању тих захтева. И све је то пролазило кроз његове руке. За оно на шта је одговарао позитивно добијао је не мало новца и то обавезно пре решавања предмета, тако да је већ и навикао да га људи гледају са поштовањем и да га награђују за тај његов „труд”.

Са друге стране, оне који су му долазили без ичега, можда широког осмеха, али празних руку (што им он никако није могао опростити), гледао је са висине, једећи се у себи што је уопште и узео њихове захтеве у разматрање. Чак и више од тога — стао је отворено тражити новац како би се ствари убрзале, како би било све у најбољем реду и томе слично.

И то је тако пролазило без штете по његову службу. Напротив, све је више био поштован и уважаван од тих бедних душа навикнутих да до циља долазе на различите мрске начине, а да због тога не осете чак ни најмању непријатност нити прут савести!

Узалуд је било то што су они други, они незадовољни, људи од части и поштења, јавно негодовали оптужујући га за мрске, неморалне прохтеве и подузећа — његова служба је била, чини ми се, најсигурнија од свих у вароши. Ма шта да се десило и ма колико били одлучни ти иступи ојађених и гневних против његове самовоље, он је остајао недодирљив, покушавајући на све начине да што пре повољно реши све оне предмете за које је био додатно плаћен а да, насупрот томе, осујећен и заражен користољубљем, све оне молбе и захтеве без претходно примљеног новца стави дубоко у прашњаву фиоку, равно у заборав.

Избило је подне. Вук Ивановић са обе руке придржава тмурну главу, узалуд се трудећи око нечега на шта није могао утицати. А онда, тиме незадовољан и озлојеђен, разбаца све са стола и наложи да позову Тимотеја, познатог варошког лупежа, како би га он чим пре посетио — ствар је крупна и неодложна и он ће га сачекати у својој канцеларији.

— Маргита! Маргита, вуци се овамо! — викао је обузет бесом.

Младој и врло лепој девојци, недовољно наклоњеном судбом беше одређено да буде помоћник бахатог чиновника, и она само немоћно слеже раменима, стидљиво и покорно.

— Нека кола буду спремна. Данас ћу раније изаћи. Крупна је ствар. Без одгађања — рече јој и показа руком да иде, да пожури.

— Учинићу све да не чекате на кола. Биће спремна. Господину Тимотеју су већ јавили да одмах крене.

— Господин... Хммм, чудног ми господина. Обично задиркивало и лупеж, мада... И такви понекад могу бити од користи — додаде сам за себе, задовољно се смешећи након што је Маргита хитро изашла.

Ипак, није се могао дуго заносити тим подмуклим мислима о Тимотеју. Напротив, губио је стрпљење те стаде нервозно премеравати своју канцеларију ужурбаним корацима. Биће да ју је по ко зна који пут прешао уздуж и попреко, завирујући испод свега и свачега, као да му је све што је било пред њим потпуно непознато. Кад коначно у потпуности изгуби стрпљење да још увек чека, пребаци капут преко руке и крену. Расејано добаци онима који су му се нашли на путу да има нека неодложна посла и да се тога дана неће враћати, залупивши врата за собом. Напољу га прореза свеж ваздух и као да мало истрезни његову опијеност. Крупним корацима журно крену ка колима, наmeривши да ту сачека Тимотеја. И, можда би чак прошао мимо њега, задубљен у своју нову мисао, видно нервозан и нестрпљив у ишчекивању, да се њихове црне главе не судaрише на степеништу.

... Мир се држи на стубовима узајамног поштовања 

Вук застаде у чуду као да тог старог превејанка није ни очекивао, љут због прекинуте му мисли. Лице му се упали од гнева и као разливена мрља на сунцу стаде мењати боју. Прекорно се загледа у Тимотеја, изразито негодујући, али овај се већ стаде невешто правдати неким заузећем. Каже, ухватио се важног посла па се још и кикоће, задовољно трљајући руке. Јасно је — опет је некога покрао, и овај пут некажњено. Не постоје докази, као и увек, и овај пут тако се свршило. Изазван том његовом непосредношћу и непостојањем осећаја кривице због тога што је требао још и раније стићи, Вук га чврсто стеже за подлактицу и без речи, главом му врло одсечно, значајно и тајанствено показа на кола. Иако свадљив, Тимотеј оћута, и не исказујући никакво противљење крену за њим.

— Царска механа. Улица Ослобођења — кратко и одсечно нареди чиновник возачу кола.

Овај само потврдно климну главом не желећи да стане насупрот тој зловољи, али помало збуњен одредиштем, осмели се и ипак упита:

— Господине Ивановићу, желите у Царску механу или у улицу Ослобођења?

— Све је то исто! Варош је ово, сметењаче. Улица Ослобођења је у близини Царске механе.

— То знам, али како изволите...

— Нема ту шта „како изволите” — прекиде га и осорно му запрети: — Кад већ знаш, не запиткуј много него вози!

Младић још једном климну главом и крену ка Царској механи. Тимотеј се неочекивано стаде изнова правдати због свог кашњења, непотребно, а самим тим и невешто, што само још више изазва Вуков јед. Стигавши до Царске механе Вук нареди возачу да ипак продужи до улице Ослобођења, број двадесет пет где две главе и изађоше. Све се дешавало веома брзо, смишљено и прорачунато. Ипак, чиновнику се прохте да тек онако, успутно, али и заповеднички, запрети младићу да не дангуби и да одмах крене назад. Овај само жмирну очима, поражен чињеницом да му човек различитих преступа у служби држи слово о исправности поступака.

Мерила света су чудна. Некоме је педаљ исто што су другоме четири стопе. И та расподела моћи и права где се некоме суди без суда, а другоме се за исту ту ствар клања, не само опрашта... Све то заједно зна да личи на обичну шарлатанску игру, без било каквог исправног расуђивања и било каквог поретка, законитости. Јер, где год је човек ту је и несавршенство. А где год су људи сва та несавршенства испливају на површину као плута — неки су у вечитом положају повлашћених те за њих норме и вредности не важе и они према њима стоје само у формалној обавези не полажући рачун никоме, док се њихови преступи не бележе нити броје. Злоупотреба слободе. И то углавном без осуђивања јавности јер човек, страхујући за свој положај, за углед ако га је некако и прибавио за себе, или уопште — страхујући за било шта друго, никако да се одлучи и да на злобе уложи отворени протест. Чему онда ишчуђавање над постојањем вртоглавих неправди у подножју шупљих стубова на којима се читав свет немирно њише?! Зар некоме још увек није јасно да је људском грамзивошћу, похлепом, себичношћу и лицемерјем стављена маска преко лица свега племенитог што постаје готово недостижан идеал? И да се за све вредно и светло за живота увек мора борити, без даха и престанка! Ако ништа друго, оно барем за лична убеђења и веру у оправданост човековог пута.

Вук се осврну око себе, а онда, уверен да га нико није видео у друштву свима знаног лупежа, позва Тимотеја да пође за њим. Врата се отворише и пред њих, у већ навученом капуту, изађе бледи лик Вуковог сина Андреја. Већ у наредном тренутку он им се немарно наклони, правдајући се својим неодложним обавезама у вароши. Њих двојица уђоше.

Међу високим зидовима пространог и врло прозрачног стана беше свега. Укуса пак, понајмање. Ништа не изгледа тако грубо и просто као богатство и раскош уколико се употребе на погрешан начин. Јер, ово прво води ка одсуству милосрђа, а ово друго у примитивност и накарадност.

Домаћин наложи Тимотеју да седне на диван, очигледно намерен да му што пре открије разлог због кога га је позвао. Општи утисак беше да је чиновник веома журио, чак био и нервозан. И да је како могао, можда не би ни позвао Тимотеја горе... Овај се опет трудио да на себе навуче аристократско држање док говори са човеком за кога је сматрао да је управо то — уважени аристократа и неко од силног утицаја и моћи, али она ситничавост рђаве нарави, обична превејаност још обичнијег лупежа и природна распуштеност у карактеру, у томе га спречише.

Седео је шеретски жмиркајући очима без трунке тако прижељкиваног господства и отмености. Напротив, одавао је утисак врло непристојног госта. И уопште, од човека крупних, чврстих шака и незграпног хода, високог чела и немарно распуштене косе без и мало труда око ње, не може се ни очекивати тај префињени утисак, па чак ни по спољашњости.

Унутрашњости његове пак што се тиче — тек ту није било ни говора о чему господственом нити врлинском. Пустош и јама бездана. Смоласта зла нарав и нескривено одобравање сваком пориву и греху, чак и наслађивање тиме. Једио се тек тако, без разлога и врло често. И није пропуштао прилику да се људима које је обмануо, озлоједио их и огорчио, у лице насмеје и тако још више продуби рез њихове ране. Њему занимање беше управо то — поткрадање других и још читав низ ситних пакости.

Казна за сва његова злодела остајала је далеко, задремала а онда тако и уснула. И можда је то заправо и његова највећа вештина — ма колико му казна дисала за вратом, он је успевао да је скине са оковратника. Биће да га је, знајући за то, Вук Ивановић и узео за свој подухват. Тај подухват је припремао, опрезно и врло смишљено, изузетно тачно, у корист Николаја, а на штету Ивана Петровића и његових пријатеља.

Чиновник високо подиже прст, а онда њиме означи свог мало цењеног госта без кога не би могао обавити своје намерено, криво подузеће.

— Потребан си ми у једном случају. Твоја помоћ биће ми од изузетне користи. Уверен сам да за ово нисам имао бољи избор. Чак нисам имао ни било какав избор — а онда ставивши прст преко уста и тако указавши свом госту да никако не говори, стаде ослушкивати.

— Шта то радите, господине Ивановићу?

— Тише! Неразумни човече! — прекори га и нервозно стаде извиривати низ улицу, а онда затвори једини, тек мало одшкринут прозор. Беше јасно: никако није желео да било ко зна да је угостио ћудљивог Тимотеја.

— Опрез! Опрез и тачност у овом случају су пожељни. Нужни чак — настави Вук, а онда, двоумећи се, нерадо се спусти и сам на диван, па продужи: — Чак би и глупом и лакомисленом човеку било јасно да ово мора остати у највећој тајности, а ја држим да си ти оштроуман и врло проницљив — стаде му ласкати.

— Господине Ивановићу, у моје ћутање можете бити у потпуности уверени.

— На то сам и рачунао. И не само то! Никакви трагови за тобом не смеју остати. То би нашкодило само теби, јер у свему овоме ја имам неки свој рачун, али не и одговорност. Уосталом, то се тебе не тиче.

Тимотеј само одмахну руком у јемство да га читава ствар и њени разлози уопште не занимају. А онда, намеривши да дâ себи на значају, иронично упита:

— А Ви, господине Ивановићу, сигурно сте од некога чули да иза себе остављам трагове починиоца... — заједљиво и иронично се засмеја.

— Свакако да нисам. Зато ти и указујем велико поштовање. Него, опрез! Опрез, драги мој.

— Чини ми се да превише бринете. Нервозни сте, ето Вам се и дланови зноје.

— Доста више с тим. Доста! — викао је чиновник, а онда као да се стаде правдати — Нервозан! Шта ти можеш знати о томе?! Свакако да сам нервозан. Крупно је ово, ’еј! — а онда ударивши рукама о колена, поскочи: — Него, ево у чему си ми потребан. Награда ће бити велика, то се подразумева — па добро одмеривши Тимотејеву главу, отвори шкрињу и дубоко завуче руку у њу. — Због овога сам удесио наш сусрет — па указујући очима на оно што је држао у рукама, спусти садржај крај Тимотеја.

— А то је...? — са живим интересовањем овај упита.

— Унутра је пиштољ. Из њега је пуцано у студента Н. И никада након тог случаја није пронађен, можда то и знаш. Ипак, то није било довољно да Николај не буде осуђен као починилац. Затекли су га у близини. Сведочења су била уверљива. Мада, точак се може поново завртети — уз тајанствен осмех и трљајући руке наговести му своју замисао, дрску и ђавоље лукаву.

Тимотеј га погледа са знатижељом, не могавши још увек да разуме због чега му све то говори.

— Разлоге и намере ти нећу открити. Кажем, то у твом случају није ни битно — стаде га изнова испод ока мерити и загледати како би се још једном уверио да је управо он „човек од поверења” а онда му кратко саопшти у чему се и састоји тај „његов случај”: — Искористи непажњу Ивана и Наталије Петровић уз сву обазривост. Гледај да пиштољ буде добро сакривен у њиховом дому. То је све.

Мирно и без промене у држању Тимотеј само климну главом уз значајан осмех.

— Неповерљивом човеку без великог премишљања не дајем чак ни оно за шта сматрам да нема баш никакву важност. Јасно ти је онда колико верујем у твоју умешност.

— Биће да за то имате и посебан разлог, господине Ивановићу — очигледно поласкан примети Тимотеј.

— Свакако. Без сумње. Старај се за тајност и тачност у свему. Позваћу сада кола, а за остало... сам већ знаш како ћеш.

Беше више него очигледно да је Вук Ивановић и даље био нервозан и да је хтео што пре да га испрати. Тимотеј се још једном задовољно насмеја. По изразу лица видело се да је већ уживао у својој улози, подједнако колико и у обећаној награди. Одвојивши се од дивана, узе под руку свечано упаковану кутију у коју је Вук ставио пиштољ. Дубоко му се наклони и захвали због указаног поверења. Чиновник га испрати, али само до врата, и уз детаљно ослушкивање смаче са њих резу. И тек када је видео да се његов гост хитро спустио низ степениште, затвори врата и дугим корацима крену ка прозору, размичући завесу, обазриво и тек мало.

Тимотеј уђе у кола, она кренуше и тек тада за чиновника наста велико олакшање — за могући неуспех и можда чак откривање злочина он више није сносио никакву одговорност, јер пиштољ беше у туђим рукама. Остало му је једино још да о свему извести Николаја и да му саопшти даље намере. Завали се у наслоњачу, протрља руке и чак викнувши од узбуђења, узе вино и чашу, и наливши до врха, задовољно отпи.

... Милосрђе ставља катанац на врата похлепе

ГЛАВА IX

Опет некако из прикрајка, ненадано и без претходне најаве, дођоше ми и овај пут мучно дуги дани тешког сна. Будио сам се усред ноћи, а онда тако раздражен и сањив тражио себи било какву разоноду претурајући по свему што би ми дошло под руку.

Ноћи без сна постале су све чешће, а да ја нисам ни знао са које стране све то куља у мени и одакле надолази. Све то беше можда и због тога што сам се у некој мери и сам заузео око случаја Ивана Петровића, Сергеја и Павла Васиљевића, али никако се нисам могао задовољити том могућношћу јер сам у дубини осећао да је она ипак лажна.

У читавој тој пометњи, у том отвореном процесу, једна страна лукаво је и врло смишљено тражила нове поводе како би окривила недужне, а ти недужни су, опет, уверени у законитости истине и частољубља, чинили све како би једном засвагда везали уста и руке тих злонамерника. Моја улога у томе беше готово занемариво скромна и састојала се једино у томе да будем веран сведок и неко ко ће бити од користи тим недужним, углавном у неким не тако важним случајевима. Тако сам, на пример, често одлазио у име Ивана Петровића у варошки суд како бих се тамо распитао о његовој парници против Вука Ивановића док она још беше жива и отворена, а након незгоде у крчми, будући да се он силно противио одласку лекару због расечене шаке, односио сам му разне мелеме за исцељење ране, помагао Сергеју у његовој малој столарској радионици и отворено стајао на његовој страни кад год би он био у било каквој непријатности због Николаја, а имао их је много јер се углавном само наметало да се њих двојица често и на различитим местима срећу. Ипак, било би сувише непромишљено ако бих тврдио да то беше узроком мојих тмурних ноћи и уморних очију. Напротив, због свог, мада скромног, удела у праведној и великој ствари, имао сам осећај задовољства јер сам, ето, некоме био од користи.

Тешке су ноћи без здравог сна. Али, није тешко наћи оправданост њиховог постојања, јер све што се дешава носи у себи неку разложност. Налик су једна другој, шупље и бесплодне. Као црно платно у које се човек обавије и све оно што је у њему па тако до јутра остаје у равном и исцрпљујућем покушају да се њега некако ослободи. Разоткривено све оно од чега се бежи, сви падови и неуспеси, незадовољства и страхови, смутње и још теже слутње одједном стану тражити своје разлоге и то без било каквог даљег одлагања и могућег враћања у ону мешину душе где су дуго таворили. Свако ко је барем једном у животу будан поздравио тишину и тренутну смрт свега што је уснуло и стопило се са тмином, а онда дочекао прве зраке топлине јутарњег сунца на лицу, може рећи да је уистину живео! Између тог замирања и поновног рађања свега, новог васкрсења, уткан је свим бојама и различитим шарама читав људски живот у свим несавршенствима, али и лепотама подједнако. И све што дише треба да се радује и да прославља живот и лепоту јер од тога већег нити потребнијег занимања нема!

Онога јутра када је читава варош осванула у најави концерта Марте Васиљевић и када су и продавци на улицама и људи од великог значаја и угледа подједнако са осмехом примили ту објаву, мени постаде јасно због чега немам мира нити сна. Или, још тачније — мени је то одавно и било јасно, само што то себи никако нисам хтео да признам.

„Марта! Боже мој, па ја сам њоме очаран", понављао сам у себи у општем дивљењу. А онда, увек то пријатно одушевљење прекида горка и опора мисао: „Изабраник њеног срца је Андреј, син Вука Ивановића. А ја, иако ватрено волим, зар треба да се мешам у њену слободу и избор?! И заправо, није ли највећа љубав она која се прећути ако већ нема изгледа да се оствари? Да се оћути и одболује."

Моја жеља за дубљим познанством са Павлом Васиљевићем, сада је већ очигледна и разумљива, потпуно јасна и предвидива. Ипак, ја не могу да се молим за нешто што не смем, што је туђе, нити да се вратим или одем некоме коме душом не припадам! Мартина љубав према Андреју беше очигледна, а ја сам добро знао да ме нико други осим ње неће толико очарати. Ако је у свему томе за мене нешто ипак било повољно то је онда моје коначно признање самоме себи — да, ја њу душом и искрено волим!

Наравно, дубоко сам осећао да ће вечерњи концерт Марте Васиљевић на мене оставити врло снажан утисак. И колико сам због њега постајао крилат, подједнако сам и бежао, чак и мислено, од тих очију које ће се можда неким чудом срести и са мојим, у општој гужви. Ма колико се трудио да се истргнем из руку наметнуте мисли да је она за мене само недостижан и недосањан сан, ипак нисам успевао да се ослободим онога што је била чињеница, по мом властитом убеђењу необорива и коначна — жена коју моја душа милује за то чак ни не зна. Свакако, требало је доста смелости за једно такво признање у околностима које за мене никако нису биле повољне, јер врло је могуће да ме она никада није ни приметила. Та могућност само је још дубље засецала рану душе и због тога је било тешко чак и живети.

Мучно је ономе ко се роди у сенци звезда! Неиздрживо готово. Јер, иако је моја љубав према Марти Васиљевић била уистину чиста и чак величанствена, без трунке кварежи и неизрециво силна, ипак је временом постала само дубока чежња и, оно што је најтеже прихватити — не мала патња.

Због чега у стопу са великом љубављу често и у многим појединачним случајевима иде и велики бол, тешко је објаснити. Једини одговор, за мене прихватљив, јесте да је свака некрунисана љубав најпре а онда и свака љубав уопште, жртва изнад сваке друге, несрачуната и вољно на себе узета а ако је већ тако... и бол је ту, на педаљ само, и њега уз ту љубав некако треба приргрлити.

Није лаж да је љубав јасмин у цвату и први румен зоре, али подједнако је велика и истина да је љубав и огреботина срца, крвава рана, гладна погледа и искрених жеља. Она душом пламти и њоме уздише, шапатом нежно говори а рукама милује. Ничим се не може откупити. И не тражи да се о њој са гора проповеда и можда због тога неке љубави задуго или чак вечно остају у тишини, необјављене, али увек живе. Тако беше и у случају моје љубави према милој госпођици Марти Васиљевић.

Ведра и насмејана изашла је у складној, пурпурној и дугој, за ту прилику свечаној хаљини пред људе у дупке пуној концертној сали. Лепота њеног лица очарава. Крупне, зелене очи блистају од доброте и задовољства. Носић, помало црвен од узбуђења и велике жеље, страсти великог уметника — све то остави на мене нарочит и врло упечатљив утисак. Са извесном поузданошћу могу потврдити, жена изванредно пријатног изгледа и оне ретко сретане лепоте! Дубоко се и у заносу наклонивши свима, склони немирни прамен плаве косе са лица и подигавши гудало увис, лагано засвира. Изузетно складних покрета руку, затворених очију превлачила је гудалом преко виолине. Чак јој је и коса пратила мелодију коју је вешто изводила, падајући јој на лице. Њена савршена умешност на виолини изазивала је јака и врло лепа осећања, јемчим, код свих. Танки, дуги и дивни, као дирке клавира бели прсти, свирали су са неком необјашњивом лакоћом сваки тон, тачно и прецизно, са таквом љупкошћу да је у свакоме изазивала потпуни осећај одушевљења. Тешко би душа, уколико није тако баршунаста и чедна, мирисна као њена, успела да изазове толико дивних емоција код људи који су је одушевљено пратили у сали.

Неколико прелепих и насмејаних жена играло је лако на подијуму уз пријатне мелодије. Све је то, мимо сваке сумње, велики дар неба. Ни са чим упоредив. Награда за искреност и доброту, за ту силну жељу за лепим, а то лепо изгара најпре у души ове прекрасне младе виолинисткиње, а онда и у свакој од тих жена складних покрета на даскама. Као да је сам анђео сишао међу људе и нежним звуком виолине разгалио им срца у тихој и хладној ноћи. То је она! А она је љубав. Марта!

„Познанство са њом мора да личи на шетњу по рају", помислих. Мада, као и све друго што је од велике важности за мој живот и у њему душевни мир, за радост и срећу, остајало је само као пука жеља и сан, јер ја Марти никако нисам успео да се приближим, из превелике жеље или шта већ. Чињеница да је Андреј Иванович био ризничар њеног срца доводила ме је до очаја и раздражљивости. Јер, његова љубав према Марти беше огољена и срачуната, самим тим свакако и лажна, застрашујућа као нервозно небо. Одлазио је од ње и враћао јој се правдајући се увек неким новим разлозима, наизглед разумљивим. А тај Мартин први пораз и његово неверство... Читаву ту ноћ тражила је кривицу у себи, а оправдања за човека који ју је срамно издао. Размишљала је овако: „ Ако му опростим овај пут, он више никада неће посумњати у моју љубав, а ако има барем мало достојанства, више ми никада неће учинити тако нешто".

Ипак, очекивања су је преварила. И поред свега, остајала је са тим човеком, изнова прихватајући његова све неуверљивија оправдања, са невероватном лакоћом и лакомислено изношена. Ћутала је и гледала га у очи не би ли у њима пронашла барем мало стида и кајања, а он је скривао поглед у страну као разоткривени лупеж почетник. У њему су се осећања и страст измешали и играли неку чудну игру. Његов слабашан карактер упорно је себи тражио олакшања, себично се правдајући да није кривица само у њему тј. да људи не постају прељубници из обести, већ из недостатка или недовољне пажње, што уопште узев и није груба лаж, али у случају њега и Марте Васиљевић засигурно јесте.

Он беше продужени изданак једне генетске драме варваризма а уз то још и младић врло рђавог карактера и грешних склоности. Враголаст, себичне нарави и изразито живахног и неспутаног духа, често је завршавао у животним ћорсокацима. Одговорност ни у чему и никада није трпео. Помисао да ће можда некога својим поступцима повредити уопште му није била мрска. Напротив, у томе је знао чак и уживати.

За њега се не може рећи да је племенит а наиван и непромишљен, те да је тако потпуно несвесно повређивао људе око себе. Проницљив, оштроуман, знао је, и то врло добро, шта чини. Да је другачије, можда би и имао каква оправдања. Овако, налазио их је једино у Марте. То му беше довољно.

И ове вечери он је каснио. Једино он.

„Биће да се забавио нечим неодложним и сигурно врло важним чим га још нема", правдала га је Марта у својим измешаним осећањима радости и усхићења због управо завршеног успешног концерта и скривене туге, јер онога ко је још давно требао бити ту, још увек нема.

Разлог његова кашњења није била никаква неодложност нити било шта слично као што је то Марта мислила. У заносу, ишао је за младом женом врло привлачне спољашњости, као да је уходи. Њу и тај дивни мирис лепоте и младости. Пратио је сваки њен корак све док није ушла у кројачницу. Тада, као да се намах присети, журно крену назад како би стигао на концерт. Марта га је данима раније молила и подсећала, јер јој то, природно, беше од велике важности.

Након завршетка концерта сви се размилеше по сали и стадоше, уз задовољан осмех, честитати младој виолинисткињи. Осим Марте и њеног неодољивог талента и љупкости, одједном преда ме изађоше многи простодушни људи без трунке подлости или лукавства. Питам се због чега их никада до те вечери нисам сретао нити познавао, било кога од њих?! Али, доброта је ненаметљива! Опет, приметна чак и у кошници најразличитијих рђавости. Доброта исијава! Племени срце и богати га. Весело и живо осликава читав живот. И руга се смрти. Смеје јој се у лице.

Боже, шта све може један народ изнедрити! Велике људе и подједнако велике идеје. Мушкарце који довитљивошћу и снагом својих мишића подижу читаве градове, и жене које стрпљиво плету најлепше корпе и у њих стављају нежним рукама замешене мирисне лепиње. Може ли бити већег богатства од тога? И Мартине руке, вредније од најчистијег злата, тај осећај за трајно, вечито и лепо који међу свим тим људима живи и опстаје, очарава и разгаљује чамотињу душа. Осмех те младе жене, од анђела пресликан, беше посебан и чаробан, толико силан да васкрсава и најдубљи јад у нешто пријатно и топло! Колико сам јој само пута кренуо те вечери откако је оставила виолину и радосно се наклонивши, без и мало гордости и преузношења, стала се добродушно и надахнуто поздрављати са свима...

„Прићи ћу јој и саопштити своје одушевљење музиком коју је извела са толико емоција, указати јој част, дивљење и учтиво уважавање... А, не! То никако не би ваљало и само би покварило сваки изглед да на њу оставим било какав утисак, јер сигурно је да бих се тако задивљен спетљао, можда саплео неспретно јој прилазећи или би се већ нека друга непријатност удесила...”, оспоравао сам самога себе још док се мисао стала зачињати. „Не, не! Једноставно ћу јој прићи и рећи јој”, иако то за мене у том тренутку није изгледало нимало једноставно, „'Молим за Вашу милост, госпођице.' Боже, мој! Какве глупости! Не, не! Ни то никако не би ваљало.”

И тако сам себи ускратио блажену могућност да сретнем њене крупне и врло живе очи, да јој прихватим руку уз, мимо сваке сумње, заслужене похвале због изврсног концерта. Тачно је: човек се од велике љубави покаткад и уплаши! А онда, у тој силној врени и општем одушевљењу, у изливу јаких, врло пријатних осећања и радости присутних, осетих нечију руку на рамену. Беше то Сергеј, могао сам и наслутити, видно расположен и спреман да о било чему поведе разговор. Наравно, обрадовао сам се нашем сусрету, али остао је жал за могућношћу да се неометано дивим Марти, из прикрајка и неприметно. Жмирну очима и тако ми показа јасну намеру да се издвојимо из тог задовољног лармања.

— Видиш, Марта Васиљевић је изузетан виртуоз на виолини. Пријатељу, очекивао сам изузетан таленат, али ово је... — па у одушевљењу најпре рашири руке а онда њима и пљесну — ово је...

— Ово је много више од тога — уместо њега покушах да одредим Мартину изузетност и непоновљиви дар.

— Свакако, више. Много више, како и сам кажеш, добро си то приметио. А и концерт је удесила баш када треба. Душа тражи оно што је врлинско и лепо а у њеној музици, слободан сам да кажем, има и једног и другог. Не знам само шта ми то тражимо „Код Милије”. Кад боље размислим, одлазак у ту задимљену мемљиву крчму могу приписати једино својој слабости и доколици, непромишљености чак.

— „Код Милије” није избор већ нужност — стадох бранити његову навику у којој нисам налазио ничега рђавог. — Мора човек негде барем накратко склонити главу од мука, а где би пре него тамо. Само, ту се већ у потпуности слажем са тобом, пријатељу, да је више овако пријатних, узвишених вечери...

— И овако племенитих људи — додаде Сергеј.

— Имаш право — сложих се. — Племенитих и врло пријатних. То им у осмесима лако можеш препознати. Ни сам не знам како, нити због чега, али никога од њих до вечерас ја нисам сретао. Зато сам и био у кривом уверењу да су готово сви варошани налик једни другима и да неизоставно сви имају барем мало рђавости у карактеру.

— А како и да их сретнеш кад једног честитог човека заклања барем тројица у којима, само ако се у то упустиш, можеш пронаћи чак зачуђујуће много различитих преступа. Управо такви нам и суде из дана у дан и животе нам прекрајају — закључи Сергеј, а онда замишљено поћута.

Утом се изнад свих глава издиже рука Ивана Петровића. Приметивши нас, крену ка нама заједно са Наталијом.

— Изузетна је част поново видети драге људе. Г-ђо Наталија, мој наклон. Иване Петровићу, зараста ли рана од сечива? Чујем, парница против Вука Ивановића отишла је Вама у корист. Ако, ако. Можда није очекивано, имајући на уму његову лукавост, али свакако је праведно. Опростите, ја овако насумице и без било каквог реда — неспретно се стадох извињавати.

— Младићу! — повика Иван Петровић и ухвати ме за руку, а онда пријатељски намигну Сергеју. Беше очигледно да је био у врло добром расположењу. — Буди без бриге, младићу. Ожиљак од ране неће бити болан, он је само подсећање на немилу ствар која се несрећно свршила.

То „само” нарочито нагласи. Наталија је погледом и без престанка пратила сваку његову реч и сваки трептај ока. Била је радосна јер се и он нечему радовао. Њој већи разлог за срећу и није био потребан. Мимо сумње, њихов однос беше за дивљење и велико уважавање. Својом појавом остављали су утисак исте судбе и нераздвојности. Истог терета и једнаке среће.

— Можда није прави тренутак, али код мене то тако иде, без одмерености, можда чак и потпуно непромишљено, и зато молим за Ваше разумевање... Опростите ми на мојој несмотрености и сасвим сигурно, извесној неумерености, али ја то једноставно морам рећи — стадох се неспретно правдати, а да ни сам нисам разумео због чега то чиним.

— Чему устезање? — прихвати Иван Петровић уз осмех.

— Ето — отпочех некако — баш јуче сретох Николаја у друштву Вука Ивановића и признаћу, од њихових погледа осетих не мали страх. Просто човек не зна шта да мисли. Препознали су ме, свакако. И не само то. Вук је, уз циничан осмех, затражио да Вам пренесем поздрав старог пријатеља. Да, баш је тако рекао! Све се смеје, дуго мери испод ока и још додаје да он зна за наше сусрете и блискост. А онда, у једном тренутку подиже прст и запрети ми. Каже, држи се даље од тог старца како не би имао од свог познанства са њим велику штету. Николај је ћутао и само климао главом, одсутно гледајући замућеним очима у страну. Имам утисак да нешто спремају. Сумњам да су се задовољили сенчењем Ваше части износећи неистине у недељнику.

Иван се најпре осмехну а онда још једном понови:

— Кажем ти, буди без бриге и подозрења и кад за то имаш разлога. То никоме и ништа добро није донело, мада, тешко је понекад надјачати себе. Сви ми знамо шта нам штети а шта користи па опет... Не може човек баш увек остати равнодушан према свему, не може увек ни сачувати мир у себи.

— Прете. Прете, г. Ивановићу — дочеках.

— Даааа... — замишљено прихвати. — Али, претње су само закрпе некарактерних и несрећних људи. Ако неко некоме запрети, лако је судити да га отворено мрзи. А од мржње, зар може имати већег удеса и несреће? — закључи.

— Имате право, али опет... — помало се стадох бранити.

— Не трпи младост главу пуну сумњи и тешкоћа. Није младост за то. Погледај само у Марту Васиљевић како је вечерас посебно лепа. Лепота је за младост. И младост за лепоту. Пусти интриге људи. Има се ко о томе старати — уз осмех примети.

— Право судите, г. Петровићу. Ето, ја онако... — и ту се већ саплетох о своју мисао.

У глави ми се као на траци стадоше понављати његове речи: „Погледај само у Марту Васиљевић како је вечерас посебно лепа”. Свакако, ја и даље за то нисам имао храбрости. И тај од страха опори укус у устима човека, а страх баш од свега и свачега, зна да надјача чак и најблагородније жеље. Има у томе доста зачараног, људском уму тешког, мучног и необјашњивог над чим се и он сам спотиче и зачуђено то посматра. Јер, ако већ знамо шта то пријатно милује душу и чему се човек може радовати, чему онда сви ти порази и неодлучности, препреке и устрашености, магловите сумње и слутње? И смутње! Чему? Или може бити да нам је наша жеља ипак недовољно јака ако се већ тако лако од ње одустаје... Углавном, ја никако нисам успевао да се осмелим и приђем жени која ми је заголицала читаво биће, иако сам знао да ми ништа друго није могло приредити толику гозбу души као то што је ипак остајало у равни мојих жеља — познанство са њом. Ако се човек загреје нечим и нешто сасвим посебно издвоји из свега, зар му је онда до било чега другог осим до тога што држи да је за њега јединствено, право, потпуно и значајно? Чак свето!

Напослетку, у концертну салу уђе и Андреј Ивановић и већ се стаде извињавати Марти уз већ добро увежбану снисходљивост у опхођењу као последицу тобожњег великог кајања и тражења опроштаја. Наравно, све то беше лажно, а самим тим и врло непријатно тој младој жени узвишеног духа. Али, његова упорност да себе оправда на било који начин, смишљајући оправдања потпуно фантастично, и готовост да и себе убеди у постојање некаквих чињеница које му иду у корист и у сврху његовог помиловања, на крају доведоше до познатог ефекта — његова драга само устрепта, руменог лица и са трагом вреле сузе у оку, уздахну и прихвати му руку. Ипак, пламен образа је у потпуности савлада, обузе је горак стид и жучна нелагодност. Природно је то што су од Андреја Ивановића сви очекивали да од самог почетка концерта буде уз њу. Насупрот томе, оштра сечива дубоко запараше њену душу јер ју је онај кога срце тражи, љуби и коме се радује, срамно издао не поштујући њену скромну жељу. И као дете ухваћено у наивној лажи, одједном се сва стресе и уздрхта. Чак се одрече и оног свог достојанственог држања, промени јој се по ко зна који пут и израз лица — сад беше смућено и незадовољно, онај анђеоски осмех намах ишчиле. Не беше више ни замаха њене плаве косе нити радосних трептаја њених прелепих очију — све то одједном нестаде.

Изгледала је као жена нераздвојно везана за самоћу, неприступачна другима, отуђена и хладна, као неко ко је можда помало дивље нарави. Али не! Све то беше само природно стање изневерене жене неспособне да сакрије своје незадовољство и повреду блажених осећања. Оно што јој је Андреј вечерас по ко зна који пут учинио није ништа друго до потпуни емотивни варваризам, само што је он својим сладуњавим речима тако вешто и лукаво упакован у царске кутије да на то чак ни не подсећа! И да је он као младић лошег карактера барем имао велику љубав и поред те своје несталности осећања и слабости да било шта одлучи — све би било другачије, ублажено и некако би се већ могло поравнати. Овако, Марта Васиљевић је до лудила понирала у подозрење искрености свог изабраника, а опет, никако није проналазила снагу да га се коначно одрекне, иако је наслућивала да се живот с њим врло лако може претворити у тешку, замршену драму у којој се губи памет и здравље, лепота лица и све оно што зачињава живот да он буде укусан и пријатан. Ако је већ готово неизбежно да ће једног дана тако и бити, лакше је онда ишчупати читав корен из земље и спалити га док је време, него изнова и читавог живота сасецати гране оболелог стабла.

На њену несрећу, на то се никако није могла одлучити, уверена да он њу у дубини своје душе ипак воли и да те његове слабости неће трајати довека. Са друге стране, добро је знала да ако нас наше најблагородније жеље и оно у шта искрено и срчано верујемо на крају издају, у лице нам се наругавши, после тога не може се једноставно и мирно живети, а ако то стање још и потраје, на души остаје дубок траг, болан рез.

Прихватио јој је отмени црни капут и учтиво се насмешио свима. Беше то сурово и бестидно поткупљивање туђе наклоности и одобравања. Бог би знао због чега се он толико трудио да у очима других њих двоје представи као нераскидиву целину повезану чистом љубављу. Лако је поверовати да је за то имао некакву рачуницу. Или може бити да се то само његова сујета чак и на љубав обрушила и то без било какве нелагодности. Од непријатног узбуђења дрхтавим рукама, Марта стави на главу црни, укусно скројени шешир и њих двоје већ кренуше из концертне сале. За њима у мом живом присуству остаде само њена прелепа дуга хаљина и незадовољство вредне, савршене жене.

Можда је читава истина у томе да су велике љубави недостижне и обавезно пуне патње и горчине. Можда се, опет, од оног неразјашњеног страха од свега, посебно од велике среће која нас може задесити, човек лако одриче и саме могућности да може бити срећан и задовољан. И коначно — можда се праве љубави само сневају, јер су у сну најсигурније и вечито младе и трајне, без квврежи. Некако се задовољих том могућношћу, истина уз велико негодовање.

Тешко је изазвати себе на тај унутрашњи двобој и опет жртвовати читав свој живот зарад сна о жени која ти можда у потпуности припада, а ти је се свесно одричеш иако ниси сигуран због чега то чиниш! Оно што је у томе било најтеже јесте то што сам почео лагано да губим чак и наду у остварење своје, чини ми се, једине, жеље! А када човек прашином заспе своју последњу наду, веру у свој сан и жељу срца, ако се некада и врати после дугих година лутања ономе што је некада оставио, зар ће га затећи онако како је некада било?!

Из те клопке различитих представа и осећања које само жалосно мрцваре ионако ми засечену душу, ослободи ме Сергеј стиском руке. Предложи да и ми кренемо и да испред концертне сале, у трему, сачекамо Павла и Ирину Васиљевић како би Иван могао на миру запалити своју лулу дувана. Прихватих без устезања.

„Добро ће ми доћи мало свежег ваздуха како би ми се мисли прочистиле. Лакше је ослободити се окова ногу, чак и најтежег ропства, тек никако од ухода мисли, тешких и болних”, помислих и поражен тиме оборих главу.

На излазу нас дочека проницљив поглед Вука Ивановића. Беше сасвим јасно да са тим човеком никада нисте могли бити начисто нити знати шта вам заправо мисли. Стаде нас мерити са свих страна и у томе беше не мало мрскости и покварености.

Тај одљуд без и мало пристојности и квареж његова карактера никако не налазише мира. Ћудљивост рђавог човека, покварен ум у разврату, прате га и гоне да потчињава друге, да их гложи и да им о омче веша ионако несрећне судбе. У очима Вука Ивановића са свом оном палошћу душе огрубелог човека, шара у потпуном нереду кичица његове пакости и нескриване мржње. Није могао ни овај пут да обузда своје подлости и врашка наговарања, па с намером, облачећи капут, њиме дотаче Ивана Петровића преко лица и истом му се тобож’ стаде извињавати уз мрзак, затрован осмех.

— Г-дине Ивановићу! Каква част за мене, пријатељу. Него, ја Вам својом несмотреношћу изазвах непријатност. Случај, драги мој. Случај. Без намере, уверавам Вас. Г-ђо Наталија! Мој наклон. И не мало дивљење. Сергеј! Младићу! Дајте руку, Иване Петровићу! Дајте! Дајте, брзо! Колико драгих људи и одушевљења! — уз лицемерно узбуђење од оваквог сусрета Вук безмало поскочи.

Лако је расудити да је овако неискрен и подао наступ, сигурно и неочекиван, могао једино да пробуди тек мало стишану јарост Ивана Петровића после оног писма и у њему лицемерног одрицања од даљег парничења и најаве некакве „крупне ствари”. Али, на запрепашћење свих нас, старац му се широко осмехну и пружи му руку. Овај је прихвати, збуњен и чврсто је стеже. Иван пребледе од бола (рана још увек не беше у потпуности зарасла), али издржа грчећи се у лицу.

— Пазите на ту руку! Срамота! — повика Наталија.

— Ох, опростите. Опростите, пријатељу. А ја све мислим с тим је готово. Мислим, рана је зарасла. Опростите. Опростите — стаде му се правдати, лажно, разуме се.

— Ништа није готово, Вуче! Ништа баш. Ја бих пре рекао да се тек зачело — умеша се Сергеј.

— А шта то? Хајде, говорите. Говорите. Забога не оклевајте. На шта мислите? — опет са оним изразом лажно узбуђеног лица упита.

— Г-дине Ивановићу! Мада, ја држим да сте Ви нешто сасвим друго, али формализма ради, ја са Вама другачије нити могу нити хоћу, па стога и то г-дине... — отпоче Сергеј — Ви сте као кужна болест, присутни и кад Вас не траже. Уз Вас стално иду некакво зло, пакост и несрећа. Ко би то још хтео таквог човека у свом присуству? Питам Вас: ко?! Узалуд Вам је то што се сада представљате као неко са ким се може отворено и пријатно повести разговор о било чему. Нисте ли се овај пут ипак прешли у тој својој рачуници? Или сте можда, вођени мишљу да ће било ко од нас овде зажмурити на све Ваше неправде учињене овом човеку — па главом указа на Ивана — заиста очекивали наклоност и пријатну реч?

— Којешта! Неправде. Чему та зловоља, Сергеј? Истина, са Вама сам Иване Петровићу — па окренувши се ка њему пакосно жмирну очима и настави — имао мали неспоразум, али то је сада остало иза наших скута. Ево, ако само треба, ја ћу се сада пред свима извинити за учињене Вам непријатности — готово поскочи од намештеног одушевљења. — А Ваша рука? Зар је могуће да још увек није у потпуности зацељена? Ах, тај Николај. Рђава нарав и ту човек не може баш ништа учинити да га уразуми — као због тога забринут и замишљен, одмахну руком.

Пред старчевим очима откри се још увек свежа, голобрада прошлост, понизно пред њим клечећи на коленима како никада не би остала заборављена. Очекивао је да ће се његов непријатељ одлучити на толику дрскост и подсмевање, тако да Вукова изазивања мирно прими. Изгледао је као неко ко се те вечери заклео да му ниједан човек нити било какве нелагодности не смеју истргнути мир из душе.

— Вуче — мирно отпоче — човек отрпи све. Ране му зарастају тек онако, успутно, а да он то готово и не примети. То што сам ти пружио руку не значи баш ништа, јер добро знамо обојица и како си је ти затражио и како сам ти је ја пружио. Тешко је саставити глинени ћуп расут на комаде. Између тебе и мене стоји гроб и колевка. Где код тебе замире, код мене се рађа. Оно што је у мени зачето, у теби је давно погребено. Јасно ти је и самом да један другоме не можемо прићи. И зато престани са тим својим лакрдијашењем.

— Шта то говориш? Ако смо и били непријатељи, сад барем можемо учинити све насупрот томе — покуша Вук да наметне непосредност у опхођењу.

— Нити сад можемо, нити ћемо икада моћи. Не због сиромаштва мог праштања већ због лукавства којим си затрован. Нову несрећу ми спремаш. Оптужујеш ме да сам починитељ убиства! Код тебе клевете немају меру. Наговештаваш неку „крупну ствар” и са тим излазиш јавно. Хајде једном засвагда да се разрачунамо ако већ у томе налазиш нарочито задовољство — са измењеним изразом лица врло оштро повика Иван.

— Подозрив си! — оте се Вуку.

— С тобом човек другачије не може!

— Зар сам ја уредник недељника? Нашао си моје име испод тог, да будем потпуно отворен и врло прецизан, и за мене врло чудног и несмотреног чланка? Ја сам, ма колико то теби изгледало несхватљиво, наклоњен нашем помирењу!

— Бестидниче! Иза свега честитог и поштеног за шта се човек заузме стоји његово име јер је на то с правом поносан. То што га нема у том срамно објављеном чланку јасно говори о његовој намери и ефекту који треба да изазове.

— Не пристају ти увреде, пријатељу!

— Доста више с тим! — губио је стрпљење старац поправљајући revere и прстом му запретивши.

— Вараш се у овом случају. То што сам суду наговестио заузеће нечим врло битним, уверавам те да то овај пут нема баш никакве везе са тобом — не одустајаше Вук.

— Узалуд је труд човека коме се више не може веровати! Познато ми је против кога је окренуто то што си сада наумио, та твоја „крупна ствар”. Видиш, ја теби уопште не верујем!

— Дајем ти прилику да прихватиш моје извињење због непријатности које си због мене имао и ја се, испитујући своју савест, због њих горко кајем. Парницу сам повукао, она ноћ „Код Милије” стално ми излази пред очи! Шта више од тога ја сада могу учинити?!

— Сигурно сада због тога очекујеш од мене неку нарочиту срдачност — оштроумно га упита Иван Петровић, подозревајући неко ново лукавство.

— Са тобом је немогуће разумно општити — претворно озлојеђен поскочи Вук и забаци капу дубоко на чело. — Остаје жаљење за пропуштеном приликом. Ах, да. Г-ђо Наталија, још једном, мој наклон — узе јој руку с намером да је „из поштовања” пољуби, на шта она устукну и јетко је истрже:

— Срамота. Стидите се — повика она љутито.

Вук се засмеја, црн у лицу, и одлазећи добаци:

— Иване Петровићу! Не приличи човеку да живи стално у страху и подозрењу. А ти некако, чини ми се, држиш да су ти сви од реда заклети непријатељи! Ха, ха, хаааааах — изађе из њега одједном сав до тада вешто прикриван цинизам и отров мисли.

— Бедник! Још се и отворено подсмева — закључи Сергеј. — Ужива у томе што се неко мучи његовом заслугом. Колико само бахатости!

— Бестидник — сложи се Наталија још увек бледа од рђавог утиска.

— Допустићете ми да се сам занимам својом бригом — предложи им Иван Петровић. — Ово је вече Марте Васиљевић и ништа нас не сме, барем не у потпуности, одвојити од пријатности иза ње остављеног утиска, па чак ни ово. Пођимо, Васиљевићи су сигурно изашли и очекују да им се придружимо. Где су сви они људи? — у неверици се запита и крену први ка Васиљевићима, а онда, приметивши их, срдачно и отворена срца рашири руке ка њима.

... Лепота се види у оку и око види лепоту 

ГЛАВА X

Ноћ у пуној лепоти, густа и доста свежа, почиње да зри. Петрова варош, готово увек уредна и умивена, лепа је и чак изузетна и онда када се по њој распе набубрела тмина, покушавајући тако све да затвори. Магла од успомена и сећања њених живих сведока, варошана, спушта се и дише увек крупним и дубоким удисајима, увек нечим зановљена, радосна и млада.

Отворене гостионице поред главног пута, светле и украшене понеком брезом уз камену стазу што води до њихових масивних, од ораховине израђених врата са обавезним натписом на њима да сте добродошли, привлаче уморне путнике како би ту починули ту ноћ или само попили шољу топлог чаја. Иза њих, још сутра ће остати понека прича, чврсто стегнута рука гостионичару у знак његове изражене љубазности.

Улице у вароши кратке су и зачаране под ниско постављеним фењерима. Неке су и оштећене, времене. Трошне. Али то се и не примећује много. Има доста и оних од марљиво наслаганих гранитних коцки, а и оних што су готово у потпуности од камена, вешто поплочаних. Оне су и најлепше.

Издигнути кровови изнад њих пресијавају се као месингани чираци на месечини. Истини за вољу, помало су и незграпни и чини се да су недоврешени, безлични и у тој својој претераној једноставности изгубили су сваку форму, о грациозности тек не може бити ни речи. Али, то је само случај за Учитељско насеље. Што се дубље залази у варош, лепота свега постаје све очигледнија и потпунија. Може се рећи да се та умереност општег утиска који оставља несавршенство можда чак и досадних здања у предграђу, у центру вароши обликује чак у раскош, истанчану до те мере да је нпр. сваки детаљ на фасадама сам по себи изузетан, а опет, са свим осталим одаје утисак потпуног склада и чаролије.

Библиотека, уз саму народну башту, натрпану биљкама најчуднијих облика, са свих страна осветљена јаким, белим рефлекторима, одаје утисак мудре даме којој једноставно морате прићи иако јој се врата затварају већ у четири часа поподне.

Ако хоћете да прошетате Ст. Андрејевом четврти, најпре морате прећи преко старог каменог моста једноставне изведбе, али то никако не умањује његову лепоту. Подигнут је за само четири дана и у њега је утиснута судба двоје младих људи, тешка и пуна горчине и јада. Њихову, од неразумног света забрањену љубав, могао је да разуме и прихвати једино тај мост на коме су једно другом остављали поруке надања.

Ст. Андрејева четврт претрпана је атељеима овдашњих уметника, изложбеним просторима и занимљивостима сваке врсте. Улице су шире и готово по правилу камене, увек умивене како би се тај сјај старине одржао. Начичкане куће, једна уз другу, са пространим степеништем испред сваке и ноћу намакнутим засторима, чини се као да су уснуле и као да скривају ту своју лепоту до јутра када ће их светлост обнажити. Са свих страна, у лепоти изникли кестенови, стварају жив и врло пријатан утисак чак и ноћу када их осветљавају само слабашне, на многим местима потпуно чкиљаве светиљке. У њих сам нарочито био заљубљен, па чак и зими када их снег забрашњави.

Мала парохијска црква, такође у овом крају вароши, са зеленом куполом и на њој издигнутим бакарним крстом, свечана у својој красоти и са чистом белом фасадом, не скрива своју раскош чак ни ноћу јер она је већ богато осветљена. Месингани окови на тешким масивним вратима ноћу чини се добијају неку нарочиту, до тада скривану драж. Неколико борова, засађених са све четири стране цркве, својим господственим изгледом подсећају на ноћне стражаре у зеленим мундирима.

Поред сваке од оних камених, једна уз другу чврсто припијених кућа, постављене су ниске, углавном беле ограде са обавезним, укусним детаљима на капијама. Од објеката од велике важности, у Ст. Андрејевој четврти је и отворена летња позорница у којој се у топлим ноћима одржавају прилично добре представе, углавном варошких глумаца аматера. У позну је јесен, очекивано, пуста.

Центар вароши је посве другачији. И некако, у њему је све пренаглашено и свега је превише. И колорита, јаког светла, простог сјаја поред кога се равнодушно пролази. Са свих страна бљеште светлеће рекламе, понеке чак толико дрско да се човек истанчана укуса и мирне нарави под њима мора намрштити.

Улични продавци печеног кестења уз велику буку скрећу пажњу на себе како би те вечери скупили мањи део новца потребног за закуп стана, неизмирене рачуне или можда чак и за неко скромно задовољство. Свуда је живо, врло насмејано и све врви од многих прича и лармања. Чак и затворене кројачнице, бербернице и дућани на чијим се сталажама може наћи све и свашта, живе, истина неким новим, другачијим животом док им се врата поново ујутро не откључају. Људи се весело и ужурбано поздрављају на трговима а онда одлазе свако за својом намером. Има и оних, углавном су то старији, који имају времена па по четврт сата постоје са познаником да са њим отворено поразговарају.

Ма колико био шарен и ужурбан, помало чак диваљ и нервозан тај ужи центар вароши, и ма колико у њему недостајало укуса, било би ипак неправедно судити да у њему нема нимало лепоте. Заправо, има је и то довољно, само што је она скривена испод јефтине представе различитих накарадности које се немилосрдно намећу као и све друго што у себи не носи квалитет и оно трајно, што изазива дивљење и усхићеност. Ово се може рећи и за људе — они јаког и великог карактера, уздигнутих мисли и идеја, притиснути су просечношћу и чак рђавом нарави и намерама оних других, али та вредност и посебност људи узвишена духа, просто из њих исијава и ничим се не може заклонити, чак ни тим завидним и врло дрским наметањима зле воље људи рђава карактера и затроване душе. Лепота, чедност нечије нарави и златан ум не траже доказе нити потврде своје вредности јер их скромност у томе спречава. Па опет, не постоји баш ништа под небом што је вредно и чисто, а што се барем некада и барем некоме неће открити ма какве прилике међу људима у свету биле. Драгуљ остаје сјајан и кад је на свили, у ватри или блату. У блату је чак још и сјајнији и лакше му је проценити вредност.

На само пола сата хода од најудаљенијег варошког насеља, испод брдашаца, свуда унаоколо расути остаци старог утврђења извирују својим чупавим главицама, плавим торњевима и високим кулама. Ту је давно исписана историја и део вечности. Исписан живот и живо сећање. Како се ноћ све више спушта и како тама постаје све црња и гушћа, од све те лепоте старог, некада утврђеног града, готово се ништа више и не може приметити. Људи се затварају у своје топле домове и само још из понеког димњака куља густ дим од обилно заложеног угља чији се опор мирис свуда шири и само у оним ретко добрим душама оставља утисак скромне привлачности, јер такви су људи способни да у свему виде барем мало пријатности и лепоте.

Над читавом дремљивом вароши млад месец на раменима носи ужарена окца па их из забаве разбацује свуда по непрегледном небу док она, понета том зачуђујућом игром, само жмиркају од задовољства. Утиснута лепота свуда. Дише и ставља позлаћену круну на главу читавом животу.

Ако нешто васкрсава, ако милује душу до потпуне омамљености и усхићења, онда је то она — бесцена лепота. И опет, иако је има довољно за свакога, човек се сили над другим човеком, гази му глежњеве, прогони га! Устаје народ на народ и у том рату за неверицу и чуђење, и једном и другом краљу спада круна, али и један и други тврде да су победници, да су покорили! О, гордости људска! Пламену што све племенито у човеку прождире!

Одакле се рађа и распирује та непотребна мржња, где су скривене жиле зла из којих израста и патња и мучење, унижавање туђег достојанства и неоправдана жеђ да се други баци себи под ноге и тако без милости угази?! И све то, зар само због тога што другачијим језиком говори? Што другачије верује? Гордости и самољубља одасвуд. И наказних мисли да међу људима има, сасвим природно чак, разлика са којима се рађају. Да су једни вредни сваке почасти, други мање, а трећи тек никако! Испод тих ђавољих подела, у свили и скерлету лежи једна велика обмана човечанства које и без ње пати и болује, и „оправдање" некима за постојање врло рђавих идеја о разликама и гложењима. Није човек отиснут у свет да би му други из руку избио весло којим опстаје и у вировима нити да би се расипао, делио и уздизао над другим. И уместо да сабира, да ствара и да се весели са братом, он гледа да му како ножем пререже сваку нит, па и ону најтању, којом је природно везан за радост и срећу.

За лични, и удес читавог народа, за удес човечанства, кривица се може пронаћи једино у човеку, јер му је увек дата могућност да мери и одмерава, да изабере или одбаци! На несрећу, та могућност зна бити и човеково највеће проклетство, а дата нам је са узвишеним циљем да лагано искорачимо на трон вечитог добра.

Густа ноћ сравњује све облике у опште безличје и кроз њу се пробија сенка мршаве прилике ужурбаног човека. На само корак испред њега иде његова суманута идеја и привлачи га као магнетом и гони све јаче да убрза, да не посустаје. Средовечни мушкарац ниског раста, огрнут дугачким, црним мантилом, са дубоко натученим шеширом и омаленим кофером у рукама, бира потпуно мрачне улице, без и мало вештачког светла и пресеца их журно. У леђима погнут, нешто од година а нешто из настојања да остане непримећен, пролази мимо света и оно мало заосталог, будног живота у вароши. Мргодна погледа и опрезан, застаје и ослушкује око себе. Изненадност било каквог сусрета могла би у потпуности да му помрси рачун, чак и више од тога — могла би на њега натоварити сумњу да се забавио чудном и кривом ствари.

Уз појачану обазривост и од напетости замагљена погледа, продужава и убрзава корак. Премешта кофер из руке у руку као да му је он тежак терет и велика нелагодност. Извадио би дуван и радо га припалио, али чак би га и та несмотреност могла скупо стајати те он одуста од те страсти и жеље. Како би слободну руку било чиме забавио и отргнуо је од немилости да не зна шта ће с њом, гурну је дубоко у џеп и по њему стаде претурати. Али, кад кључеви звецнуше о ситан новац и прекинуше потпуну тишину, он је хитро извади, опет застаде и ослушну. Ова мала необазривост не беше кобна по њега, јер у близини није било баш никога.

Скиде шешир и руком обриса зној са чела. Чак и кофер спусти накратко поред ногу и руком стеже груди како би умирио ритмику узбуђеног срца. Крв је ужурбано јурила раширеним жилама и гонила сваки део тела на покрет. А онда, поправивши revere на мантилу, без одређеног разлога, тек тако, продужи ка варошкој пијаци, и стаде се бесомучно окретати за собом страхујући да се из те, сада већ потпуне тмине, неко не појави и не позове га по имену. Дрхтао је од пренапрегнутих нерава и слутње да му намера може постати откривена и то по први пут, а годинама му подвале и крађе беху једино „занимање”! Са њим се дешавало нешто врло чудно и чак и њему самом нешто непознато — изгубио је ону навикнуту рутину у извршењу недела и потребну тачност и окретност. Чак се у једном тренутку и саплео о нешто, можда чак и о своју непослушну ногу. Дође му да страсно опсује, гласно и претећи, али то му задовољство ускрати сачувана опрезност.

— До врага. Откриће ме, а још ни резу са врата нисам скинуо. Биће то мој први пораз. Свеједно, ако ме разоткрију приписаће ми чак и све оно за шта до сада нису имали доказа — мрмљајући себи у revere, стаде значајно сумњати у наклоност среће у извршењу свог подузећа. А онда, још једном себе прекоривши због тог свог, истина тихог, али ипак неразумног негодовања које је неко могао чути, готово потрча.

— Тимотеју! Причекај или још боље, одустани од тог свог наума. Извешћемо те пред суд читавог народа! — зачуо је мутне и тупе гласове са свих страна и силна негодовања.

У општој игри преморених нерава, уображиља је била нешто сасвим очекивано, чак неизбежно. „Видео” је Ивана Петровића како га чврсто стеже шакама са јасном намером да га угуши. Дисао је суво и тешко, кркљајући. А онда, осетивши да га те руке пуштају, стењао је и грчио се ишчекујући када ће поново почети да га даве. И можда би у насртају привиђења и изгубио свест и разбио главу о плочник да се у последњем тренутку неким чудом не прибра и уштину за образ тако грчевито да му се нокти урезаше у њега.

„Још само неколико корака! Чујеш ли ме Тимотеју Илићу?! Чујеш ли? Још само неколико корака и читава ствар ће убрзо бити свршена. Резу ћеш лако ослободити, у томе си барем вешт. И упамти: без трагова!", храбрио се, и ово последње „без трагова" толико га силно ошину да је у потпуности поново био усредсређен на своје подузеће.

Реза на вратима дома Ивана Петровића, очекивано, за кратко време врло лако спаде, иако су модре руке дрхтале од страха и узбуђења. Тимотеј се још једном слутећи осврну око себе и уверивши се да ни овај пут не беше никога, уђе. Иза њега заоста само шкрипа врата и његово разређено дисање.

Окретно спусти кофер на под гостинске собе и ужурбано га стаде отварати. Испред њега стајаше средство страшног злочина, хладно и тамно. Очи му поцрвенеше од узбуђења као рак на ватри, он се смете и узврте по соби нервозно тражећи погледом место где би могао одложити пиштољ. Угледавши лик Ивана и Наталије Петровић у позлаћеном, широком раму, пребледе од неког грозничавог ужаса и стресе се у раменима. На тренутак му њихово присуство (чак само на слици) помрачи разум и као да му избриса из памћења разлог његовог доласка. Сасвим извесно, самом би себи изгледао врло чудно и страно да је како могао да погледа своје лице у огледалу, јер ово беше први пут да је пред својом нечасном намером узмицао и готово се од ње крио, све до мисли да јој потпуно окрене леђа, да се на самоме крају предомисли и побегне.

Лице му поста жуто и испијено као у болесника, а онда од новог узбуђења и много крви црвено и врело. Стргну са себе широки мантил јер му у њему поста врло неудобно, а и из обазривости јер би њиме могао закачити нешто што би се расуло на комаде по поду, а то би већ била непоправљива неприлика. И тек што је бацио мантил на стару, широку наслоњачу у којој би старац сваког јутра уз чај дуго ишчитавао новине, поскочи јер му сину идеја да би пиштољ могао баш ту подметнути. Подло се насмеја, као сваки интригант када се ствари почну одвијати по његовој замисли, захваљујући се овој наклоњености случаја уз климање главом.

Подиже на местима од тарања похабано дно удобне фотеље, сад већ од одушевљења спретних руку, уверен у успех свог подухвата јер га, у то беше убеђен, више ништа није могло осујетити. Стави пиштољ унутра и покри га стварима које већ беху ту. Задовољно протрља руке, а онда журно узе све оно што је имао са собом и пође из куће. Резу је, разуме се, намакнуо без потешкоћа, брзо и зналачки, а онда се, жмиркајући очима у заносу, упути Вуку Ивановићу како би га одмах известио о повољности овог случаја.

Одушевљење због свршеног посла не потраја дуго и он поново стаде журно корачати неосветљеним четвртима, задихан и са оживелим осећајем да га можда тек сада неко прати. Бежао је од свог злочина, верујући да ће на њега, ако се што пре удаљи, гледати сасвим другачије и без осећаја могуће невоље. Али, чак ни када је дошао пред улаз Вука Ивановића, није могао наћи мира нити је разум некако могао избистрити.

Сат са звоника на тргу изби тачно једанаест пута и ово као да га још више узнемири. Пред очи му врло живо изађе његов свежи злочин у свим појединостима и стаде га мучити све док не застаде збуњен пред новим околностима — да ли уопште да излази пред Вука Ивановића? Шта ако је рђавог расположења? А онда, поново га обузе неочекивано одушевљење због по њега срећно свршеног случаја и он појури уз степенице. Имао је на уму и још нешто врло битно: требало би од Вука Ивановића узети обећани новац, ако је могуће још вечерас како се он не би поколебао, а онда залуд све, јер ко ће га још питати за његове доживљаје сумње и устрашености приликом извршења злочина?! Њих сигурно неће наплатити.

На вратима га сачека одсечан, врло строг, претећи поглед чиновника. Мастан и неуредан, до гађења прљав и мрк зид, стопио се са очима Вука Ивановића из којих је севао необуздан бес. Стајао је у господском, белом фраку и уредно зачешљане косе. Налицкане ципеле, очито за врло значајну прилику, и вешто везана машна преко широког оковратника свечане кошуље, одавале су један заједнички утисак — Вук Ивановић је те вечери био у отменом друштву или се за њега тек спремао. Угледавши Тимотеја нервозно га стаде одмеравати киптећи од гнева и ступивши корак напред јасно му даде до знања да га неће примити. Ухвативши га са обе руке за рамена отворено га прекори:

— Правила отменог опхођења забрањују да непозвани чинимо посете овако доцкан — а онда, обуздавши своју надмену осорност, додаде: — осим ако... — па још једном га премеривши: — осим ако није нешто неодложно и од великог значаја.

— Ја не бих, Ваша племенитости, него околности — црвен у лицу од узбуђења гост се стаде правдати — околности су пресудиле у овом случају. Будите уверени, не бих Вас тек тако узнемиравао овако касно.

— Околности? — замишљено га погледа чиновник. — Околности кажеш? Хмм... Било би добро за тебе да су повољне, иначе... — па стаде прстом шарати у полумраку.

— Ваше благородство... — настави да му ласка. — Повољне... Свакако су повољне. Могло би се рећи чак врло повољне!

— Може ли бити?

— Извесно. У то немојте ни мало сумњати.

— Ох, пријатељу. А ја ти можда начиних непријатност — као да се оним што је чуо Вук одобровољи, свакако пренаглашавајући и можда само тренутно дајући на значају њиховом врло неприродном односу, јер беше сигурно да о некаквом пријатељству није могло бити ни речи. — Али, ако је тако — продужи — не изазивај још задуго моју знатижељу, већ говори све и одмах.

— Уважени мој добротвору — настави Тимотеј лицемерно да му ласка — ствар је посве једноставна, али мени овако неуком и оно што је просто изгледа као нешто велико и замршено па ни сам не знам како да Вам то саопштим, а опет, једино сам Вам због тога и пошао.

— Ако је просто, тако и говори — предложи му Вук.

— Не бих да ово примите као моју грамзивост и похлепу, никако, о томе нема ни говора јер ја, то вам могу и потврдити, у Вашем случају не испољавам ту црту карактера већ...

— Већ? Говори сметењаче! — нестрпљиво га прекиде чиновник. — И на свој погреб ћеш задоцнити ако наставиш тако да околишаш. Говори шта имаш битно!

— Ето, Ваше благородство — не престајаше Тимотеј да му подилази, али га Вук сад већ поигравајући од нестрпљења поново прекиде строгим гласом:

— „Ваше благородство, увежени мој добротвору...” Доста с тим! Го-во-риии! Чујеш ли?!

— Опростите мени неразумном. Ето и Ваше стрпљење изазвах — бојажљиво мотрећи Вука испод ока у ишчекивању новог гневног наступа, Тимотеј се стаде изнова правдати па уверивши се да га он овога пута ипак неким чудом неће прекинути, одмахнувши руком, настави: — Рекох већ, ствар је врло једноставна и ја ћу Вам, прихвативши Ваш предлог, све укратко и врло јасно изнети.

— Дакле?

— Дакле, г. Ивановићу, без истицања своје важности у читавом случају, да ме не разумете погрешно...

— Немам ја шта ту да разумем! — прекорно га ухвати Вук за обе руке и стаде их јако стезати — Чујеш ли ти? — сметнувши с ума да је одвећ доцкан он повика. А онда и сам разумевши ту несмотреност, привуче Тимотеја к себи и шапну му јетко: — Говори шта имаш или се губи одавде!

— Г. Ивановићу — коначно решен да му открије разлог свог доласка, тихо али са одлучношћу у гласу, Тимотеј отпоче — ствар сам свршио. Оно што је било до мене. Уредно попут собарице и прецизно као хирург. А о тајности свега... Хммм... рашта и говорити? — а онда руком показавши Вуку да му приђе прошапута: — Пиштољ је у наслоњачи Ивана Петровића. Сигуран сам да знате шта ћете са том повољном околношћу. У то не улазим, и никако није предмет моје знатижеље.

— Свршено? — из обазривости тихо, одушевљено и у неверици Вук упита и готово поскочи.

— Свршено — потврди овај и протрља руке. У очима му заигра ђавоље задовољство.

Вук га стаде тапшати по рамену и грлити као најљубазнијег пријатеља.

— Указујем велику част и дивљење толикој умешности. Дај руку! Ево и моје, у њој налазиш пријатеља — чврсто је стеже, а онда у усхићењу стаде му се чак и извињавати што, иако за то има јаку и добру вољу, вечерас неће с њим наздрављати у знак њиховог, тек рођеног врло доброг односа и, свакако, свршеног посла. — Још сутра ћеш бити мој гост. Биће времена за добро вино и жарке жеље. И оно што сам ти обећао као накнаду... И то! Онда, збогом до сутра, драги мој пријатељу — рече Вук и још једном загрли Тимотеја. — Сада морам журно у посету. До сутра. До сутра онда, пријатељу — још једном потврди Вук и стрча с њим низ степениште, вукући га за рукав.

На улици се поздравише уз некакав нездрав наклон, ружно и лажно поштовање и уз још један стисак прљавих руку.

Ноћ постајаше све мрачнија и тежа. Вук Ивановић је хитао Николају, остављајући за собом топао и непријатан задах у влажном ваздуху. Ликовао је јер ће тај злочинац још сутра, уз његово залагање, разуме се, окривити Ивана Петровића за убиство, јавно и то тужбом пред судом, или ће ипак сачекати да његовим заузећем надлежни пронађу тај необориви доказ у наслоњачи — како ће то извести, унапред је већ знао.

След будућих догађаја му не беше толико битан. Једном речју, могло је и овако и онако, са подједнаким учинком на коначни исход и подједнаким повређивањем части и достојанства Ивана Петровића. На то је он и рачунао као сваки резонер и оштроуман интригант. Лукавост Вука Ивановића ишла је дотле да му је и мисао о потказивању старца од стране Сергеја или Павла Васиљевића постала толико блиска и готово већ свршена ствар.

Рачуница беше проста — уз некакво измишљено повређивање угледа, ето нека то на пример буде ипак Павле Васиљевић, он се одлучује на потказивање свог дојучерашњег пријатеља, тј. Павле Васиљевић, тобож' је знао одувек све појединости несрећног случаја са студентом Н. али је сада коначно решен да, без обзира на наклоност према Ивану Петровићу, изнесе нове чињенице о којима нико ништа још не зна и да посведочи истину, овај пут само истину... Потказаће Ивана Петровића и открити да је сигуран да старац још чува пиштољ из кога је пуцано... Самим тим, то ће бити разлог претреса дома Ивана Петровића и Вук са тим неће имати ништа, формално ништа. Вук задовољно протрља руке због ове замисли коју би ваљало упоредо покренути са читавим предстојећим случајем и тако још и помрсити конце двојици великих пријатеља.

Тамне мисли задовољство су и омама грубој души, спремној да гази, да мрви, да кида и нагони друге да јој се покоравају. До несношљиве тескобе и ишчуђавања може доћи свако ко здраво расуђујући завири у нутрину човека зле воље, јер ће у њој наћи сву ону мрскост и чак потребу да уништава и прогони намучене душе. Оне под теретом те изопачености и пакости злобника, из пакла унајмљене, посрћу и падају ничице, затежући сваку струну што је у њима, до бола, до потпуног кидања и опште помућености.

Увређени и прогнани од својих мучитеља остављају животну снагу на, за њих несхватљивим сплеткарењима од којих некако треба да се одбране, да докажу своју невиност, јер понекад није довољно само бити чисте савести већ то ваља и показати пред тим људима пуним обести и зловоље, сулудих жеља за тлачењем, некаквих болесних игара и чега све још?! А када на место добре воље, отвореног срца и решености у остварењу великих идеја човечанства које доносе мир, утеху и радост стану нечији прљави прохтеви, толико дрски да се под тим њиховим теретом све савија, када скученост у душама и зловоља оних без савести и њихова немарност да испуне свој дуг општег помирења са свима толико нарасту да из њих изникли коров прекрије племенитост, у њима већ сиромашну, прља се читав свет и губи се онај свеж и чист осмех задовољства када је брат брату брат, а не мучитељ. Сами око себе, својим немаром и рђавим побудама које лако освајају прелазећи у навике и нешто сасвим

„природно" стварамо тај горки укус пакла, још овде где корачамо. За то, одговорност не треба тражити на различитим сметлиштима живота јер и њих ми сами правимо, већ једино у нама самима где и почиње све па може или да заруди или да се укаља. Није човеку истргнута могућност да ствара, да мења и да усавршава. Напротив! То би чак свакоме требало да буде света дужност и око ње би се сви могли измирити како не би повређивали друге и због тога још, као врхунац болести душе, још и ликовали.

Вук уђе кроз широку капију, немарно и без нарочитог укуса исковану, у двориште станара досељених са свих страна како би у вароши испунили своју судбу и назначење. Они барем у то верују.

Три омалене ниске куће са спуштеним и на свакој у једном реду постављеним, малим прозорима који су подсећали на ситна окца, испуцалих фасада и дотрајалих кровова, недовољно смелих да зауставе влагу па чак прокишњавање у просторије у којима су живели ћудљиви и болесни станари, одавале су врло мучан утисак потпуног сиромаштва. У свакој од те три куће се ложило, али скромно, и то мало дима (станари су штедели на угљу а онда се сви редом разболели, неки од астме а неки од туберкулозе) излазило је на све стране, кроз оцаке пак понајмање.

Кроз замагљене прозоре пробија се мутна светлост од слабашних сијалица, и она помало болесна. На све се строго пазило и штедња је овде била најстроже правило! Остало би се некако и могло допустити, али „расипање"... То никако! Из неких просторија извирују кроз ту маглу црне главе сиромашних људи, тражећи неку разоноду и одмор мислима у погледу на гвоздену капију и улицу испред ње, потпуно пусту и мокру.

Међу свим тим станарима, неким тајновидим прстом ту доведеним, једино стари обућар, извесни Димитрије, није био дошљак, већ га је живот још рођењем сурово сместио у мемљиву собицу од свега неких тридесетак лаката уздуж и исто толико попреко, у трећу кућу у низу, а њу је делио са још два станара. Ни њихове собе не беху ништа пристојније. Довољно велике да у њих може стати сто са две или три омање столице, кревет и скромна комода, и довољно мале да човек у њима свега остане жељан.

Тај Димитрије, некадашњи обућар, знао је преклоњених руку да преседи читав дан и једино по ретким променама његова лица, углавном када би га костобоља потпуно савладала, могло се судити да није уснуо, да је још увек жив, иако он то можда одавно ни не жели. Али, смрт не пита нити са било ким преговара, тако да се он већ три године мучио том ужасном болешћу призивајући Бога да га узме под заштиту и молећи га да му, још боље, прихвати душу.

С времена на време с муком би се придигао и прекрстио, поправљајући пламен у кандилу, које је без престанка горело. Изнад кандила, душу му је загревала повећа икона Богородице у позлаћеном раму. Под њом је понекад знао клечати, углавном када би болови барем мало посустали. Та икона му је била све — његова вера и могућност дугог, тврдог трпљења и једини разлог због чега још увек живи.

„Сигурно још неки дуг нисам отплатио. Нисам се још искупио, а Бог неће неприпремљене и неокајане себи баш тако лако. Пусти Он... Годину или две. Чак и више. Узме кад хоће, шта ми с тим имамо. Божја воља. Божји рачун”, помислио би, а онда би му низ дуго и увело лице потекла врела суза. У ретким тренуцима усхићења због неке радосне вести која би му још увек каткад пристигла као опомена да га живот није сасвим заборавио и да би му покренула мисли да није потпуни усамљеник, ширио би руке а онда се много крстио, тихо се молећи и благодарећи на свему.

Станари су га с правом прозвали доброћудним мистиком, нечујнијим и од саме тишине. Ако би неким чудом и изашао у заједничко двориште, мало би говорио, готово никако, али по изразу његова лица видело се да воли све људе без изузетка и да му, као и сваком станару уосталом, прија када га осени топло и здраво сунце скидајући трагове мемле, с њим готово срасле. И можда би он и даље промаљао своју омалену црну главу и ћутке седео испод липе у дворишту да га Николај једном приликом, без икаквог повода, видно узрујан, није тако грубо одгурнуо да је несрећни старац пао са столице а онда прекривши лице рукама дуго и тихо молио Бога да његовом суседу не узме ту дрскост за грех, да је не урачуна.

Након овог случаја Димитрије се више никада није задржавао у дворишту, без обзира на наговоре осталих станара, подједнако устрашених (од Николаја су сви редом зазирали) колико и гневних због неправде учињене старцу. Нико се није усудио да јавно иступи и прекори ту безочност. А и ко би?! Напротив, станари су се ако би угледали Николаја како силази низ степениште у двориште, журно склањали у своје тмурне собице и тек ту гласно протестовали и незадовољно мрмљали. Нерве би им убрзо умртвила несношљива мемла и они би покорени одустајали од даљег негодовања.

Николај је имао засебну собу у једној кући пристојна изгледа. Прозори су јој били на јужној страни, насупрот прозорима оне три ниске куће што су само из неког чудног поноса и даље опстајале, иако толико урушене и трошне да је живот у њима одавно већ постао недостајан човека.

Вук уђе на улаз те „господске" куће, прође поред врата власника свега онога што се налазило у прљавом дворишту (он је давао свим станарима изузев Димитрију собе у закуп и од тога се богатио без намере да делом тог новца барем мало начини те собе пристојнијим). Прође и поред врата младе служавке Василије. Она је чистила излоге у вароши и кувала и поспремала неред код Николаја, а и код кућевласника, јер и он беше самац. Од свега тога некако се дало преживети. Скромно, али честито.

У поткровљу, у прозрачној и широкој соби, богато намештеној, живео је најћудљивији станар, по мишљењу свих станара човек врло груба карактера, злочинац и крвник, иако се то овде због могућих непријатности прећуткивало. Вук позвони и на позив свог домаћина округла лица уђе.

У соби, зачудо, не беше оног тешког задаха преступничке душе нити устајалости од дувана и свуда просутог вина. Чак је и сам домаћин изгледао потпуно свеже, избријана лица, зачешљане косе и уредан. Спољашњост је променио у потпуности. Одело му беше чисто и испеглано и чак је и сат, који је одавао човека сумњивог укуса, ставио на руку и њиме се стао разметати. Мирисао је на јефтину колоњску воду и чак је и ципеле угланцао. Све је то могло говорити о извесним променама рђавих навика домаћина, али опет, са друге стране, врло лако може бити да је то само појединачни случај на који ће он још сутра заборавити и вратити се свом старом, већ свикнутом нереду.

Вук накратко застаде загледавши се у њега. Чинило му се да се дуго гиздао пре његова доласка, али разлог томе не беше му познат. Чак му се и мисли са којима је дошао и био им веран, обликујући их по ко зна који пут како би на Николаја оставио што јачи утисак због нових, за њих врло повољних околности и наравно, због оног простог интереса и рачуна са Николајем, расуше под ноге, невољне да се изнова саберу јер је глава била заузета нечим другим, изненађујућим и чудним. Вук на Николајев неочекивано уљудан и пристојан захтев седе разгледајући собу. Све око њега беше потпуно другачије него за време претходног доласка, када се намештај и све у соби и на зидовима једва могло разазнати од љутог дима, а све мучно заударало на устајалост, јер баш је тих дана Николај терао служавку са прага сваки пут када би дошла да уреди његову собу како би могао на миру да пије колико му се прохте а да га нико у томе не узнемирава. Сада се јасно истицала висока, дрвена комода са елегантним, месинганим ручкама, украј собе и четири слике (уље на платну) истог мотива у различито годишње доба, све у истим, широким и масивним рамовима између којих су одисале стварним животом и лепотом. Раскошни лустер надмено се поносио својим сјајем и падао таман дотле да га неко у својој несмотрености не би главом закачио. У соби је било мирисно, топло и врло пријатно и нема сумње да то беше заслуга служавке чија је присутност била очигледна.

— Да не сметам? — отпоче Вук Ивановић. — По свему судећи Ви као да се спремате да некуда пођете?

— Ах, никако. Никако, драги мој. Све ово што видиш, и ово моје одело и избријано лице... све је то само игра и маска. Лепо је човеку кад узме на себе туђи образ. Удобно му је у другој глави — наговести му Николај нешто што он свакако није могао одмах разумети.

— Игра? Како то, игра?

— Тако лепо, игра! — значајно му потврди домаћин истежући се на дивану.

— А, тааааако... — са досадом отегну Вук, вољан да разговор крене другачијим током.

— Тако! Позоришни комад у четири лица. Сва четири играм ја. И сви ми пристају! Ваљало је за тај комад и собу мало уредити...

Вук стаде зачуђено премеравати Николаја, а онда, услед мале нелагодности, скрену поглед на нешто сасвим неважно.

— Позоришни комад, чујеш ли?! Чиновник, дворска луда, извршитељ злочина и судија. Изврстан судија — беше упоран домаћин.

— И, шта с тим?

— Ништа! Само... Дворска луда умишља велику умешност злочинца па хоће да закоље чиновника, а овоме опет никако не полази за руком да постане дворска луда како би се свему у животу ваљано и безразложно насмејао.

— Како то, закоље?

— Тако лепо! Закоље! — Николај поскочи, зграби сечиво и њиме прође кроз ваздух. — Видиш, лако је. Пререже му врат и готово!

Вук пребледе од ужаса, можда тек сада свестан да се ухватио у игру са душевно оболелим злочинцем и то „само” због новца.

— Јесте. Лако је — дрхтавим гласом се сложи.

— Ко није спреман на то, нека се замисли!

— Ако — све више узбуђен, Вук се стаде померати час на један крај дивана, час на други.

— А кажу да човек има само једну личност. До врага са том измишљотином! Лаж! То би било застрашујуће и досадно.

— Свакако — сложи се Вук одсутно.

— Ето, ја на пример уживам у томе што ми је карактер непредвидив и што нико не може са мном бити начисто нити знати шта му смерам, а и то што о њему мислим, не потраје задуго. Просто ни сам не могу наслутити шта ће ме већ у наредном тренутку обузети. Игра је то све. Игра, кажем ти. Или нарав...

— Могу се у доброј мери са Вама и сложити, али ја сам Вам дошао због значајног посла и сматрам да је то сада за обојицу важно — трудио се Вук као утопљеник да се ослободи непријатности.

— А да ли је нужно да се сада о томе говори?

— Како се узме. Ја држим да јесте.

Вук извади кутију са дуваном и понуди Николаја што овај са гађењем одби. Чиновник зачуђено стаде одмахивати главом и дугачким прстима нервозно себи пунити лулу, али га домаћин, узевши га чврсто за руку, љутито прекори:

— Запаљење плућа. И то у одмаклом стадијуму. Дуван ми је најстроже забрањен. Решен сам да се нечега и ја придржавам. Рекоше ми да је за моје добро, па онда, ако је већ тако, није ми ни тешко.

— Опростите. На ту околност нисам рачунао — оправда се Вук, задовољан што је пређашњи и врло мучан разговор пресечен.

— И...? У чему је, онда, нужност Вашег доласка?

— Не срдите се јер ћу Вас ускоро уверити да за то немате баш никаквог разлога. Читава ствар веома нам је наклоњена, само... Знате, сада су већ потребна и новчана средства.

— Колика?

— Три хиљаде како бих ја поравнао своје расходе, остатак, свој део, узећу по окончању процеса.

Николај се тромо придиже. Беше јасно да му није било до тога, али не противећи се изброја те три хиљаде, све у новчаницама од по стотину и пружи их Вуку.

— Лакоми сте на новац! — закључи.

— Опростите, али уз сво поштовање, тражим Вашу коректност у опхођењу. Господине Николаје Мартиновићу, ја се заузимам за Вас у једном врло крупном случају, стога и тражим основну пристојност.

— Тачно је. Не спорим Ваше заузеће, али мотив за то је новац. Будимо коначно и у потпуности отворени: између нас двојице стоји интерес са обе стране и управо је на њему и изграђен наш однос.

— Ако Ви тако хоћете... Нека и буде. Ако тако мислите...

— Не — прекиде га Николај. — Не мислим већ смо у то обојица уверени. Него, нисте вечерас ваљда овде да бисте са тим нашим односом сводили рачун и о њему још дуго говорили?

— То никако. Будите у то уверени — повређеног поноса и окрњене сујете, високим гласом одговори Вук.

— Бићете и даље тако тајанствени? Упозоравам Вас да је рђаво искушавати моје стрпљење. Уосталом, нарав ми је јако незгодна, у то сте се већ могли уверити.

Вук је готово био решен да поскочи и одрекне се њиховог заједничког подузећа, и то одједном, али га мисао да га чека велики новац у томе спречи.

— Бићу директан — рече Вук, па погледавши га у очи смело удари руком о сто. — Ствар је посве једноставна.

— Онда је тако и изнесите.

— Видите, господине Мартиновићу, пиштољ који сте ми предали приликом нашег последњег сусрета успешно је скривен у наслоњачи Ивана Петровића — па осмехнувши се задовољан тим фактом и протрљавши руке, унесе се Николају у лице и упита: — Да ли сам испунио Ваша очекивања?

Домаћин поскочи и стаде ширити руке. Чак свог госта назва верним пријатељем и стаде га ватрено љубити, указујући му сумњиву част и наклоност подлаца.

— Значи ли то — отпоче он — да је ствар сазрела и да се може изнети пред суд?

— То је сада само ствар Вашег избора и Ваше воље — горд и понет успехом због свог свршеног подузећа закључи Вук. — Али, ја ипак мислим да би ваљало још мало причекати.

— Због чега?

— Ја могу искористити своја познанства и утицај у две важне ствари. Прво, учинићу све да још сутра надлежни уз налог за претрес пронађу пиштољ у кући Ивана Петровића. А друго... — ту мало застаде и са пакосним изразом лица шкрипну зубима. — Треба помрсити конце и Павлу и Сергеју. Једноставно је. И неће бити сумње да су они потказали Ивана Петровића. Разумете шта хоћу да Вам кажем? И овај пут ће у јавности бити пронета гласина како Павле и Сергеј хоће изнова да сведоче јер им савест тобож' више не налази мира. Тиме ће и однос између њих и Ивана Петровића бити пољуљан а то ће олакшати окончање читавог процеса тј. осуду свој тројици.

— Па ово је савршенство префриганости — још једном Николај задовољно поскочи.

— И, шта кажете? — стаде овај ликовати.

— Предузмите све како сте наумили и то врло журно како би се ствар нашла што пре пред судом. Ах, да. Ево још новаца — стаде се разметати, понет новим околностима.

— Биће. Врло брзо. У то будите уверени — потврди Вук готов да крене, али га домаћин у томе спречи и пође ка телефону.

— Једна кола у Толстојеву, број тридесет седам.

А онда, окренувши се ка Вуку, саопшти му своје намере:

— Пијмо вечерас, стари пријатељу. Наздравимо срећним околностима. Ствар ће ускоро бити свршена.

... Моћ зликоваца велика је, али не и трајна 

Кроз замагљене прозоре и на тешке, залеђене капије ушета, као заносна дама, прва бела ноћ децембра, са доста влажног снега и довољно леденог окова да улице у вароши осташе потпуно збуњене и изненађене, свакако клизаве и под том кором заробљене и чврсто као стегом притиснуте. Ујутро, са звоника се разлеже дубок, али прилично јасан звук, готово једнако и равно девет пута. Неке нађе у на време отвореним продавницама, уредно поспремљеним и осветљеним, неке изненади у топлој соби тако да се они, погледавши на сат и уверени да је већ девет часова, журно обукоше у шта пристојно и пођоше за својим обавезама, и, на крају, неки се чак стадоше крстити мислећи да су то звона са цркве у Ст. Андрејевој четврти. Ови последњи су извесно по први пут у Петровој вароши и за њих је она свакако још увек скривена и тајна.

Варошани између себе размењују по коју реч не би ли се у потпуности расанили, углавном жалећи се на још понеку неочишћену улицу кроз коју се некако морало проћи, на изненадну зиму итд. као да је она право чудо, иако децембар већ беше добро поодмакао. Људском незадовољству тешко је пресећи жилу, јер све и да је онако како се човеку прохте, како пожели, не би налазио мира тражећи изнова и још штиркајући све, све претресајући и мерећи по ко зна који пут како би се уверио да ли је то заиста онако како он то хоће, а онда, ако и јесте, нађе се пред сумњом да ли он то заправо уопште и хоће?!

Они који су се затекли јутрос на улицама одмахују руком једни на друге жалећи се између себе и тражећи у свима и у свему кривицу због нове, беле варошке постеље у коју никако нису желели да се умотају. А она беше прекрасна, још танка, свилена и мека. Људи негодују и чак псују јер им нешто снега улази и у немарно повезане ципеле, и никако да умире ту своју ничим изазвану срџбу, да се загледају око себе и открију ту брашњаву лепоту. Једино се понеки старац осмехује свом унуку црвеног носића и образа, вукући га заједно са санкама и не скривајући своју радост и срећу јер малишан и те како ужива у тој, за детиње срце, чаробној, белој бајци. На местима ветар је, љутећи се без разлога, подизао товаре снега и бацао га увек на исто место тако да је било и оних белих брдашаца, високих готово и по читав метар што је власнике, уколико би се само она нашла у близини њихове радње, доводило до готово необузданог беса.

Међу свим тим људима, погнутог погледа и топло одевен, у пратњи Жућка који се весело врзмао око ногу свог доброћудног газде, нашао се и Иван Петровић, по свему судећи невољно и без неке посебне жеље за тим. Црног лица због нечега што га је, извесно, тог јутра силно притискало без милости као гвозденим чељустима, без осмеха, без задовољства и очигледно изгубљеног мира, расејан и забринут, стресао је мало заосталог снега са оковратника и крочио у радњу у коју једнако улази са истом, скромном потребом — мало хлеба, млека и обавезне новине. Беше сасвим очигледно да му је то јутро било некако другачије од осталих, посебно и врло значајно, и извесно, врло мучно и тешко подношљиво. У старчевом ходу, у немарном поздрављању са пролазницима које је познавао (не беше у томе оне његове уобичајене простодушности и непосредности), у тешким удисајима и још у много чему, јасно се могло видети да се с њим нешто врло крупно догађа јер су промене његовог расположења и држања, свега уосталом, биле лако уочљиве и значајне.

Одмахивао је главом и сам за себе нешто коментарисао, као да се нечега присећао или то барем покушавао. Кораци су му били троми и тешки као несрећна судбина, а у једном крајичку ока јасно се могао видети траг крупне сузе налик истопљеном олову. Једина неизвесност беше у томе да ли је то од мраза или од посусталог срца. И узалуд је Жућко, осетивши старчеву лавину тешке слутње и у истом неподношљиве муке, трчкарао испред њега и машући репом тако покушавао да га забави и изнуди му барем један, па макар и сув осмех. Ништа од свега тога старцу не беше могуће.

Негде у близини кројачнице, извесно и давно пропалог чиновника, некаквог Луке, старац наиђе на раширене руке Павла Васиљевића и може бити да би и прошао мимо њих да га овај не позва по имену. Прену се и жмирну очима неколико пута, невољан да о било чему поведе разговор, јер му то никако не беше по вољи и само би му још више појачало тај мучан осећај од кога се требало ослободити. Павле Васиљевић, разумевши то, чврсто га приви уза се, стегну га чврсто и обећа му да неће задоцнити јер је, ето, читав тај процес и њему готово једнако важан. Уз добре намере и обећања два одана пријатеља убрзо се и поздравише. Мимо сумње, Ивану Петровићу једино је самоћа била потребна како би о свему што му је у глави правило мноштво јаких утисака, још једном добро размислио.

Са друге стране, Николај се излежавао тог јутра у тек замењеној постељини, без намере да се ускоро придигне. На лицу му се јасно оцртавало задовољство нечим и нескривана подлост. Видело се да у нечему страсно ужива, да премеће по глави врло нечасне намере и да се, уверен у своју интригу и њен долазећи успех, силно забавља и ликује. Немарно подижући поглед ка зидном сату од кога је каткад добијао нападе беса због ритмике сказаљке, намах поскочи као човек који је управо сео на усијано жезло и стаде претурати по читавој соби тражећи нешто. Очигледно, имао је нешто неодложно и врло важно и може бити да је већ негде и каснио. А онда, извукавши фасциклу из пренатрпане фиоке, одахну и стаде се премишљати око нечега.

Неодољиво је подсећао на човека коме је баш све подређено једној ствари, врло кривој и дрској и коме је нарочито и увек ново задовољство када некога чврсто држи у шаци и само га каткад малим прстом удари по глави како би га подсетио на по њега врло лоше околности. До савршене фаталности се трудио да све оно што је наумио прође у потпуности онако како би то њему одговарало, без изузетка, и да тако своју жртву стави на страшне муке, под њом залажући ватру. Све време му је лукав и нечастан подсмех поскакивао на лицу и беше јасно да не скрива своје одушевљење због близине тренутка када ће се недужноме човеку врашки наругати, исмејати га и без трунке гриже савести пљунути му у лице и пресећи му нормалан ток крви у жилама.

Још једном погледа на сат како би се уверио да је време да се обуче и да крене. Пре тога, извади из кутије нов жилет и стаде га разгледати, а онда њиме шарајући уздуж и попреко кроз ваздух стаде се наказно смејати. Образи му се упалише и поцрвенеше као жар од силног узбуђења и болесне уобразиље да тим истим жилетом некоме наноси бол. Жилет најзад употреби како би се три пута пажљиво избријао. Пљусну неколико пута хладном водом по лицу, зачешља се врло пристојно као што то чине људи уредног живота и несумњиве господствености, и на крају се због свега тога силно засмеја.

Извуче из ормана најлепше одело и уз мало премишљања ипак се одлучи да ће на себе ставити чак и машну како би и тиме свему дао још више значаја. Позва Василију и она зачуђена његовим опхођењем у којем не беше толико оне, за њу већ навикнуте грубости, упита шта господин жели. Наложи јој да пажљиво испегла то његово посебно одело и чак јој пружи и нешто новаца. Служавка покорно спусти главу и обећа му да на одело неће дуго чекати, ето, одмах ће она и ако шта још устреба... А онда се помало спетља због те званичности у Николајевом погледу и журно крену. Кроз мање од четврт сата одело беше испеглано до потпуне префињености. Неспретним рукама Николај је узалудно покушавао да веже машну и на крају нерадо попуштајући, горд, затражи од Василије да то ипак она учини.

— Пожури. Већ касним. Везати машну: велике ми мудрости — љутио се на служавку.

— Одмах ћу, господине. Ево. Ево — а онда дрхтавим рукама она некако већ у томе и успе.

— Задржаћу се у вароши. Узми кључеве и све поспреми. Ево ти. Узми — наложи јој.

— Биће — покорно потврди девојка, навикнута на ту његову безочност.

Николај се стаде окретати по соби и са свих страна завиривати. Беше јасно да је и овај пут нешто тражио.

— Шешир. Шешир, Василија. Видиш ли га где?

Она за тренутак застаде, размисли, а онда тихо и готово молећивим гласом како не би увредила свога тиранина одговори:

— У рукама Вам је, господине Мартиновићу.

Овај поцрвене од срџбе, али из неког разлога најпре оћута, а онда стаде негодовати, више за себе, тек тако.

— Јесте... Да... У рукама ми је. Хмм... Добро онда. Да пођем. А ти, шта си се удрвенила ту?!

Нагрну капут од скупоцене вуне на себе, изузетно лепог кроја и сигурно велике вредности, а онда, још једном се окренувши ка Василији запрети јој да се ни у ком случају не јавља уколико га неко буде тражио, а ако се баш и на вратима појави... ето, не знаш где је домаћин и томе слично.

Након тога, он стрча низ степениште не скривајући велико задовољство због онога што се ускоро имало догодити. У дворишту не затече никога и само се из пуке радозналости окрену у правцу оне три неизгледне куће, надмено се и потцењивачки мало у њих загледа, а онда значајно продужи корак све више га убрзавајући.

На улици се у тој својој пометњи и журби стаде љутити на неког пролазника јер му је он, иако без намере и свакако без кривице, само пуким случајем пресекао пут и чак га руком окрзнуо. Присетивши се важности случаја, нечега што је готово у потпуности узело сву његову пажњу јутрос, некако му пође за руком да умири свој гнев, и све више истичући фасциклу у рукама, трудио се да на себе стави изглед пословног човека, јер ће му то ускоро бити од велике важности и користи. Свакако, за њега би било врло добро да пред свима данас остави утисак једног врло углађеног господина (без обзира на то шта варош о њему мисли и говори), несумњиво благородног карактера коме је живот учинио неправду, сместио му игру и неким чудом чак од њега начинио робијаша, иначе он то није заслужио, то је био само крив суд људи итд. итд. У том свом новом, позајмљеном лику, никако се није сналазио, у њему му беше тесно и неугодно, изузетно тешко да себе, привидом барем, учини честитим и невиним човеком, толико правичним и осетљиве душе да се и на најмању неправду некоме учињену намах ражалости. Јер, он такав не беше.

Судница беше високих и чистих, потпуно белих зидова какви се срећу још само по болницама. Ипак, и поред тога, у њој беше сиво, готово мрачно, превише строго и одмерено, иако је то у овом случају можда чак и врло пожељно. Унутра није заударало на устајалост и мемлу, напротив, то се и није смело никако допустити, али не беше ни живог нити пријатног мириса — све је одисало некаквом строгоћом и формализмом.

Клупа за оптужене беше тарањем светлије боје од свега онога што ју је окруживало. Оптужени су, нервозни и често у немогућности да мирно преседе читав процес, извесно заслужни за то. Уопште узев, све у судници беше врло једноставно и чак досадно за посматрање, овоштало и тешко. Једино је масивни орахов сто привлачио пажњу и остављао врло пријатан, готово задивљујући утисак. Иза њега је седео судија добујући прстима услед Николајевог кашњења.

Скинувши омањи шешир са округле главе (иначе, врло му је рђаво пристајао), Николај се наклони свима увежбаном љубазношћу и стаде се правдати због кашњења. Жмирну очима на Вука и седе поред њега. Лице и једног и другог беше црно и натопљено пакошћу, наопаким задовољством и у тој душевној скрами, срамној, мрачној и лепљивој, у читавом том процесу против Ивана Петровића, налазили су развратну наслажду и уживање у туђој муци. Разлог њихове сумњиве блискости беше подударање рђавих карактера и оно што је можда још и важније — прост рачун, јер таквим је људима рачун вођица живота и то никако не треба сметнути с ума.

Судија (ове је године навршио равно двадесет година службовања) прихвати Николајева оправдавања, задовољан што је процес коначно могао отворити и, у то је био уверен (видело се по изразу досаде на његовом лицу), убрзо га и свршити. Беше то човек омалена раста, црне пути и црних, готово неприметно зрикавих очију. Коса му уредна, и она црна као кафтан, доста проређена. Нос приметно искривљен и за његово ситно лице, повећи. Поред свих тих ненаклоности природе, држао се врло достојанствено и чак изгледао некако посебно, можда управо због својих несавршености. Једино је његова, истина нестална, натуштеност одбијала и кварила општи утисак готово потпуно пријатна човека.

— Господине Иване Петровићу — отпоче — уз приложену жалбу, уједно и оптужбу Николаја Мартиновића, покренут је поновљени процес, овога пута под другачијим околностима и за суд до сада непознатим фактима. Окривљени сте за убиство студента Н. и прикривање истине, због чега је претходно осуђени, Николај Мартиновић одслужио казну у трајању од три године, ослобођен раније због олакшавајућих околности које овде неће бити изнете јер нису предметне, самим тим и потпуно непотребне.

Застаде и на тренутак као да стаде дубоко премишљати о самој оптужници. Потпуни мук у судници прекидала је једино шкрипа клупе за оптуженог и зрео, дубок и упоран кашаљ Ивана Петровића, што и није остављало нарочит утисак ни на кога, јер су сви ишчекивали оно што је требало уследити. Спуштене главе и преко колена склопљених руку, измучен ужасним осећањима и мислима, старац је одавао утисак врло уморна човека, отупела погледа и без противљења спремног да саслуша све оно што је још стајало у оптужници. Личио је на некога кога је случај грешком затекао ту, и коме ту свакако није место.

У том положају оптуженог без кривице, али под врло тешком сумњом, околностима и тврдњама које је ваљало пажљиво испитати и утврдити им истинитост, тешко је дисао и готово се борио за здрав ваздух, али свеједно, држање му одједном постаде достојанствено и мирно и ни по чему се није могло судити да га оне слутње и даље муче. Усправи поглед и пажљиво стаде премеравати све у судници, Вука Ивановића нарочито. Овај, приметивши да је старчево најживље интересовање баш на њему, подло га и изазивачки дочека жмиркањем очију и, због учињене и лукаво смишљене клевете, осмехом задовољног човека.

Нема стида нити нагона за покајањем код решених интриганата, јер да је другачије Вук не би могао остати тако доследан свом кривом науму. Од њега би већ давно одустао и читава ствар не би дошла до ове тачке, до чвора кога је већ некако требало распетљати. Е сад, уколико читав процес задовољи Николајеве и жеље Вука Ивановића, то ће бити још само једна потврда да веште интриге могу надјачати људску част, достојанство и правичност, барем привидно, и све то из само једног разлога — из свеукупног несавршенства човечанства од кога оно болује. Јер, уколико не постоји чврсто уверење да се сваки појединачни случај између два човека сукобљена из различитих побуда не реши тако што ће на крају праведност и истина записати последње слово, не може бити ни говора о савршеним мерилима којима би се свет и човечанство требали поносити. Опет, уколико се све ипак реши у корист Ивана Петровића, могло би се са сигурношћу, поуздано и радосно узвикнути: „Да, упорности да се сачува част и честитост, идеји о општој правичности као круни човековог живота, ништа није равно и на свему томе, уколико за то постоји чврста воља, може почивати и читаво човечанство!”

Старац се усправи у леђима са болним изразом лица и погледавши у судију као да му је на тај начин хтео дати до знања да он, разумљиво, највише од свих очекује да чује остатак оптужбе и да му то мучно ишчекивање надражује нерве.

— Ви сте, господине Петровићу — коначно настави судија — по мишљењу и тврдњи Николаја Мартиновића, из неких личних разлога и Ваших врло чудних склоности, извршили убиство студента Н. и то на такав подмукао и крајње перфидан начин да сумња никада до ове оптужбе на Вас није пала. На вашем је терету и једна по Вас врло рђава и за читав процес битна околност: у Вашем је дому пронађен пиштољ, редак примерак, готово музејски, а управо је из таквог (нема их баш много) и пуцано у студента Н. Овај факт ставља на Вас врло тешку и оправдану сумњу да сте починитељ убиства и извршитељ страшног злочина због кога је, можда, то ће суд већ детаљно испитати, кажњен недужан човек.

Судија се још једном загледа у старца са живим интересовањем, тражећи на његовом лицу било шта што би се могло препознати као признање кривице или, насупрот томе, израз лица очајног човека коме су други подметнули нешто тако крупно и то на врло лукав и груб начин. Али, на његово чуђење, Иван Петровић је стајао потпуно равног расположења и држања, без и најмањег душевног вртлога и немира. Ово изненади и остале, јер мало ко би остао тако чврст и уздигнуте главе у тренуцима када га оптужују за тежак злочин и када му, несумњиво, у недостатку доказа да није починио убиство, прети казна, робија.

Лице му је имало здраву боју и читаво се тело држало врло снажно, достојанствено и послушно. Није било подрхтавања усана нити руку. Не беше чак ни оног уобичајеног премештања тежине са једне ноге на другу. Стајао је усправно и без најмањег покрета, изузев када је своју пажњу скретао са једног на другог човека у судници и тада је, и то врло лагано и постепено, окретао главу према субјекту свога интересовања. У том готово непокретном, зачараном ставу, остао би још задуго да судија не рече да након саопштене оптужбе, може да седне.

Овај пут не беше чак ни оне шкрипе старе, оптуженичке клупе. Седео је мирно, без намере да било шта каже или да било којим гестом покаже да му је све ово од велике важности. Напротив, из његовог једнаког држања и ћутње, баш ништа се није могло закључити. Можда би његова изузетна мирноћа понајвише изненадила Павла Васиљевића са којим се тога јутра срео, јер му је лице том приликом било потпуно бледо, нерви искрзали, а сада ето седи потпуно мирно, али Павла не беше у судници, иако му је обећао да ће га чекати пре него што процес и отпочне. Уосталом, и он и Сергеј су добили позив за овај процес због својих ранијих сведочења у вези са случајем студента Н.

Немир Ивана Петровића од јутрос и тешке слутње од којих му је глава постала мутна у ишчекивању за њега врло важног догађаја и сада ова потпуна мирноћа и беспрекорно владање читавим бићем може се објаснити само на један начин: човеку је на плећа стављен тежак терет, судбински и за његово душевно здравље врло опасан, у потпуности нејасан и непредвидивих оквира и само ишчекивање онога што има уследити јесте пакао и највећа робија. Након тога, када се случај у потпуности разголи, открије, када се пред његовим очима стане све дешавати, све оптужбе и непријатности, све то постане извесно олакшање (ма колико изгледало да у томе има животне ироније), јер више се нема од чега страховати, све је изнето и познато и само треба некако већ с тим изаћи на крај. Ишчекивање чега рђавог углавном је мучније и теже од самог случаја, ма како се он решио. Док човек чека, он не зна у какве га све непријатности неко може ставити, и управо мисао о томе лако баца на колена и поробљава. Опет, и сам случај, ма колико тежак био, кад добије коначне оквире ту више не би требало бити изненађења јер ако је нешто већ познато, па чак и оно што је непријатно, само по себи већ олакшава и у човеку рађа сигурност, нема више слутњи, мучних и дугих, јер све што се имало већ је изнето на трпезу и сада га „само” ваља некако покусати.

Неким људима, док ишчекују врло важну и до границе подношења тешку ствар, у распећу зна чак и уобразиља засметати, јер уколико се њој попусти, уколико се све сагледа ублажено и са претераним оптимизмом, тежим и од најцрњег песимизма, лако се може склизнути у очај кад пред очи изађе све у пуној величини, застрашујуће и силно, а онда, ко се још тиме може ваљано позабавити ако му је, ишчекујући га, повлађивао и скрајао озбиљност могуће неприлике. Са друге стране, нечасни, људи без милости решени да некоме преломе кост, да му у души запетљају струне, помрсе их, они који неправедно другога оптужују, имају другу, такође тешку околност: готово су по правилу сумњичави у повољан исход свога подузећа и имају негативан приступ свему јер све што чине, чине то из поквареног ума а, никако из чистог срца па је нада у наклоност такве проклете среће врло крхка и ломљива. Уопште, надати се добром исходу рђаве идеје и замисли, сумњиве је памети иако то доста често пролази.

Потпуну тишину испресецану једино понеким слутећим уздахом Наталије Петровић и том неподношљивом зебњом њеног меканог срца, прекиде дубок глас педесетогодишње главе:

— Господине Иване Петровићу, кажите шта имате у вези са изнетим?

Старац се тешко придиже услед упорне костобоље и као неко ко се око нечега важног премишља, поправи крагну кошуље и за све неочекивано, врло разборито одсече:

— Немам шта рећи.

— Зар баш ништа на ове тешке оптужбе од којих Вам јамачно зависи, уз детаљно испитивање читавог случаја, слобода или заточеништво?

— Ништа — кратко узврати старац.

— Дооообро... — и сам затечен, рече судија.

Наталија је седела укоченог погледа и у неверици широм отворених уста. Иако га је добро познавала, овакав став Ивана Петровића у тренуцима када од њега много тога може зависити, и њу саму изненади.

Сергеј је оборене главе очито по њој нешто претурао, тражећи какву год ваљану и охрабрујућу мисао. Дланови су му већ били мокри од напетости, јер и он је ишчекивао оно чиме га Николај терети, мада, то је већ могао и наслутити — наводно лажно сведочење, у њему пристрасност и сл. Овакав наступ Ивана Петровића још више га забрину и то беше разлог што му хладан зној стаде росити чело. Разум му се мутио и ма колико се трудио, беше му готово немогуће да остане потпуно миран. Једноставно, није му полазило за руком.

— Сигурно нам имате барем шта казати у вези са пиштољем у Вашој наслоњачи, јер, извесно, та околност је по Вас врло рђава и сама по себи довољна да Вам одузме слободу и пре него што се читав процес оконча?! — озбиљног лица примети судија.

— Свакако — отпоче старац. — Имам рећи само то да са тим немам никакве везе и да ни мени није познато одакле пиштољ у наслоњачи. Можда би управо то требало постати предметом истраге, а не, као што је то већ изнето у оптужници, моја умешаност у један за мене иначе врло потресан при самој помисли на њега, мучан случај.

— Иване Петровићу, нечасно је то што покушавате и даље да обмањујете све око себе и то што се на све начине трудите да сметнете сам ток ствари на нешто што се граничи са потпуном фантазијом: да треба посебно испитати откуд пиштољ у Вашој наслоњачи, јер Ви, забога, о томе ништа не знате — оте се Вуку Ивановићу и он тобож' увређен и као неко ко заступа искрена стремљења васцелог човечанства, поскочи. — Зар је мало то што сте тако страшан злочин толико дуго и вешто крили и што је због њега страдао недужан човек? Хајте, кажите нам то! И не знам само одакле Вам толика дрскост и безобзирност да још једном изврнете истину на поставу и да и овај пут покушате да обманете јавност, тиме што тврдите да пиштољ није Ваш. Уосталом, то ће се свакако, врло брзо и лако утврдити. Не сматрате ваљда да је доказивање тога неки велики подвиг, па да сте стога уверени да Вам ни овај пут закон неће чврсто стегнути врат?! Можда Павле Васиљевић пред свима посведочи то што ми је поверио. Сигурно Вам је познато да Вас је управо он потказао. Може бити да му је управо због тога и било мучно да јутрос изађе пред суд, иако је и њему, као и Вама уосталом, то обавеза, јер се терети да је лажно сведочио на штету Николаја Мартиновића, овог часног човека кога заступам. Него, Иване Петровићу, где Вам је сада Ваш пријатељ? Који је разлог његова одсуства и сами можете наслутити!

— То није могуће! Износите грубе неистине, и због тога велики је изглед да ћете одговарати — поскочи Сергеј и умеша се.

Образи му врели, као да има врућицу, а глас од силног узбуђења дрхтав и танак. Држи прсте једне шаке у другој и од тешког душевног напрезања, извлачи их до бола.

— Немате се рашта срдити. Ко ће и за шта све одговарати казаће надлежни за то. Судови зато и постоје, а не из опште разоноде. Него, да и Ви нисте неким случајем потказали пријатеља — заједљиво га и изазивачки погледа испод ока.

— Срамота. Не знам само како овако важна институција трпи Вашу безочност — гневно закључи Сергеј и невољно одмахну руком.

— Молим за тишину — прекиде их судија.

Он је до тада ћутке и премишљајући седео на свом месту, провлачећи дуге и беле прсте кроз ретку, баршунасту косу. Несумњиво, сва његова пажња беше усмерена на Ивана Петровића и беше му врло мучно да одреди притвор до окончања процеса (све то због оног пиштоља) човеку од кога је чуо тек неколико речи, мада га је отворено позивао да каже све шта има о случају. Али, старац се потпуно повукао у себе, деловао мирно и без промене расположења, на све веће чуђење свих, и нескривено, задовољно ликовање Николаја и Вука Ивановића јер им је он својим чврстим ставом да о свему мало говори, олакшавао њихово подузеће.

Николај се потпуно држао по страни, али у томе не беше ничега зачуђујућег, будући да у његово име подли процес води човек коме је за то обећао доста новаца. Задовољан, трљао је руке не скривајући одушевљење због, за њега врло повољног, тока читаве ствари. У неким тренуцима готово му је било и досадно па се повремено истезао на клупи као да је у каквој гостионици, а не у суду. Онда би прстима стао попуштати машну, јер беше очигледно да га све више стеже, да му изазива велику непријатност и да би је се радо ослободио. Ни у својој највећој уобразиљи није могао ни да замисли да ће читава ствар проћи тако лако и без потешкоћа, без противљења оптуженог и готово до његовог признања злочина који није починио! Зачуђујуће јесте, али је тако.

Беше очигледно и то да је судија полако почео губити стрпљење, јер и поред свих напора од Ивана Петровића није могао много тога чути, па учтиво и званично, онако како правила налажу, упита:

— Господине Петровићу, Ви сигурно и сами судите да ћете остати у притвору све док се читава ствар добро не испита, уколико не изнесете чињенице које би скинуле са Вас сумњу да сте починитељ страшног убиства студента Н.?

— Са том мишљу сам и дошао на почетак овог процеса.

— Имате ли још нешто да кажете у вези са тим?

— Јамачно, имам.

— Говорите онда — готово с нестрпљењем дочека судија.

— Испитајте све то до последње појединости. Ја не могу да спорим да је то што је пиштољ пронађен у мојој наслоњачи недовољан разлог да будем под сумњом. Напротив. Разумљиво је и само по себи врло природно. Али, уверавам Вас да нисам починитељ злочина. Могу једино ненаклоности судбе да припишем то што немам других доказа до чисте савести, а она се, свакако, овде не може рачунати. Подузмите све што је потребно како бисте о читавој ствари имали потпуну представу, јер истина има већу тежину чак и од овог мог, ничим изазваног заточеништва које је преда мном.

— Докази су на страни овог племенитог човека — готов да се поново ражести повика Вук Ивановић указујући на Николаја. — Докази на које сте Ви очито заборавили. Они ће бити изнети у даљем процесу, тачније биће пронађени, хоћу рећи... биће потврђено њихово постојање. Мада и сам факт о пиштољу у Вашој наслоњачи... Али, да не задирем ја у надлежност и поступке суда којима се он руководи...

— И не покушавајте то. У надлежности суда Ви не треба да се мешате — прекори га судија.

— Молим... Молим... Уосталом, Ви сте за то одређени, шта ја имам с тим...

— Онда то и поштујте — још једном га опомену.

— Свакако — од гордости црвен, попусти нерадо.

— Господине Петровићу, имате ли још шта казати? — обрати се судија старцу очекујући да ће од њега још нешто чути.

— Већ сам све рекао.

— Све?

— Све. Без изостављања битног. Кривицу за злочин не признајем, јер би то значило да сам скренуо памећу. Како да признам умешаност у нешто у чему немам никаква удела?! Ви добро испитајте случај и напослетку ћете наћи да истину говорим. Злочин свакако треба казнити! У овом случају то је већ и учињено, тамновао је онај ко га је и починио! — закључи старац и погледа у лице правом злочинцу.

Николај по први пут изгуби стрпљење, поскочи и тако потврди своје присуство. Крвавих очију и упаљеног лица био је готов да шчепа старца, али га Вук у томе спречи, јер би то по обојицу, и по њега и по злочинца, била врло непријатна околност.

Када се поново умири и у судници наста потпуни мук, судија се придиже и одреди Ивану Петровићу притвор на читавих тридесет дана. Наталија зајеца прекривши лице рукама, али то никако није могло променити било шта — у једном свом поглављу процес беше свршен и са врло лошим изгледом по старца, јер готово да беше очигледно да су Вук и Николај имали још какве „доказе” у рукаву и да ће и они, тек тако, као пуким случајем, искрснути пред онима који ће добро испитати основану сумњу да је старац починитељ злочина. Те „доказе” природно нису одмах изнели јер за то још увек не беше ни потребе нити је за њих био повољан тренутак.

Сергеј је седео у чуду, помало одсутно, и тек на поновљени позив судије усправи се како би, врло расејан и рђавог расположења због старчеве судбе, саслушао оно у чему је „згрешио”. Речено му је да му прети казна због лажног сведочења уколико се докаже да је Иван Петровић починитељ убиства студента Н. Уз болан израз лица и неверицу придржа уплакану Наталију за руку, па је на тренутак остави саму да би још једном чврсто пригрлио пријатеља пре него што он постане заточеником.

... Окови душе тежи су од тамновања 

ГЛАВА XII

На прљавом поду, хладном, влажном и од силне мемле и запуштености врло непријатна мириса, чак и без оне најмање могућности да мутним и отежалим очима нађе барем мало сна и одмора, у потпуности свестан околности у којима се затекао и о њима без могућности даљег одлагања дубоко премишљајући, у засебној ћелији, поражен самом чињеницом да га је судба довела ту, лежао је стари Иван Петровић, човек чврстог карактера, а слабог изгледа, измучен и потиштен. Метални, узан и неизгледан кревет тешко је стењао и при најмањем покрету тела. Са њега се старац одавно придигао, јер му беше јасно да му је могао само нажуљати болне кости. Ту, на поду, згрчен и на силу склопљених очију, тек да не би гледале у празно, у мрак, изазивао је судбу да на себе навуче још какву тешку болест.

Дубоко је дисао и с времена на време његов упоран кашаљ зазвонио би ломећи се о решетке. Свуда унаоколо беше полегла тишина, сањива. Тај кашаљ, зачудо, никоме не засмета иако су заточеници познати по томе да стално нешто негодују, и то можда с јединим разлогом да би тиме прекратили учмало време и да би се, можда, из тог негодовања начинило што за затворске услове вредно пажње, неки сукоб или изгред о којем ће се потом нашироко причати. Беше јасно да сви спавају, неки чак тврдо и врло добро, одавно заточени већ и потпуно навикли на те услове од којих се слободном човеку заврти у глави и на њих гледа с муком и једнаким гађењем.

Из даљине једва да се пробија чкиљава, мутна светлост. Ходник је узан и дугачак неколико стотина стопа, сив и веома прљав. Тек на његовом крају види се понека светиљка, омања и слабашна, недовољна да разбије мртву ноћ. Зачује се каткад звецкање кључева стражара, поспаног и одвећ уморног, али решеног да се увери да све протиче мирно, без непредвиђених околности, могућих међу заточеницима, због којих би, уколико их на време не примети, јамачно изгубио службу. Мрску, али опет, службу.

Уморан и увелих мисли, ишибан тешким слутњама у том свом тешко прихватљивом положају заточеника, старац је стискао шаке и опуштао их у већ устаљеном ритму, без дилеме — не би ли тако крв у жилама почела брже да струји. Услед непријатне хладноће, грчио је тело и болно гризао доњу усну не би ли и њу некако опустио. Било му је изузетно тешко да прекине тај опори ток мисли од којих нерви трну, а у души постаје тесно и мрачно као у затвореној кутији шибица. Узалудно је покушавао да честим променама положаја тела направи себи било какву разоноду, нешто око чега би се можда могло и забавити. Све беше замрло, тупо и до границе издржљивости мучно, непокретно и као нечим затровано.

На оно мало сиромашне и бледе светлости, толико слабашне да се од ње чак ни сенка иза предмета у ћелији не ствара, покушавао је да у свом топлом даху пронађе било шта што би му помогло да покрене време, да га погура и откине од потпуне равнодушности. И то би узалуд. А онда, подигуте главе и погледа упереног у таваницу, сву у љуспама, сневесели се поражен чињеницом да све мирује и да то све заправо није ништа, а да га некако већ треба прихватити, барем у томе покушати, јер другог пута за сада нема.

Испред од лоше светлости сужених му зеница, залепрша једна непријатна сцена са његовим тлачитељима, а онда њу одгурну друга у неки кутак ћелије (а нема их много), још сумornија и наказнија. Испред себе јасно је могао „видети” и Вука Ивановића како му се усправљен у леђима уноси у лице, а онда, у рукама држећи парче немарно истргнутог папира, на њега стаде записивати нешто, врашки мотрећи на старца испод очију и укосо га одмеравајући. То нешто било је отприлике овако: *Ствар је јасна, злочинац је напокон кажњен, а докази... Докази... Ево. Један, други. Трећи! Робија и то без трунке милости! Нека га заболи! Да му се као преко камена сломе кости живота како се никада више не би придигао...* Вук Ивановић пресави то парче папира и пљунувши старцу у лице, на њега стави печат.

Старац се трже и јаукну, а онда раслабљен, на крају своје уобразиље, кроз све гушћу маглу на њега са свих страна уперених прстију, угледа црно лице свога противника како се силно цери и тако открива сву своју грозоту и тежину зла. На врату осети како га нешто све више стеже и како га неки хладан задах свога обузима. Дубоко уздахну и стењући, тешко и уз велики напор се придиже и седе на ивицу кревета.

Уморне руке једва су држале још уморнију главу, мутну и претрпану новим, до тада непознатим доживљајима. Леже на бок, ногама ослоњен о под. Кости га тако још више заболеше, дрвене и као нечим начете, пребијене. Обазриво се усправи одмахујући главом и хучући. Од бола и ухода најтежих мисли није имао куда побећи. Између двадесет стопа уздуж и исто толико, можда чак и мање, попреко, и нешто мало изнад испружене руке, ниско постављене таванице — ето где је стала сва мука и тескоба, јад недужног човека и читава иронија живота, јасна слика, врло уверљива, о несавршености човечанства и његовој потпуној окрутности према невиним људима којима се оно, из неког неразјашњеног рачуна, безобзирно поиграва.

Старчево тело још једном задрхта од хладноће и слабости као струна на ветру, он се стресе и овај пут згрчи на кревету. Коначно, тај положај му је одговарао. Бол у костима постаде подношљив. Стаде изнова премишљати о протеклом дану, о суду и изреченом му притвору, а онда, поражен и при самој помисли да га још много оваквих ноћи чека како би му канџама до краја изгребале душу, готово паде у очај. Али, та његова висока идеја о неусклађеним односима међу људима које би некако требало уредити, свесна жртва за опште добро затрованог човечанства и упорност да се нечијем кривом науму испостави рачун, да се казни —

све то одједном поново васкрсну у старцу. Чак је и шаку чврсто стегао, као природан одраз човека решеног на велике, одлучне замисли. Све је то у њему превирало, мешало се и добијало при томе најчудније форме и облике док је душа, разумљиво, услед тих наглих вртлога и промена расположења, од ивице очаја па до потпуне усхићености, страдала и сужавала се све док не би дошла под гушу старцу.

„Само некако дочекати зору”, то беше његова једина верна мисао. Све остале су се смењивале као у неком зачараном кругу, једна другу потискивале, гушиле, једна преко друге заморене падале… Несаница, као какав груб мучитељ, никако није одлазила и сама помисао на јутро, на светлост, дочекује се као највећа светиња и спас.

Из делимичног сна, из тог стања где тело више страда и замара се него што се окрепљује, старца протера груб глас стражара. Збуњен, протрља очи и погледа око себе. На ходнику, неки су се заточеници већ протезали и жалили међу собом на нешто. Стражар је, јамачно заморен својом невеселом службом, викао и губио стрпљење и све то због оних заточеника којима је затворски кревет, иако рђаве удобности и тесан, ипак омилео па су се у њему још увек протезали (с њим су им и кости срасле).

Задах од многих душа у ходнику постаде несношљив. Све је врило, пометено у општој расејаности. Као у кошници, главе су се у пролазу сударале, негодујући и свака за себе нешто неразумљиво говорећи. Старац се с муком придиже и би му јасно да ће се и он, и то већ у наредном тренутку, немилосрдном судбом затећи у том оптерећујућем жагору и сасвим извесно постати предметом живог интересовања. И, када га стану пропитивати ко је, одакле и због чега је доспео ту, шта ће им рећи? Да се неки чудни прст из још чуднијег разлога с њиме поиграо? Да је он ту залутао, грешком, и то бива… Или ће једноставно, оборене главе, о свему ћутати и тако свима дати до знања да је он један обичан отуђеник који ни са ким неће нити може и тако барем делимично уклонити могућност некакве неприлике, јер то међу заточеним људима не беше ретка појава, реч на реч — издигнута песница.

На ходнику се, очекивано, срете са знатижељним погледима старих осуђеника — мотрили су на њега и ваљано га мерили са свих страна, ишчуђавали се, неки вртели главом, други опет о њему већ имали свој суд и можда га већ и презирали јер ће за ручком бити можда још један од оних што упорно мљацкају и тако другима надражују ионако испрекидане нерве. Било је и оних који су му прилазили, пружали му руку чак, уз израз лица искреног саучешћа. У том мрком свету у свим могућим нијансама, од бледо сиве па све до оних душа боје катрана, пажњу му привуче један осуђеник, можда и старији од њега, сувих руку и потмула погледа.

„И овај је сигурно изигран", помисли. „И сад, шта може друго него да прихвати чињеницу да ће му кости, још овде, у овој тескоби и мемли, натрулити."

Старац се пажљиво још једном осврну око себе, окружен различитим преступницима. Било је оних којима је из очију киптала крв, тешких злочинаца, али и оних чији је преступ био далеко блажи, и коначно, чак и оних чији процес још увек није окончан, а због тежине сумње и могућег почињеног злочина, одузете слободе. На његово запрепашћење сви су ти људи били на истом месту, рукавом уз рукав један другоме, без било какве одвојености иако су им почињена недела била поптпуно другачије тежине. Неки су направили мањи преступ, обманули, некога преварили, покрали можда ситан новац, а други су се, опет, теретили за страшне злочине. Због чега су сви они били на истом месту — старцу беше мрско да суди. Имао је осећај да га нико на том за њега проклетом месту неће прихватити као себи равног, да ће постати предмет исмевања и зле воље.

Крв му је застајала у жилама на тренутке када би га неке од оних злочиначких очију стале разгледати — у њима је јасно могао видети и Николаја и тај силан нагон да нечију душу гњечи, да је мрцвари и свему томе ужасно се насмеје. Има ли веће подвале живота него када правдољубив и честити човек изађе пред многа мрачна лица страшних злочинаца и стане тражити начина како да их се клони, да их избегне и још да се уз то носи мишљу да је он за закон, за човечанство, раван потпуном злочинцу и да губи своје достојанство и некадашњи углед... Тешка превара животних прилика.

Од свих тих душа, напослетку му приђе онај старац који му је неки час пре придобио сву пажњу и можда чак и наклоност. Сувоњав, висока раста и дугачких, кошчатих руку, натмурена погледа и раздељених, за читав прст широких обрва, уског и на једном месту незнатно изгребаног носа. Лице му издужено, суво и муком помрачено. На њему су се још увек, истина тек у траговима, могли приметити остаци некадашњег господства, пре свега у његовом учтивом држању и опхођењу.

— Никодим Милић, професор, кажу некада угледан и врло поштован, а сада ни по чему посебан, обичан затвореник — уз осмех му се представи, наглашавајући оно „обичан”.

— Иван Петровић, по опредељењу човек од закона, а по судби од истог тог закона несрећним случајем неправедно кажњен — прихвати старац.

— По удесу сродник, дакле? — тешко уздахну овај.

— Удес. Случај. Како год. Једном речју: неправда!

— Неправда! Неправда, брате. Ето, због те једне једине речи и страдамо.

— Мене страдање тек чека, врло извесно — већ му се повери Иван. — Процес тек треба да се оконча. Имам против себе два нечасна човека, неповољне околности, предстојеће „доказе” што се негде из пакла извлаче, свакако намештене, а опет... уверљиве, готово могу да јемчим.

— Јасно ми је — ставивши му руку на раме, забринуто климну главом некадашњи професор. — Твој положај не сумњам да је извесно тежак, али није и коначан, сам то кажеш.

— Није, али шта ја могу учинити да било шта променим?! Да се браним савешћу, једино то могу, али то се не узима у разматрање — помало клону, пожали се.

— Тешко је судити, ставити се између два човека, између две судбе, уопште бити судија... — примети професор.

— Тешко.

— Ја само не знам како се неко за то определи, мада држим да у томе може бити и доста часних намера и благородства. Ипак, суд је у човека несавршен, још неисклесан камен, непотпун, а истина то не може да отрпи — закључи Никодим.

— Не кривим ја суд. Нити закон. Ништа ми од тога не користи. Али, да је закон у потпуности добар, е па није брате. Није. Где нешто што је од човека може бити савршено, кажи ми?

— Делим твоје мишљење. Не може, свакако да не може.

— Јамачно.

— А суд — па подижући поглед ка малом окну неба које једва да се и назирало иза тек одшкринутих врата дугачког ходника на која се излазило у двориште продужи: — Верујеш ли у тај суд горе?

— Верујем! Само кад би људи знали да је једино он важан и коначан, земаљски би судови давно били укинути.

— Ех... — уздахнувши и као наднет над читавом провалијом човечанства, замисли се професор. — Него, ја се све премишљам па опет не знам како ћу те то упитати... А ти...? Откуд ти у овој немилости? Видим, живот ти се наругао у лице.

Иван Петровић као да се мало замисли, а онда, невољно му повери свој удес, али не невољно због тога што немаше поверења у тог човека, већ што му би мучно и при самој помисли на случај. Разговор између двојице стараца се на томе и сврши, јер је стражар љутито викао на све да се ужурбају и изађу у двориште.

Нигде окрајак неба није тако слободан и чедан као иза опасаних бедема! Осуђеници се размилеше по читавом, високим зидом од сањаног света, тамо, са оне стране, одвојеном дворишту, и чак та њихова природна натмуреност поче полако да попушта и да се скрива у дубину бића одакле ће поново и то ускоро, јамачно искрснути. Та натуштеност главе, мрачна воља и невоља, танка струна по којој клизе нерви заточеника, свадљивост, бурна реаговања — све су то ти несрећници носили на себи и временом је оно постајало део њиховог лица, коже, ноктију... Део њих самих!

Као гуштери на врелом пустињском песку, зауздане зловоље и сада већ изгланчаних и готово сјајних, пређашње смркнутих лица, заточеници су, уживајући, раширених руку лагано корачали у правцу излазећег сунца не би ли се њиме огладнели наситили. Иза тог, за њих уклетог каменог бедема на коме су остављали свако своју пресуду животу, углавном парчетом опеке јер се њиме могло ваљано писати по том „зиду осуде и муке” како су га називали, у свој лепоти и тек мало, у даљини, на више од хиљаду недостижних корака, пркосили су високи јабланови, мамећи уздахе људи са ове стране те непробојне границе. Окружени сивим, хладним зидинама и мрским погледима стражара, на њих је лепота, уколико је деловала, деловала израженије, јаче, неголи на обична човека.

Не зна човек шта све има док то не изгуби, и дотле само ропће, а кад се шта битно затури у том животном цепу, када нестане, гледа се да се то на све начине врати, да се ако је могуће некако откупи. Мимо сумње, многи би под теретом те неподношљиве затворске мемле и нарушеног здравља, устајалости и недостатка здравог светла, заложили све, баш све, и оно што имају и оно што би тек могли постићи за само једно румено јутро, тамо, са оне стране, на уској каменој стази поред реке, у том миру и рајској лепоти. Овако, и сами одавно свесни да на тај нови живот јаког колорита и живих облика морају још причекати, једили би се једни на друге (а на кога би иначе) јер им не беше довољно, сасвим природно, само то што су им, и то само покаткад, зраци тек излазећег сунца укосо падали на суморну главу.

Новајлија међу затвореницима стајао је по страни и премишљао о свакој судби засебно. Отприлике је већ и по покретима, по погледу и изразу лица, могао слутити и то врло поуздано, ко је починитељ каквог тешког злочина, а ко је „обична” варалица. У томе му још и поможе његов познаник, човек коме је поверио свој удес. Он је вукао са собом два врло чудна облика, нешто што се по свему судећи могло употребити за седење, и сасвим извесно био врло расположен да о нечему отпочне разговор. Понуди Ивану дуван, но он га услед учесталог и све упорнијег кашља, учтиво одби. Седоше, обојица преклоњених колена и кривог држања у леђима, нечим замишљени, свак за себе.

Изнад Никодима Милића уздиже се редак и зачаран облак од сагорелог дувана, најпре увучен у болна плућа, а онда, с муком из њих протеран. И он је тешко дисао, али се луле никако није хтео одрећи. Брада му, кратка и проређена, од тог отрова имаше врло чудну боју. У ковитлању дима он је налазио себи неку нарочиту драж и занимање, можда чак и кратко одсуство из тешке стварности. Гледао је у плавичасте обрисе дима како у слободи вртложења стварају неке чудне и увек нове, непоновљиве облике. Дивио се игри између слабашних јутарњих зрака и дима дувана, свакако у томе и сам налазећи слободу, барем у мислима.

Иван Петровић то примети и пријатељски се осмехну. Готово да нема ничег тежег и нечовечнијег од тога када се човеку слободног духа и великих идеја, наклоности ка ономе што је вечно и лепо, не његовом кривицом већ грешком, пуким случајем како се то обично назива не би ли се прикрила или барем ублажила чињеница да је свет несавршен и трошан, одузме оно што је за њега читав живот — слобода да мисли, да говори слободно и да твори, да дела и оствари своју идеју, своје назначење.

— Видиш ли оног тамо, уз саму капију? — отпоче Никодим.

— Оног што се стално осврће око себе? — упита Иван.

— Баш њега. Видиш, он се осврће јер је и даље у страху да му се брат изненада не појави однекуд, да не извади сечиво и не крене на њега као звер.

— Уобразиља? Душевно оболео — поче да нагађа тек заточени старац.

— Никако. Није уобразиља. Има различитих судби. Свакојаких удеса. Тај несрећник је својом вољом доспео овог мучног положаја јер је хтео да заштити тог свог брата иако га је он у својој лудости и мржњи хтео избости. Има жртве и данас. И те како има. Он је заточен уместо брата насилника.

— Живо се занимам за случај — прихвати Иван.

— О њему се задуго може говорити. Главно је пак то да је тај несрећник заточен јер је на суду изнео да је он потегао сечиво, сукобивши се са братом, а не овај. Кад је ствар изашла пред суд, за ту прилику самом себи мало је зарезао руку и то на такав начин да је лако утврдити да је дошло до самоповређивања у том њиховом сукобу, и све то да би му сведочење било уверљивије. Али, каже, поверио ми је то, да никаква заточеност, па чак ни та његова, неправедна, не мути разум и не везује крила душе толико силно као сама чињеница да је брат на њега потегао нож и то из ког разлога, молићу: због, како он то суди, неправедно подељеног наследства! Брат, хеј! Чујеш ли?! Брат!

У судби тог човека старац је налазио нешто изврсно, посебно, и дивљења, немалог уважавања вредно. Једино велика љубав може да поравна велики грех. И једино она стоји изнад сваког закона јер је сама по себи савршен закон.

Никодим му је истом приликом, врло обазриво како би то остало непримећено, указао и на оне заточенике које је свакако ваљало избегавати. Сви су, углавном, били починитељи тешких злочина.

Овде, међу високим зидинама, беше могуће купити много тога. И само Бог зна одакле је све то долазило. Трговало се врло живо и отворено, без скривања и то свим и свачим. Тачно се знало где се шта могло наћи, јер је било познато ко и шта сме чинити. Свако ко би сам од себе ушао у какво подузеће, трговао тек тако било чим, сигурно би се нашао у великој неприлици.

Беше ту заиста свега и свачега, између осталог и један стари фотоапарат, већ неколико пута продаван и у другим рукама. Тако нешто имати у поседу у затвореним околностима — невероватна је привилегија. Њиме су заточеници бележили све значајније прилике и те фотографије убрзо би постале предметом какве уцене или опште забаве међу заточеницима, а и саме по себи скупо су стајале те се и сума за куповину тог фотоапарата углавном лако и врло брзо отплаћивала управо тим важним фотографијама. Неки су дебело плаћали да се нпр. нечија незгода јавно пред свима прикаже и због тога су нудили доста новца. Опет, та „оштећена" страна, жртва затворског новинарства, издвајала је (уколико само има) и још више како би се та фотографија на високој цени због које би сигурно у најмањем без милости била исмејана, ту, пред њом и то на ситне комаде поцепа или још боље, спали. Ето чиме су се све заточеници служили, а један део њих се чак и забављао тако и добијао позамашну суму новца.

Значајно прослављање имендана и чега све још не, овде не беше реткост. Напротив, то је тек уобичајена појава и сваки се заточеник за ту прилику свечано и дуго припремао са великом пажњом. Уопште, тражио се разлог, ма какав он био, само да се нечему наздравља и то што упорније и чешће како би од много попијеног пића барем тога дана све било лакше и подношљивије, чак и пријатно. Са поузданошћу се може рећи да су ти пирови у овако окрутним условима, посебни и значајни за све заточенике, са много више жара и усхићења припремани и дочекивани него у слободном свету. Разлог постојања овако свечаних, дана великог слављи и радости, беше двојак. Прво, човекова жеља за животом је трајна и јака, а самим тим и неуништива ма где се он затекао. Може се рећи да је та жеља као круна и највећа човекова снага, замајац свих великих идеја и остварења. А друго, подједнако важно, мада наведеном потпуно супротно, као њему додат тас, али са друге стране како би се одржала равнотежа између добрих, племенитих жеља и човекове лоше природе, беше то што је сваки заточеник хтео да се барем понекад покаже пред другима у својој таштини и то управо у те благдане као онај који има више од претходног слављеника па, увидевши да је на трпезу изнео свега и свачега, задовољно стане трљати руке жмиркајући на све око себе. У новом слављенику прокључају све страсти истовремено да просто постане неодлучан којој би се најпре препустио: да ли сујети па да макар тога дана стане високо изнад свих или можда да се ње за почетак одрекне и преда се необузданом прејеђању. А онда, стане као нечим затечен јер се опет нађе пред новом навалом страсти — не зна да ли би прво некоме судио, јер му није понудио довољно наклоности, а њему је ето тај дан од велике важности, или би се, гневан, радије једио на све и свакога што му сви скупа не одаше велику част и поштовање.

Све је то изгледало врло смешно, али не треба заборавити ни факт да су страсти у човеку, а не изван њега, те да стога подједнако трују и краљевске дворове и немила места која су од осталог света одвојена високим зидинама. Страсти су увек и свуда исте, а само се разликују околности под којима излазе из дубина људског кала на површину.

Затворску трпезарију и ту вреву многих грешних душа за дугачким столовима, лармање и псовке какве се једино ту могу затећи, углавном из разлога што је храна превише или пак никако зачињена, немогуће је у потпуности описати. Вредно је запажања и помињања да је и та просторија, као и све друге уосталом, била врло прљава, неуредна и да је тешко заударала. Јасно је и само по себи да су је ретко када проветравали, те у њој и не беше готово никако свежег ваздуха.

Столови, постављени насумице, врло су замашћени услед недовољног и немарног одржавања, јер размишљало се на начин да су то „само” затвореници и да они нити потребују нити заслужују да се о њима неко посебно брине. Они су, ето, по општем мишљењу, свикли на све оно што у обична човека изазива гађење.

Под је био готово потпуно црн и само се још на неком месту могла приметити заоставштина тих, некада можда и пристојног изгледа, великих, зелених плочица. Затвореници су свагда са собом уносили доста прљавштине на крутим и тешким цокулама, посебно у кишне дане, а они, одређени заповешћу управника затвора, очито нису много марили да трпезаријски под пристојно изгледа, те се лако могло помислити да је од земље начињен. Прозори су ниско спуштени и голи, без драперија или чега сличног — то се овде сматрало чак за луксуз. На местима су поцрнели од чађи и то углавном они ближе кухињи јер ту беше стари, огроман шпорет који је обилно димио као да се љути што се затекао ту. О њиховој прљавштини и бројним отисцима прстију заточеника на сваком прозору, непотребно је бирати речи — то беше толико очигледно да је просто немогуће да се не примети.

Читава трпезарија одавала је утисак скученог, притешњеног (због спуштеног плафона) и врло непријатног простора, са тек мало светлости и још мање свежине. Заударало је још увек на јучерашње остатке ручка, подједнако колико и од врућег и јамачно неподношљиво неукусног варива из кухиње. Од тог тешког испарења и задаха гладних душа, тешко се и тек напола дисало. Лепљиви ваздух застајао је у грлу и можда су управо због тога неки дуго и суво кашљали, при том се и не обазирући на оне око себе, јер, пристојност овде није нарочито цењена. Све је то углавном пролазило без негодовања, мада, било је и оних којима је то ипак сметало па су, држећи још увек до неког реда и уљудности, ћутке устајали од стола тражећи себи неко згодније место. Сива лица заточеника разливена као олово, утапала су се у то опште сивило масних, ишараних зидова, на којима беше много пукотина па чак и великих рупа. Али, коме то овде још може засметати?

Кад ставише вруће вариво и хлеб на столове, лица невољника као да мало живнуше и одмах уследи општа пометња. Тамо где се највише и много тога ускраћује, највише се и отима. Псовало се са свих страна и препирало, и то око чега — овога пута око већег парчета хлеба. Није била реткост (посебно ако је пред грешне душе изнето шта укусније) чак ни то да неко заврши и крвавог носа. Обично су стражари спречавали даље неприлике, али дешавало се чак и то да у општем нереду страда и понека столица и још понешто (разбијене главе нигде више нису помињане нити у било шта урачунате до у извештај надлежног стражара, што му је уосталом и била дужност). Све се свршавало врло просто и последично — заточеници су након оваквих иступа против општег реда кажњавани сви одреда и то им је свакако отежавало ионако мрзак живот. Али, правила оваквих колектива су позната — ако си његов део, подједнако са свима сносиш осуду, казну или, врло ретко, и награду ако се удеси неким случајем.

Кашике звецнуше о металне тањире и у трпезарији се осим тога више ништа није могло чути. Све постаде потпуно мирно, без и најмањег комешања. Глађу је најлакше вући конце нечије судбе као да је она плишана лутка, и у потпуности је, и то са тек мало сочива, држати под контролом. Сурово, али овде добродошло и прихваћено правило.

Сасвим разумљиво, Иван Петровић ништа није могао ни окусити. У носу му је тежак мирис немарно припремљене каше толико сметао да је на све начине покушавао да га се некако ослободи и то као да му једино беше од важности и нешто чиме се ваљало забавити.

Гледао је у људе око себе и у једном се тренутку над њима и ражалости — заиста беше мучно гледати у изгладнеле душе, чак и ако се узме у обзир тежина њиховог злочина, благодарне на оно мало пред њих изнетог варива. Погнуте главе и смркнутог погледа, свако је гледао испред себе и чврсто стезао тањир. А онда, они што су први завршили са јелом, протезали би се на ниској, дрвеној столици и већ замишљали како пале дуван, тамо, у дворишту, јер то им беше ретко задовољство.

Професор показа руком старцу да му се приближи, а онда, обазриво му указујући на двојицу заточеника за другим столом, још једном потврди своју благородну намеру да му укаже на све „значајније” људе у притвору.

— Видиш ли ону двојицу тамо? — упита.

Старац климну главом и показа интересовање.

— Они су изузетни представници овог нашег народа — рече Никодим па продужи: — Ни по чему посебни, лењиви, више пута се огрешили о закон, а гурају се напред испред свих, чак и овде где то и није од неког значаја. Док су били на слободи гледали су да како и под кров скупштине уђу па да одатле јавно замајавају све, а баш ништа нису постигли како би у других нашли поштовања. Траже себи значајна места, о њих се грабе и међу собом се сударају главама. Они би да те уче памети, да свакоме пропишу норме и правила, а сами су изван сваког закона. Док год такви буду водили један народ, у њему неће бити благостања. Таквим вођама, да је како могуће, о врат би требало окачити по једно велико звоно како би стално за њима клапарало и како се не би потпуно изгубили. Јер, ако се они изгубе, изгубиће се и народ, будући да их следи. И после нам је ђаво крив?! Уместо да бирамо људе са идејом, честите и поштене, ми допуштамо да нас предводи неко ко ни сам о себи не уме да мисли нити зна куда ће са собом, а тек не са читавим народом. Није добро, никако — закључи.

Иван Петровић га пажљиво саслуша, али ништа не рече. Устаде од стола и истом га стражар опомену да се врати и седне јер, ето, овде се зна ред, научиће он њега много чему и томе слично...

Сасвим по страни, а довољно близу да их је он могао чути, седела су двојица осуђених за некакав злочин заједнички почињен, мерили старца испод ока и тек када би се уверили да их он не посматра, настављали су разговор:

— Пријатељу, ја бих пре рекао да је то предмет ретке дрскости, лудости чак, јер на тај начин се поигравати са судом... није мала ствар. То никако не долази од разума и неко би се требао овим старцем ваљано позабавити — рече први.

Ивану Петровићу беше јасно да су они већ нешто дознали о његовом удесу, нагађали о разлогу његова доласка међу затворске зидине и у томе себи налазили разоноду. То га и није чудило, и уопште, не беше му ни од какве важности, јер није мењало његов положај осумњиченог.

— Не спорим — прихвати онај други па продужи: — Не спорим, мада, опет... Савест ми помало негодује те стога и не могу у потпуности да одбацим чак ни ту могућност да је он, можда, ипак човек врло доброг карактера и да му је једноставно живот сместио.

— Којешта. То су глупости — упоран беше први да старцу још и он суди.

— Шта знам ја... И ја сам се ето добар део живота посветио књизи и види шта је на крају од мене испало. Мада, држим да нисам промашио читав пут ако сам у неким деловима живота, извесно, са њега и скретао. Тако и велим, можда је и овај човек само тренутно на лошем гласу... Можда је преварен.

— Ма како ти то, преварен?

— Тако лепо! Шта ако неко само тргује његовом вером и идејом, ако му је уживање да га ето, тек тако, из пуке разоноде и мрских нагона унизи?

— Зар је и та могућност жива? — опет ће први, сад већ мало поколебан у свом суду.

— Свакако, све су могућности живе док се случај добро не испита... А његов процес, чујем, још увек траје.

— Право кажеш... Мада, ретки су они који овде залутају, па зашто би и он?

— Откуд ја то могу знати? Него, кажем, да ми будући осуђени и сами не судимо.

— Ако — невољно се сложи и кратко закључи онај подозриви.

Старац шмркну, загледа се у њих и климну главом неколико пута. Због чега је то учинио вероватно ни њему самом не беше јасно. Ова двојица се мало збунише и као нечим врло важним заузети, окренуше се насупрот старцу како се не би поново срели са његовим погледом, за њих сада већ непријатним.

Кад стражар заповеди да без гуркања и вике сви изађу напоље, старцу мало лакну. Професор га значајно стеже за руку и уз осмех примети да ништа није окусио, али да ће сутра, зацело, очистити све што пред њега буде изнето и да ће, уопште узев, много тога бити другачије, можда не потпуно, али, опет, другачије и прихватљивије. У невољи олакшање иде тромо и тек уз велико ишчекивање и стрпљење долази. Многе бриге намуче човека, изделе му душу на комаде и он као да је осуђен да их читавог свог живота разврстава и прекраја. Опет, тренуци потпуног усхићења, задовољства и радости, као по правилу, не трају задуго.

„Сутра... А до сутра? Како издржати до сутра?", као страшна коб надвише се ова питања над старчевом главом силно је притискајући.

Беше то права и велика мозгалица и њу ни сви учени људи заједно не би могли решити, а тек не један, над својом судбом ожалошћени човек. То и није ствар о којој треба размишљати, мерити је и доносити судове — ово је широко излазило из тих оквира. Једноставно, ове је прилике требало надживети! Не проживети — надживети!

Снага човека јасно се показује у ономе у чему је он сам, што можда превазилази његове моћи, али он ипак опстаје и на крају високо над својом главом издиже заставу. Лако је када можеш да препишеш од некога решење за оно за шта те живот упита, али ако се нађеш пред нечим тако крупним и толико немилосрдним да ће ти и душу и глежњеве избити ако му не станеш лицем у лице — то је већ потпуно нова ствар и тражи се све оно најблагородније у човеку како би се с тим некако изашло на крај.

Пред Иваном Петровићем стајала је ноћ. И још једна. Па опет једна... Влажна. Хладна и без сна. Четврте ноћи толико је силно крктао да су то могли чути и они на самом крају ходника. Због очигледних трагова туберкулозе и тек мало снаге у замореним мишићима, наложено је да га преместе у затворску болницу.

У болесничкој соби само је једна уљана слика оплемењивала тај недраги простор, раскошна и живих боја, јасних контура и са мотивом недирнуте лепоте, неоскрнављене људском руком, и њом очарани, болесници су накратко заборављали на свој бол. Иако сада беше од њих одвојен, старца су и даље у мислима прогонили погледи најтежих злочинаца, тек да ни овде мира нема. Живог светла не беше довољно јер прозори нису били већи од по три лакта. У свежој, небеској светлости човек може наћи доста пријатности и воље да се избори са свим, па и са окрутном болешћу. На несрећу, ње овде беше само у траговима.

Старац сада као да није имао никаквог избора, јер је судба постала толико окрутна према њему да је готово више ништа није могло ублажити. А онда, све се некако теже подноси — болест, понижење, прогоњење. Све. Ако је ствар коначна, једино остаје да се види како са тим изаћи на крај и шта се још око тога може, ако се уопште и може, подузети. Јер, уколико би се човек престао заузимати око ствари које га муче и откидају му мир из душе, без обзира на то што му је могућност потпуног избора одузета, што читав случај не прекраја он сам, то би значило само једно — потпуну предају околностима. А човек док се не преда, није ни поражен!

У време старчеве болести многи из Петрове вароши су му долазили и свако из свог особеног рачуна. Долазили су чак и они са којима се иначе није ни виђао. Неки од тих људи који су га посећивали чинили су то из пуке радозналости, да би се уверили да ли су приче „Код Милије” истините, тј. да ли је старац заиста у врло лошем стању откако је допао страшне муке заточеништва. Други су пак имали један благороднији разлог — из општег саосећања према читавом човечанству заболела их је судба једног човека. У овоме је било доста добрих намера и узвишених осећања, у шта се могао уверити свако ко би видео са колико се нежности и обазривости ти људи односе према болеснику. И најзад, Наталија Петровић и старчеви пријатељи настојали су на сваки начин да прекрате дугачке, готово непомичне, болничке сказаљке сата.

Павле Васиљевић се трудио са доста жара да објасни пријатељу због чега се оног дана није појавио у суду, али то и не беше потребно. Нити је дат завет нити је реч погажена, а поверење између два пријатеља свакако је остало јер је Иван Петровић добро знао да је Павле Васиљевић био нечим спречен и да је Вукова прича о потказивању пријатеља, као и све друге, лажна и измишљена како би се старцу напакостило и како би између њега и Павла Васиљевића био помршен рачун.

Болесник им је једном приликом поверио да му сваке ноћи и то тачно у одређено време излази пред очи Вук Ивановић, да му се пакосно смеје, а онда се однекуд појави и Николај као каква црна злослутна сенка наказна лица и стане га гушити, мучити, а он тек ако је мало нашао мира и сна. Будио се мокре кошуље и до зоре више не би очи склопио. Често би помислио како је с њим готово, свршено, како му је несрећа канцама запарала душу и да ће она тако, болна усахнути. А онда, савио би колена у стомак и силно кашљао, напрежући се. Душа му се мучи, ослабљена се рашива и тек с муком нађе снаге па стане тражити мало светлости одозго, од сањиве месечине неки нови живот, нову наду и зрно мира.

Док им је то говорио, тешко је било судити чији је уздах био најтежи. Када људи воле и саосећају са ближњим, када њихов удес и патњу осете под својом кожом као најдубљу рану, мерила се губе а рачуни нестају. Храбрили су га свако на свој начин и убеђивали да ће се напослетку све свршити како ваља, само да њега Бог поживи, све ће се већ уредити... Ту би се обично загрцнули својим речима, јер и њима самима беше тешко да у њих поверују. А он, само се осмехне, чак се из кревета мало придигне ни сам не знајући одакле му се створила та нова снага, високо уздигне руку и готово викне:

— Ако су ми један камен избили, тек нису ми срушили и читав зид! Ако само затреба, и са самим нечастивим парницу ћу парати. Одакле некоме право да другога унизи, да му душу стегне док она намучена не почне пуцати, чак и ако поуздано може знати да за то ни пред ким неће одговарати, опет, људи смо. Народ Божји. Под Његовом смо руком. И зар ће Он до коначног Суда гледати како неки хоће својим нечасним стопама туђе светилиште угазити? И докле... Докле... — и тада потпуно сагорео, клонуо и оним упорним и болним кашљем намучен, врелом сузом оплаче своју злу срећу и пада на Наталијине кошчате руке.

... Љубав надвисује сваку мисао

ГЛАВА XIII

У Петрову варош, негде око Божића, дође извесни официр, по чину, рекао бих, пуковник. Могао бих поуздано да јемчим да би се сви који га познају сложили у једном — познанство с њим несумњиво је и врло ретко задовољство. На то је све указивало и општи утисак о њему управо беше такав — поверљив, одмерен, умногоме мудар и посебан, а опет, једноставан и пријатан човек. Обично та запажања, уколико се ради о људима са много благородства у крви и узвишеног духа, никако неће преварити. Напротив, на њих се слободно може ставити јемственик.

Тог јутра, када је и пуковник однекуд пристигао, на варошкој се станици дешавало нешто врло чудно. Шта тачно, то са сигурношћу не бих умео казати, тек беше ту много различитог света и сви они, у некој општој пометњи, окружише својим главама тек придошле путнике, а међу њима и пуковника Симоновића (презиме сам му дознао тек нешто доцније). Наста гуркање и вика, као што то уосталом увек и бива тамо где се, приликама удешено, нађе много душа. Натмурена лица нервозних људи дрско се и безобзирно пробијају ка возу, а он све шиче на нос и љутито хукће. Ваљда је и њему мука од толико нестрпљења и безосећајности.

Ужурбани путници, и они што су пристигли и они што тек треба негде да отпутују, вуку за собом тешке, пренатрпане кофере у којима има свега и свачега. Да их питате шта ће им све то, само би збуњено слегли раменима, неки можда чак и опсовали. Е сада, то што су неки од њих заборављали да са собом понесу оно што им је за ту њихову прилику најважније, нека битна акта потребна да сврше посао или шта већ друго, то се већ некако и могло разумети, али то што су, и то с намером а не из случајности, својим коферима одгуривали све око себе — то је већ ствар другачије природе, мрска и себична.

Неки се држе потпуно по страни чекајући да се гужва и општи метеж барем мало рашчисте, толико замишљени да изгледају као да решавају проблеме читавог човечанства. Једино је младић од неких двадесет пет година, иако у инвалидским колицима, изгледао потпуно мирно и чак задовољно, ведра и насмејана лица. Мило се осмехује и поздравља срдачним руковањем са људима које познаје, о свему се живо занима и распитује, о њиховој деци, приликама и несвршеним пословима. То што он, иако за то има најмање разлога, једини прославља живот не срдећи се и не замерајући никоме, може се објаснити само на овај начин: тај је младић великог благородства у крви, пун оптимизма и мудрости и то још у младим, несазрелим годинама па прихвата прилике и шта може чини са њима, не попушта им и не предаје им се; не ставља им главу под оштро, немилосрдно сечиво.

Г. Симоновић кренуо је ка том младом човеку како би од њега дознао за какву гостионицу где би провео неколико дана док не сврши своје послове. Није од велике важности, али напоменућу и то да је разлог његова доласка био куповина неког имања на сат времена хода од вароши. У животу, уопште узев, од наизглед малих и безначајних намера може испасти шта крупно и достојно дивљења. Управо тако беше и случају пуковника Симоновића. Њему као да беше назначење да реши једну врло крупну ствар, иако у њој није имао баш никаквог удела, нити је шта о њој знао долазећи у варош да сврши ту куповину имања. Дознавши од младића да може одсести у једној врло лепој гостионици у Ст. Андрејевој четврти, од свих можда чак и најлепшој, пуковник му у знак захвалности понуди своју помоћ ако му је у било чему потребна, на шта младић само одмахну руком, приметивши да добру вољу и срдачност не би требало урачунавати ни у шта, нити је како наплаћивати јер је то сама природа човека.

Дошљак му чврсто стеже шаку и потапша га по рамену, задовољан и још више оплемењена срца од овако пријатног сусрета. Позва кола и још једном указавши младићу част господственим поздравом уваженог официра, изгуби се из те опште помућености услед много жагора нестрпљивих душа.

Симоновић, по чину пуковник, као што је то већ напред речено, беше човек врло пријатне спољашњости, чак толико пријатне да су га варошке удовице дочекивале уз чежњиве уздахе и изразиту наклоност. По изразу његовог лица јасно се могло видети да је увек имао озбиљне намере честитог и одлучног човека. Поглед му оштар, одсечан, али истовремено, за чудо, и толико благ као да њиме најнежније милује.

Висок, уредне кратке косе, тек само на местима проседе. Бркови му црни и сјајни као разливени катран на сунцу, танки и непогрешиво прате линију пуних, једрих усана. Лице танко и преливено оном здравом, руменом бојом, најживље на образима. Обрве мрке и танке као да су извучене најтањом четкицом и највештијом руком сликара. Врат дугачак и тако складно извајан да савршено пристаје уз његову високу фигуру. Руке и прсти деспотски бели.

Карактеристична црта у његовој појави свакако беше веома достојанствено држање, да је просто изискивало поштовање, а доброћудност његових очију толико је уочљива да даје олакшање свакоме ко се само у њих мало живље загледа.

Говор му јасан, узвишен и нарочито свечан, али никако из усиљености, већ тек тако, потпуно природно. Карактерно толико бридак да ни од кога и ни за шта није изискивао ласкања и похвале — скромност га је у томе спречавала. Добро је знао од чега човек може имати користи, а шта му може нашкодити уколико само, на пример, попусти узде сујете. Тек касније сам дознао и то да је тај човек подредио баш све служби и мундиру, али пре свега служењу некаквим високим идеалима о којима сам тек мало знао. Углед и могућу славу није држао ни за шта. Таштине се плашио и од ње се стресао као од куге. Једном речју — врло добар и частан, човек узвишен и велик.

У једној од оних већих, варошких гостионица, и то по препоруци младића са станице баш у оној у Ст. Андрејевој четврти, официр узе собу на неколико дана. Беше јасно да му се није журило и да је хтео то своје подузеће да обави са највећом пажњом и озбиљношћу.

Сама чињеница да не познаје човека од кога је намерио да купи имање, чак ни не зна где га тачно може пронаћи у вароши, није га нарочито узнемиравала — јесте да му је та околност промакла, али, уопште узев, овде се барем готово сви знају, макар само по имену. Потребно је само отићи у најближу крчму и тамо дознати све што је некоме од важности. Готово баш све!

Гостионичар је уз подразумевани, пријатан осмех пружио кључеве од собе пуковнику Симоновићу, љубазно му понудивши своју наклоност и стављајући му се на располагање ако му било шта устреба. Несумњиво, сама природа посла на то га је обавезивала, али на том човеку лако се могла приметитити и она необично широка срдачаност и добродушје, као нешто потпуно природно и с њим срасло.

Имао је веселу, и по свему судећи, врло благу нарав и пријатну живост у очима. Све је то на њему изгледало потпуно ненаметљиво и као нешто што се само по себи подразумева и прижељкује. Предусретљивост и пријатност у нечијем држању толико је моћна сила да се са човеком који је несебично нуди другима врло лако постане искрен, пријатељ коме се безусловно може веровати. Официр му се задовољно захвали приметивши да је свачија добра намера велика као пустиња и да нас управо такве намере и отвореност срца, несагорива жеља да у другима изазовемо осећај пријатности и радости, чини људима, чак анђелима.

Пуковник узе собу, врло уредну и чисту, као што су то, уосталом, и све друге у гостионици. Мирисало је на свежину и на јужно воће стављено на омањи сто украј широких и врло лепих прозора кроз које је благонаклоно падала сиромашна, скромна светлост јануарских јутара. Ипак, и поред тога, соба беше врло светла и некако свечана. Тој свечаности нарочито је доприносила раскошна и врло лепа, велика лампа, у свим угловима постављене светиљке, и једна стара дрвена комода боје старог злата, још увек очуваног и изразитог сјаја и различитих префињености. Иако омалена, соба није стварала осећај тескобе јер не беше ничим претрпана и углавном је све што се у њој налазило служило нечему.

Масиван, дрвени под високог сјаја био је изузетно топао и толико леп да би био велики промашај прекрити га нечим. О томе се строго водило рачуна па је само једна омања стаза, једноставна и вешто одабране боје, прекривала део собе од улазних врата до пространог кревета у ширини не већој од три лакта.

Разгледавши све по соби, широм отвори прозоре. То му беше једна од многобројних добрих навика. Скину плави шињел и уредно га одложи преко кревета како би се најпре распаковао, а после ће му већ наћи неко приличније место. Није носио са собом превише ствари тако да оне убрзо искочише из кофера и сложене вештом руком беху спаковане у омањи орман. Наумио је да још тог јутра потражи извесног дућанцију, Петра Митровића, човека са којим је требало да сврши ствар због које је и дошао у варош, али распитавши се код гостионичара, овај о њему, на велико чудо, баш ништа није знао, те му предложи да једно вече пође „Код Милије” јер ће ту свакако дознати све што га занима.

За своје подузеће имао је сасвим довољно времена. Ипак, није оклевао, јер је ствар већ била договорена, готово и свршена, остало је само још да дућанцији, када га пронађе, чврсто стегне шаку у знак обављена посла и да му у ту исту шаку пружи новац за имање изван вароши. Још исте те вечери господин Симоновић је преко својих широких леђа пребацио шињел са сјајним еполетама на којима стајаше његова заслуга — чин пуковника (јамачно, служба му је била врсна, иначе тешко да би дошао до толике почасти), са јасном намером да „Код Милије” сазна где може пронаћи човека са којим је требало да сврши куповину имања.

Са собом узе само кутију са дуваном — то вероватно беше његова једина страст, стави је у дубоки цеп, окрену се још једном за собом и закључа врата. Кључ остави гостионичару, на шта се овај, благо се наклонивши, пријатно осмехну. Ни господин Симоновић му не оста дужан па му сву његову до сада исказану љубазност исплати у готову

— срдачним руковањем и стиском гостионичаревих мршавих, уских и кошчатих рамена. Међу добрим људима никакви дугови не постоје, однос им је уредан, добродушан, пун пажње и чист, и све то на опште задовољство, што и овде беше случај.

Пуковник је, корачајући чврстим, одлучним корацима, разгледао варош онолико колико су му то светла, углавном слабашна, допуштала. Лепота често зна да буде скривена па се само делом покаже, а за остатак ће се онај ко до ње држи већ некако сам постарати.

Шињел беспрекорног кроја и господствена официрева капа изазваше право и велико узбуђење у душама пролазника. Било је и оних (добар пример је стари берберин, некада служио у коњици), који су га одушевљено му стискајући руку из поштовања и дивљења, поздрављали речима:

— Дочекасмо и ми да Петрову варош посети ни више ни мање него генерал! Славан и честит!

Пуковник Симоновић на то би се само добродушно насмејао не пропуштајући прилику да се распита за здравље свакога ко би га поздравио, и то не тек онако, из учтивости, већ из оне љубави према сваком човеку, и према читавом човечанству, свакако — из дубоког поштовања. Онај ко успе за живота да задобије толику љубав да све одреда и лако заволи, такав је сигурно раван анђелу и таквим је људима тешко било шта замерити, па и сам грех им се некако лакше и драже опрашта.

„Код Милије” те вечери, за велико чудо, не беше готово никога. Крчма, навикнута на лармање и на густ дим дувана некако сада дође пространа и чак прозрачна. Чак су се и слике, истина невештом руком изведених контура, јасно одражавале на зидовима чија се мемљивост и прљавштина тек сада у потпуности откривала, јер не беше баш ничега што би је барем мало ублажило. Стари обућар седео је у углу, сам за столом, и упорно је и изнова пунио лулу, али тај слабашан дим убрзо би се разбио о ниску таваницу уколико би се до ње некако и пробио, те тако постао готово и неприметан. Сва накардност и нескладност облика, неуредни крчмарски столови и до гнушања прљав, вероватно месецима нерибан под и запуштена окна старих, на местима напуклих прозора — све то одједном изађе пред очи пуковнику, навикнутом на уредност и лепоту.

Ништа тако не засеца, не жуља и не смета чистој, благородној души као различите представе разврата, несклада и распуштености. Душа окренута ка добру не подноси грех и немар и увек је окренута ка ономе што је лепо. Чисто не трпи прљавштину и у таквим околностима људи од врлина осећају нелагодност и потпуно су туђи у том за њих наметнутом окружењу.

Г. Симоновић жмирну очима и поправи ревере на шињелу, тек да би се некако ослободио тог првог, врло ружног утиска. Милија се у потпуности збуни пред овим, за њега врло чудним гостом (не памти да је неки официр икада зашао у његову прашњаву крчму) и у тој својој сметености и изненађењу, изгледао је прилично смешно. Лице му одједном поцрвене као жар, а непослушно тело заузе неприродно и круто држање.

Пуковник поздрави све у крчми благим наклоном и приђе једном од свега три стола који не беху без гостију. Скину капу, а затим и шињел са широких рамена и учтиво затражи да седне. За тим столом седела су два човека и по изгледу њиховог лица рекло би се да су нечим крупним заузети и врло незадовољни. Можда је једино њима одговарала та изузетно ретка околност да „Код Милије" не беше много душа, ако се узме у обзир чињеница да су разговарали врло живо и поверљиво о нечему. По покретима тела и честим одмахивањима главом, лако се могло судити да су се та два човека заузела око врло крупне ствари која са собом носи доста муке и тескобе, те тако и тражи ону најцењенију благородност у човеку и све напоре како би се решила у добру корист.

Павле Васиљевић и Сергеј, од муке црних глава и замућених очију, сатерани готово у животни ћорсокак због онога што је обојицу подједнако мучило (заточеништво Ивана Петровића), иако не баш одушевљено, прихватише дошљакову жељу да им се придружи. Без сумње, два стара и врло добра, верна пријатеља, покушавала су на сваки начин да спасу још веће беде и невоље недужног Ивана Петровића, и не слутећи да ће им управо овај пуковник кога су занесени својим подузећем нерадо примили у друштво, умногоме олакшати читаву ту ствар, тешку и пуну горчине и јада.

— Пуковник Симоновић, некадашњи гардијски заповедник — кратко и одсечно се представи, чврсто се рукујући.

— Част нам је — готово углас прихватише ова двојица, а онда Павле Васиљевић, одмеривши орђење на пуковниковим реверима, одушевљено повика: — Честит официр, видим. Врло честит и заслужан! Одликован. Знате, ја сам службовао некада у краљевској гарди па препознајем то што носите на реверима. Свакако, мора бити да сте на то врло поносни — уверљиво примети.

— Ах, да — готово се стаде бранити од почасти господин Симоновић. — Знате, ја ипак држим да углед и достојанство човека не можемо у потпуности мерити и ценити по његовој спољашњости, похвалама и одликовањима. Не могу ревери понети у потпуности нечију заслугу, или срамоту и недостојност ако је одликовање дошло неправедно.

— То свакако — сложише се двојица пријатеља.

— Истина је — продужи пуковник — да и одликовања и почасти много казују о човеку ако их носи поносно и заслужно, али данас наћи у потпуности праведна, језгровита и честита човека... то вам дође као каква лутрија.

— Имате право — сложи се Сергеј и значајно потврди главом.

— Него, видите — још тврђим гласом и не оклевајући настави пуковник — има једна врло добра ствар којој нас војска подучи. Заправо, две.

Сергеј и Павле Васиљевић заинтересовано се згледаше ишчекујући шта им то гост има казати.

— Прва је — продужи господин Симоновић — да треба поштовати туђе време готово као светињу, и друго, да у свим стварима у животу треба бити прецизан, одмерен и тачан, у свему директан и искрен, а опет уздржљив и ненаметљив, што никако не значи да се треба држати по страни и остати неодлучан када треба предузети онај први и најважнији корак, ма о чему да се ради.

Са лица двојице пријатеља неста она пређашња забринутост. Поверљиво и врло заинтересовано слушали су пуковника и пратили сваки покрет његових руку.

— Видите у чему је моја ствар, може бити да је и посве проста јер, некако се увек удеси да је човек упућен на човека, да један другоме како можемо олакшати муку...

— Олакшати, него шта! — у одушевљењу прекиде га Сергеј.

— Ето, ја сам намерио да купим некакво имање изван вароши од извесног дућанције Митровића, по имену Петар, држим да ми је тако рекао. Са њим сам већ све и уговорио, али лакомисленост или ова старачка заборавност ме превари те ја и не упитах том приликом, у нашем разговору, за тачну адресу.

— Петар Митровић, некадашњи срески чиновник? — упита Павле Васиљевић.

— То већ не бих могао да јемчим. Није ми то поменуо.

— Није ни чудо што није. Без разлога су му одузели службу, а сећање на ружне успомене свакако не доноси никакву корист. Напротив, у томе је велика штета. Истина, сада је дућанција по нужди, игром судбе.

— А тааааако? — заинтересова се господин Симоновић за случај.

— Баш тако. Неправде има свуда, Ви то сигурно врло добро знате. Опет, мало је оних који јој се у лице уносе и разобличавају је. У том случају, сасвим извесно, имали би неприлике, а човеково проклетство је да углавном и радије бира онај лакши пут. На несрећу, тај пут раван је пропасти. Али, ко то још види?!

— Слажем се. Свакако. Него, ви јамачно знате где дућанцију могу наћи? — окренувши се лицем ка Сергеју упита пуковник.

— Улица Народних хероја. Њих смо барем увек имали. Број четрдесет осам. То Вам је на четврт сата хода од центра вароши. Леп крај, уверићете се и сами — задовољно примети Сергеј.

— Хоћу, колико сутра — потврди господин Симоновић и у знак захвалности затражи од Милије да им донесе боцу доброг црвеног вина.

— Има у нашем народу једна врло добра навика, карактерна црта чак

— премишљајући, значајно отпоче официр — и ја држим да у њој има много узвишених и часних намера: пре свега та огромна тежња нашег човека да ономе ко му је некада био од помоћи, врати благородством и неким значајним, добрим делом. Ствар је ту потпуно простодушна и искрена: наш се човек, будући да уме добре дарове примати, подједнако радује и када он некоме може пружити руку, када даје, несрачунато и ватрено, душом.

— Истина је, није рђав наш народ — сложи се Сергеј, а онда сумњичаво одмахнувши главом примети — иако у њему има и лоших склоности и тежњи, нечасних и користољубивих потреба и идеја. Има доста и оних погружених у лукавство, људи лошег карактера, поткупљивих и толико нечасних да правдољубље не држе ни за шта! Ја бих можда пре био спреман да јемчим да је он, тај наш народ, располућен и без оног што је свакако предуслов здраве и напредне заједнице: без једнодушја и без једнаке мисли.

— Имате право — сложи се пуковник и дубоко се замисли. — Никада потпуна снага није била само у појединцу узвишених идеја, већ у народу који ће у заједници и љубави ту идеју изнети драге воље и радосно на својим плећима. Појединци, народне вође су светило једног народа, али пут се мора прокрчити у заједништву са свима.

— Е сада — значајно примети Сергеј — ако народна кола свако вуче у оном смеру у ком он мисли да треба да иду, не може се говорити о народној срећи и задовољству. Јер, ако има оних који страствено и таквом завишћу, пакосно руше све оно што благородни људи издижу као највећи идеал читавог човечанства, чему се добром можемо надати?

— Ничему, јамачно — потврди и Павле Васиљевић који се до тада држао по страни и помало одсутно.

— Ако има људи, а свакако их је много — настави Сергеј — који кваре срећу поштеном, невином и праведном човеку, што је, сигурно ћете се сложити са мном, велики грех, народ се не може помаћи ни педаљ напред!

— Грех је, свакако — потврди пуковник и одмеривши добро замишљеног Павла Васиљевића и Сергеја који је ватрено говорио, подозревајући њихову муку упита: — А ви? Можда и ви страдате од таквих када тако снажно устајете против неправде и зла?

Павле Васиљевић који је до тада мирно седео, погнуте главе и у вртлогу својих мисли, наједном поскочи као да му је неко ставио крупан жар за врат и снажно удари шаком о сто.

— Од таквих! Од таквих, пуковниче! Наш пријатељ је у притвору и биће тамо до свршетка једног срамног и лукавог процеса, а ако њега осуде, без обзира на то што на њему нема кривице, осудиће и нас и то због чега, молићу лепо: због истинитог сведочења! Хеј, да те осуде због тога што сведочиш истину о страшном злочину! Где је ту правда, кажите Ви мени! Безумље и лицемерје — ватрено је цедио кроз зубе сваку реч, а онда широм отворених очију загледа се у господина Симоновића као да је од њега очекивао олакшање и да му он, не знајући чак ни како, скине терет са душе.

— Јака и добра воља понета честитошћу и правичношћу појединца — отпоче пуковник — има већу снагу од такве правде и закона! Ако у човеку нема греха, Сам Бог ће преко неког невидљивог Мојсија ставити таблице закона у руке онима који неправедно суде, можда и не својом кривицом, јер закон је од земље и будући такав, лако се разбије о тај виши, савршени закон. Невидљиве таблице, савест оних што суде, још једном ће испитати читав случај и ослободити недужне!

— Ви сте пуковниче, видим, у то уверени?! — упита Павле Васиљевић.

— Где нема чврсте вере, нема ни остварења чега крупног. Из недостатка вере људи најчешће и остају у тешким, готово нерешивим околностима.

— Извесно. Само, наш је пријатељ крепке вере, а околности су ипак врло лоше по њега — готово у даху изговори Сергеј, а онда уверен да се ради о врло добром човеку и да нема баш никаквог разлога за подозрење, повери пуковнику Симоновићу читав случај, све од убиства студента Н. па до заточеништва Ивана Петровића, и то све тачно, без изостављања било чега битног и по строгом реду.

Господин Симоновић је, слушајући о читавом том случају, гневно одмахивао главом, а онда стао дубоко премишљати о свему. Када је

Павле Васиљевић из неког разлога по први пут Николаја поменуо и по имену и по презимену, пуковник се трже као да му је неко зарио сечиво испод бедара.

— Николај Мартиновић кажете? — поскочи он у неверици и запрепашћењу.

— Он! Знате, пуковниче, и тај пиштољ подметнут нашем пријатељу... јамачно је Николајев! — уверено му саопшти Сергеј.

— Није његов! — црн у лицу успротиви се господин Симоновић. — Није!

— Та откуд Вам сад то? Откуд Вам уопште и сама помисао да је другачије? Пуковниче, он је пуцао у студента Н. Он! Николај, а не Иван Петровић — подозревајући да га пуковник ипак није у потпуности разумео упорно понављаше Сергеј.

— Јасно ми је све што сте ми имали рећи. Ваш пријатељ је жртва подлости тог човека. Али, пиштољ није његов! Кажете, тај пиштољ је редак, готово музејски примерак, у то сте сигурни?

— Свакако. Тако уосталом и стоји у том, нашем пријатељу наметнутом, процесу. Врло стар пиштољ, некада су њиме одликовали за храброст. Служио сам и сам у гарди, знам како ту ствари стоје — потврди Сергеј.

— Сад сам већ убеђен да је то управо тај Николај Мартиновић — реч „тај” пуковник са гневом у гласу посебно нагласи. — Опростите ми на мојој неуздржаности и јетком говору, али сам помен на тог човека у мени изазива велику срџбу и нерви ми заиграју као напете струне, иако држим да ми је природа прилично мирна и сталожена — као да се стаде правдати г. Симоновић.

— Хоћете рећи да познајете овог Николаја Мартиновића о коме говоримо и да сте управо због њега и сами страдали? — наслућивао је Сергеј, не скривајући чуђење.

— Јамачно! Пре непуне четири године претрпео сам велику штету од тог човека. Због њега сам привремено удаљен из службе и то уз многе неприлике.

— Због њееега? — оте се у неверици Сергеју.

— Управо због њега — тврдо одсече пуковник. — А вашем пријатељу кажите да му се спрема скоро избављење.

— Како то мислите? — збуњено и готово у један глас упиташе Сергеј и Павле.

— Зло је силно, али правда на крају уздиже своје копље увис — остаде пуковник помало загонетан.

— Опростите, али ја, рећи ћу Вам то... Ја... Мислим да Вас не разумем најбоље — признаде Сергеј. — Како то мислите... Избављење?

— Управо тако. Потпуно избављење вашег пријатеља. Без сведока. Они нису потребни. Само факти, а они постоје. Сложићете се, врло повољно по вас и вашег пријатеља?

— Да, али опет... Ја Вас ништа више не разумем... — сад већ као да се стаде бранити Сергеј.

— Нема ту шта много да се разуме — одсечно дочека пуковник. — Разумећете већ. Све је тако удешено да се дугови и злочини коначно наплате. Није то моја жеља. Нити освета! Никако. То је висока, надземна законитост! Нема случаја, у то сам уверен. Да их има, сигуран сам да ћете се у овоме сложити са мном, живот би био игра, а он је нешто посве другачије! Живот је борба и на крају потпуно свођење рачуна без изговора за почињена зла!

Сергеј и Павле нађоше се у великом чуду. Чак је и Милија који је до тада љубазно услуживао госте (они наједаред са свих страна пристигоше) на тренутак застао и погледао ка овој тројици, слутећи да се ту нешто крупно догађа.

— А Николај Мартиновић — као неко ко се управо досетио чега још битног продужи пуковник — где је одсео?

У његовом држању јасно се могло видети да му се стрпљење стало отворено ругати у лице и да је изнутра горео несавладивим гневом.

— Толстојева, број тридесет седам — одговори Сергеј, у све већем чуду.

Господин Симоновић, као да је само то чекао да чује, поскочи као опаљен огњем, огрну шињел и од великог узбуђења дрхтавим, нервозним рукама стави капу, не заборавивши на уљудност и човекољубље, окрену се ка овој двојици и уз извињење због свог унутрашњег нереда који у других сигурно изазива осећај непријатности, захвали им се и срдачно и чврсто им стеже руку. Излазећи, још једном се окрену ка њима.

— Опростите! Опростите, браћо! У мени више нема мира. Гони ме и сама помисао да сам од тог човека унижен. Посрамљен. Разумећете већ ускоро — уверено повика пуковник Симоновић, а онда, чврстим корацима загази у све црњу ноћ.

... У стрпљењу се увек добије више од очекиваног

ГЛАВА XIV

Сумњам да ће неко помислити да је пуковник Симоновић онако хитро изашао из крчме из неког разлога са случајем Николаја Мартиновића потпуно независним и одвојеним, посве другачијим, мада су се и такви разлози свакако могли пронаћи, углавном само у различитим нагађањима присутних оне вечери „Код Милије", у нагађањима куда је он то намерио да без оклевања пође, али оно што беше потпуно јасно и веома битно — нешто врло крупно, неизоставно и до крајности озбиљно, вукло га је да што пре стигне у Толстојеву број тридесет три. Вече мокро и хладно, бескрајно сиромашно и штедљиво у бојама, у утисцима чак немилосрдно, само га је још више раздражило. Облици су се, и то тек у непосредној близини, само назирали.

Беше несумњиво и потпуно очигледно као неопозива одлука каквог високог чиновника, оверена и запечаћена, да је господин Симоновић имао нешто битно да реши са Николајем Мартиновићем. Лице му је постајало мрко као ноћ, и од оног ванредно мирног и спокојног човека готово да се ништа више није могло приметити. Напротив, постао је врло расејан и преко сваке мере тмуран и гневљив. Личио је на човека који на својим плећима вуче читаво човечанство, са свим његовим несавршенствима у отпадању од мерила, закона и човекољубља. Ужасан и мучан осећај толико му је поткопавао душу да он најзад осети слабост у мишићима.

У глави су му се ређале свакојаке мисли о томе шта све један човек може учинити другоме у својој пакости и потпуно немилосрдно, а онда се са страшном нелагодношћу присети не тако давне прошлости — присети се слике и свих оних по њега лоших околности због Николаја Мартиновића. Од мноштва врло ружних, поново оживелих утисака, тело му се мучило и тако згрчено никако се није могло опустити, а у устима му је заостајао опор укус горке прошлости. Као притешњен уз масиван камени зид није се имао куда склонити од ухода најтежих, врло мучних успомена. Он није могао ни слутити да ће га једно обично подузеће довести на праг човека због кога је у одмаклим годинама службовања заувек обележен као несавестан, чак и врло рђав пуковник.

Ево у чему је читава та ствар, укратко и без сувишних детаља.

Господин Симоновић, као врло честит и узоран официр, у служби беспрекоран и изузетан, заслужено је одликован и том приликом му је уручен врло вредан и редак пиштољ. Оно што се можда може приписати пуковниковој тренутној лакомислености и за њега необичној и реткој несмотрености, јесте то што је уследило — након одликовања отишао је у крчму и страшно се опио (такође, и то за њега беше реткост). Резултат те његове необазривости био је следећи — Николај Мартиновић је искористио пуковникову опијеност вином и лукаво му извукао пиштољ. Можда му се тај пиштољ заиста и свидео, али пре ће бити да је, из само њему знаних разлога, господина Симоновића отворено мрзео (за то није имао никаквог разлога) и да је хтео тиме да му напакости, знајући да ће пуковник због несталог пиштоља свакако имати неприлике.

У томе се није преварио. Чак му је и служба била доведена у питање, али је некако остао у њој. Ипак, последице свега тога биле су очигледне — никада више није успео да поврати поверење људи у мундирима и да покаже да је уистину ванредан човек, у служби изузетан. А ако неко сумња у вас, а при томе сте толико благочестиви и честити, онда то у најмањем изазива мучан осећај неправедно обележеног човека. Управо тај осећај ће га и пратити све док редовним путем није иступио из службе. Не тако брзо, сазнало се да је пиштољ код Николаја Мартиновића, што је он у почетку порицао, али је касније, након изнетих факата на његову штету, ипак признао кривицу. Надлежним је рекао да је пиштољ украо из личних побуда, заслепљен мржњом према, како га је он назвао „гордом господину Симоновићу”, не би ли му том непријатношћу напакостио. Пиштољ је, како је том приликом навео, одмах закопао јер му није био потребан (никако се није могао сетити где због мноштва утисака, тако се правдао).

Ствар се свршила тако што је он кажњен, а пуковник је на неко време био удаљен из службе. У сваком случају, остао му је вечити терет на души и ружно сећање на нешто што му је испочетка представљало велико задовољство — одликовање због изражених заслуга. Због наведеног случаја, та два човека имала су се и лично разрачунати.

Пуковник је нервозно корачао поправљајући еполете на модром мундиру и тек тако, из опште расејаности, скидао са дебелог оковратника крупан и мокар снег. Било је очигледно да су му нерви толико затегнути и крути да се може десити да ће, врло лако, свакога часа пући и потпуно се искидати.

Тежина пред његовим очима васкрсле прошлости, дубок јаз између њега и његовог дужника, потпуно су му нарушили, по његовој природи, изглед одлучна и врло мирна, сталожена човека. Искрзала душа љуто се мучила различитим и тешко подношљивим сећањем на неприлике које је имао због подлости Николаја Мартиновића. И да сада, после готово четири године тог човека сретне и да му се унесе у мрско лице, да га као сечивом зареже већ унапред познатим речима које ће му изговорити због његове кривице — то је за пуковника било равно чуду јер је већ изгубио и ону последњу наду да ће се њих двојица икада више срести и коначно се разрачунати.

Ужасна му беше и сама помисао на то како је због тог човека био близу губитка службе, а до ње је веома држао. И вероватно је том мишљу раздражен, све више губећи стрпљење, пресецао насумично потпуно непознате улице и тек где којег би пролазника упитао како да најпре стигне у Толстојеву тридесет седам. Журио је одлучан да разреши врло крупну ствар, јер је од ње зависила и судба многих душа а не само његова.

Разрезати прошлост на ситне комаде тако да из ње изађе сав јед човека коме је други човек силно наудио, готово да је неизбежно и над тим се свакако ваљано треба загледати. Има међу људима један приметан и јако добар, самом природом човека удешен закон, а то је да су људи једни другима упућени, било из благородних осећања љубави или из немилог међусобног рачуна који већ некако треба свести. И ма колико нам се чини да је човечанство нарасло и да још расте, непогрешно ће се, у правом тренутку укрстити животни путеви два човека којима је судбом или чим већ другим одређено да између себе рашчисте ту ствар! Обично нас са оним људима од којих нас животне прилике и различите околности одвоје, а којима сигурно нешто још дугујемо или они нама, накратко и сасвим неочекивано споји нека невидљива сила како би коначно свако рекао оном другом шта има казати.

Г. Симоновићу наједаред окрзну душу нешто посве неочекивано и пријатно и то га умири од ружних сећања. Улични свирач, врло задовољна и весела лица, у капуту јефтиног кроја, свирао је тако дивно на усној хармоници да су чак и оне неосетљиве душе, навикнуте на ужасну и суву форму у свему животном и на вечиту ужурбаност, застајале и спуштале новац у омалену папирну кутију. Какав пораз живота и смисла! Новцем да се плаћа лепота и узвишеност осећања, чиста уметност. Али, улични свирач од тог новца живи!

Пуковник је прошао поред варошког трга на којем је и поред велике хладноће било доста људи, а онда скренуо у улицу Дечју из које се најлакше може стићи у Толстојеву. Велика иронија и подсмех живота (пуковник није имао порода а сада је био принуђен да прође улицом Дечјом како би га она још једном подсетила на његову тешку судбу и рану му раскрварила). Неке прилике и околности знају бити толико моћне да потпуно држе власт над човеком те он ту једноставно готово да ништа не може учинити. Опет, управо тако тешко подношљиве ватре у којима се понекад сви задесимо, чине нас чвршћим, силнијим и трпељивијим. Тек о оном човеку који подноси нажуљаност леђа животним неприликама, ко их без роптања прима и са њима саживи као са нечим што је неизбежно и што му је ушло под нокте, можете судити да ће, без сумње, поднети увек и све и да га баш ништа не може сломити. И Бог воли подједнако свакога, али увек и из сваког народа означава и подиже пророке, вође и војсковође — сви су они, редом и без изузетка, ватреног срца и силног карактера тако да голим лицем слободно излазе пред оштра сечива живота.

Ко би могао знати, или само наслутити шта је све господину Симоновићу пролазило кроз главу и поткопавало му душу док је пролазио том улицом која га је још једном подсетила да он иза себе неће оставити наследника?! Много је тога у животу са чим се у потпуности никада нећемо измирити јер нас силно мучи и из душе нам истрже мир и радост, а опет све то некако треба прихватити. Тако и пуковник — шта је друго могао?!

Лице му се поново смркну као дивље небо пред олују и тежак бол испод ребара опомену га на сан који као да је некоме другом украо — не, он неће имати наследника и ту се више ништа не може учинити! Није му од Бога дат неко ко ће га радо спомињати како би он тако и после смрти живео. Његова крв. Његово око. И његова кост. Упорно и тешко искушење. Болно. А опет, добро је знао да за све има неки крупан разлог и да се оној вољи, која долази одозго, свише, не треба противити.

У животу свакога од нас, разум тек понекад окрзне савршена мудрост, а срце чистина благословеног неба. Постоји једна покретачка сила која подиже и оне што поломљених глежњева беспомоћно леже на земљи, грчећи се због недосањаних снова. Љубав! Злато светих икона. Најлепши украс чедности и доброте. Сила и снага пред којом очајање, мржња и свако зло полажу своја копља затупљених врхова. Љубав спојеним рукама чистих душа гради лествицу којима се те душе успињу у небо, росно, свеже и светло. А када пророци љубави заћуте, земља се грчи и потреса.

Законом човеку можете забранити све и у некој мери га спречити да не чини зло, или га барем на то упозорити. Једино љубав нико никоме и никада не може нити сме забранити, и свако ко би се на то лудошћу решио, платио би скупо. Јер, у љубави греха нема.

Из мале варошке пекаре замириса на врућ, тек испечен хлеб. Замириса на радост и срећу. Пуковнику се од тога озари лице, он уђе и загледавши се у беле руке вредне жене не одоли да, иако не беше нимало гладан, не окуси барем нешто, шта год. Задовољно се захвали младој, ведрој жени и све чвршћим кораком, стежући у руци омању црну ташну, загази до броја тридест седам у улици Толстојевој. Ту га дочека потпуна тишина и готово потпуни мрак, јер уличне светиљке не беху живахне. Напротив, згаснуле су већ заморене. Широка, од гвожђа искована капија, од небриге сва је изљуспана, на местима потпуно пропала. Г. Симоновић се обазре око себе, а онда лагано и тихо уђе у прљаво, запуштено двориште.

Пред собом ништа не би видео да светла, иако врло слабашна, из готово свих соба околних сиромашних кућерака не беху упаљена. Можда би чак од силне жеље да што пре изађе пред Николаја Мартиновића и да с њим сведе рачун, прегазио старог мистика који се те вечери осмелио да изађе из своје собе и после готово три месеца оде до вароши, да се он, преплашен, не усправи у леђима и викну. Несрећник, једва се држао на ногама из страха да би човек који му се управо приближавао могао бити управо Николај. Тек када је са друге стране угледао мундир са сјајним еполетама и чуо доброћудан глас који није чак ни подсећао на глас његовог тлачитеља, бришући зној са лица, стаде тешко кркљати и одмахивати руком у знак великог олакшања. А онда, закрсти себе неколико пута као да је угледао утвару. Исто то учини и непознатом човеку.

Старчево се тело грчило и подрхтавало од силног страха и толико је намах и још више ослабило да би се, сасвим извесно, сручило пуковнику пред ноге да га нека невидљива сила није придржавала. Старог мистика, због тешког душевног напрезања услед необичног и изненадног сусрета, напослетку обузе такав ужас и језа да он поче од муке тешко стењати, гризући доњу усну, потпуно без контроле и без свести да то чини.

Дланови су му били потпуно мокри и, иако беше врло хладно, топли, јер је у старчевим жилама, упорно и пркосећи смрти, текла благородна, врела крв праведника. Г. Симоновић, оштроуман и проницљив, иако очима није могао видети да је старац у тешком душевном стању (беше врло мрачно и у дворишту), осети то у себи, у души, као бол сабрата, као што то обично бива са човеком израженог саосећања са судбом свих људских бића. У грудима осети такав бол сажаљења због мистиковог душевног лома и чак наслути да је овај, сасвим извесно, стрепео и потпуно дао власт неком нечасном, врло рђавом човеку и пред њим ко зна колико дуго већ узмицао и повлачио се ризукујући да тако од тог ужасног страха чак и полуди. Приђе му, мирно и опрезно, и обргливши му рамена рукама, тихо рече:

— Не плашите се и опростите ми на мојој несмотрености. Николаја Мартиновића тражим, рекоше ми да овде станује.

Стари мистик тек тада потпуно одахну, мислећи да је г. Симоновић сасвим извесно жандарм (због плавог мундира, јамачно) и да је неизоставно дошао како би Николају узео слободу због каквог откривеног злочина. Тело му се коначно опусти и он прстом указа пуковнику на богато осветљену собу. Привуче га ка себи и опрезно, готово нечујно потврди:

— Ено! Гледајте! Тамо је Николај Мартиновић — па окренувши се лицем (на њему су се још могли видети трагови пређашњег грча) ка високо постављеном прозору, још једном стави јемственик. — Сигурно је тамо.

Г. Симоновић задовољно се осмехну и већ беше готов да учини још тих неколико корака који су стајали између њега и његовог дужника, али га мистик чврсто стеже за руку и упозори:

— Чувајте се! Тај човек не влада собом! У очима му се види врашко зло. Пакао и крв — накашља се дубоко и још чвршће стегнувши пуковника за руку продужи: — Тај је готов олако човеку да пререже врат! У њему су дуси погибељи. Гоне га и једино пред њима тај узмиче. Њима служи верно. Чувајте се!

Пуковник му се захвали, поправи еполете на раменима, усправи се и већ закорачивши напред добаци:

— Немам се ја од кога чувати, старче. Ко рђаво твори и мисли, тај нека се запита.

Старац само жмирну уморним очима и још једном њима закрсти г. Симоновића чији је крај мундира већ окрзнуо улазна врата једине куће пристојног изгледа у том широком и прљавом дворишту, у којој је Николај узео собу у закуп. И таман када је узлазећи степеништем помислио да га више ништа неће одвојити од толико прижељкиваног сусрета са његовим дужником, преплашена служавка Василија му показа испруженим прстом да неизоставно уђе код ње.

— Немојте мислити да сам прислушкивала — отпоче она још на вратима — али желим да знате да старац из дворишта има право! Уђите, уђите молим Вас.

Пуковник се нађе у чуду, али не желећи да се противи усплахиреној жени, пође за њом.

Соба беше необично мала, али и изузетно уредна и чиста. Василија се неспретно и непотребно стаде извињавати што околности у којима живи у другим људима, јамачно, изазивају осећај непријатности и тескобе, али г. Симоновић, будући да је веома журио и чак постајао нестрпљив, а пре свега што сиромаштво никако није држао за грех нити за нешто због чега се човек треба стидети, само одмахну руком и ватрено погледа служавку не би ли она одмах прешла на саму ствар. Али, на његово чуђење, Василија отпоче о нечем посве другом што у пуковника изазва живо интересовање и дубоку патњу, саосећање са младом, несрећном женом.

— Ето — отпоче служавка — у овој тескоби живим годинама — па окренувши се око себе тако указа пуковнику да мисли на своју скромну собу. — Али — настави тихим, готово молећивим гласом — није то моја највећа мука!

Застаде, ухвати се испод бедара, очигледно осетивши јак бол, а онда премеривши озбиљно лице човека кога није ни познавала и у овом случају можда некога ко је може у потпуности разумети, она продужи:

— Видим, Ви сте у служби?

— Био сам — кратко одговори пуковник.

— Углавном, носите мундир и сигурно знате доста о честитости и поштењу. Опростите што ја овако говорим, можда превише расејано и са великим узбуђењем. Непознатом човеку најлакше је поверити своју прошлост и судбу, све оно што дуго већ стеже и мучи. И ја могу без размишљања да јемчим да и Ви горите мишљу праведности и човекољубља и да се испод тог озбиљног лица скрива дубока патња и саосећање са другима.

— Добар сте резонер и врло проницљиви — готово одушевљено примети пуковник.

— Онда Ви сигурно доста тога знате о узвишеним идеалима човечанства и идејама вечите среће и љубави међу људима? — настави служавка као да га није ни чула. Пуковник се, провлачећи прсте кроз кратку и уредну косу, помало свим овим питањима збуни и напослетку одговори:

— Познајем прилике живота. Све се већ некако да уредити. А идеали... Има и њих и добро је што је тако, иначе човек не би имао ка чему узвишеном да иде. Само, због чега ме све то питате?

— А самоћа? Дар је или казна? — беше упорна служавка.

Г. Симоновић се тек сада нађе у потпуном чуду, јер му се на тренутак учини чак и то да Василија говори потпуно неповезано и без неког нарочитог смисла, да је у неком бунилу или шта већ.

— Некоме дар, другоме осуда — одговори јој пуковник након подуже ћутње.

— Опростите ми што ћу сада пред Вас изнети оно што ме мучи и проклиње, горчину и јад душе. Лакше је човеку ако се има коме поверити. Још ако је тај неко незнанац и човек од поверења, а ја јемчим да Ви то јесте...

— Разумем — прекиде је. — У чему је несрећа тако младе и љупке жене?

— Видите — отпоче некако сагнувши главу и кршећи танке, кошчате и беле прсте — мене нико нема. Ни ја немам никога. Самоћа је мој усуд и моје проклетство. Невидљиви мач што душу мучи и пробада.

— Сами сте овде? — упита пуковник и осврну се око себе као да некога тражи погледом.

— Сама. И ја не знам да ли ће ми се икада оно што је моје пружити, да ли ћу га икада добити. А опет, туђе никоме нисам узела! Некада сам имала то што сам сматрала својим. Чак сам била и срећна. Знала сам коме припадам и да неко живи за мене. Да живим за некога. А онда сам постала немарна мислећи да човек може уживати у својој срећи вечито, а да се за њу више и не труди. Колико сам само била неразумна... Временом сам изгубила то што нисам умела да сачувам. Закопала сам чак и ону благородну веру у себи, пљунула на све људе, па чак и на Бога! Очајавала и кривила све и свакога. Али, временом сам схватила да је то само мој удес и да ми за њега нико није крив. Кривица је моја и због ње ми је душа још увек сва у ранама. Како бих нашла мира напустила сам све, окренула леђа прошлости, решена да кренем испочетка. Узела сам ову собу у закуп и себи дала један светли циљ: да се како и било чим искупим за свој грех, промашај, и да повежем ту нит за мене изгубљеног живота. А онда се он ушетао у моје дане, без мог пристанка и одобрења. Ништа се ја ту нисам ни питала. Николај Мартиновић, на њега мислим. Казна за моје грехе и хуљења на све што је свето. Он је моје душе отров и господар. Осећам како ме некаквом мрачном силом чврсто држи и везује за себе. Служим му. И ћутим. Буди ме ноћима, опијен и уморан од несанице. Оболео од зла. Од таме. А ја, ћутим.

Василија прекри лице рукама, готова да заплаче. А онда, прибрана, одједном узвикну:

— Захваљујем судби на овој наклоности! Могу да јемчим да сте Ви од моје патње и страха избављење. Сигурно имате шта важно решити са Николајем?

— Врло крупно. Сенка прошлости — потврди пуковник.

— А тааааако... — замишљено рече млада жена па настави: — Чувајте себе. Њему је зло сабрат. Са њим се дешава нешто врло чудно и толико застрашујуће да пред њим сви узмичу слеђених жила. Често устаје ноћу, ако уопште и нађе сна, гласно негодује и, померене памети, баца све око себе испуштајући такве крике да помислим да они не могу доћи од човека. Њим владају мрачни дуси. Намичу му пену на уста и у свој силини тог унутрашњег зла зна силно подрхтавати телом и бесомучно ударати ногама о под, упорно и тако страшно да ме истерује из сна.

— То је, верујем, за Вас неиздрживо, непрестано мучење — примети г. Смоновић.

— Држим да он има какав тежак душевни поремећај — уздахну Василија, погледа пуковника у очи и у њима нађе живо интересовање за случај. — Зна се необуздано и дрско смејати све док му се лице потпуно не искриви, а онда, већ у следећем тренутку, гунђа и ватрено се противи свему и свакоме, озлојеђен у својој уобразиљи на некога виче, гласно му прети и онда у тој уобразиљи стане га још и гушити! Оваква, и то врло честа промена расположења, сигурно није одлика здраве душе — закључи.

— Јамачно, имате право. Душа без мира, страсна и отежана грехом иде у сигурну пропаст. А преступници, могу ли савешћу бити опоменути ако је немају, ако је временом потпуно изгубе. Од мноштва злочина душа постаје унакажена, болесна.

— Болесна. Свакако, болесна! — сложи се Василија и дрхтавим, благим гласом продужи: — Ја само не знам шта човеку значи сећање на почињени злочин?! То је тежак поремећај, да! Господине, он је починио убиство и тиме се чак и наслађује, разумете?

— Разумем. Сећање на почињено зло без осећаја кривице свакако јесте болест душе. Та болест трује изнутра, а то је најтеже, и тек се са великим напором ту да шта променити.

— Тако ствари стоје?

— Тако. Душевни поремећај најцрњи је мрак, и он је обично казна за какав тежак злочин. Запоседнутост духовима таме никако није пријатна, а душевно оболели сигурно осећају њихово присуство.

— Разуме се — потврди Василија и стаде се око нечега премишљати.

— Па... — настави после краће ћутње — шта Ви мислите, да ли је мудро ићи таквом човеку ако већ унапред знате да он страда од нечистих духова?

Пуковник се замисли, устаде са уске, дрвене и врло ружне столице и начинивши два-три корака насред собе, уздигнута тела, бритко одреза:

— Питате ме да ли је мудро?! Можда и није, али ја знам да веће мудрости од правде нема! Управо због те правде ја Николају и идем. Хоћу да му покажем да се не може довека понижавати и гложити други човек, а да казна никада не дође. Казна за злочин је, дубоко у све нас, урезан закон.

— Имате право, само... будите ипак до крајности опрезни! У њему је потпуна јама, а из ње само звери могу изаћи, најгрубље страсти и пороци — упозори га служавка још једном.

— Учињено зло казном се наплаћује. Кажем Вам, тај закон нико не може оборити. Нико! — па високо уздигнута прста, пуковник севну очима.

— Ја сам се дуго носила мишљу да је благородност свима нама заједничка — отпоче Василија — и да се међу собом по њој лако препознајемо. Можда бих и остала у том уверењу заувек да нисам почела да служим овог... — па ту од узнемирености, измучена од ружног сећања и сва уздрхтала, застаде несрећна жена. — Овог ћудљивог станара — на крају се прибра и указа на Николаја Мартиновића.

Ипак, благородности нема у грубим душама, иако је ова млада жена имала добру жељу срца и искрену веру да је може пронаћи у сваком човеку, без изузетка. Благородност тражи добру и чисту крв, и због тога је и немају сви.

Василија је пажљиво гледала у пуковника желећи да још задуго остане под заштитом непознатог човека. Али, то више није било могуће јер је он већ био готов да крене. Поглед младе жене био је толико добродушан, милостив и благ, да је њиме просто миловала и уносила радост у срце и поред њеног силног узбуђења и уздрхтале душе.

— А сада ме извините — изненада рече г. Симоновић — ја ћу сада неизоставно поћи.

— Чувајте се — било је све што је стигла пуковнику да каже и да га још једном молећиво упозори, на шта се он само осмехну крајем усана и хитро устрча уз степениште до врата свог дужника.

Николај је седео украј прозора (г. Симоновић једноставно је ушао без куцања са намером да код њега изазове изванредно велики осећај изненађења) и халапљиво јео укусну говедину. Од ужурбаности и велике количине хране у устима, кашљао је и на тренутке би му чак и ваздух застајао. Угледавши г. Симоновића насред собе како га британо као мачем реже очима, донекле се збуни, изненађен посетом. Неповерљиво је гледао у пуковника, уверен да су се негде већ сретали. Руком је обухватио распуштену, одавно и из немара нестригану косу, а онда устао од стола и потмулим гласом стао гунђати:

— Ко сте Ви? И ко Вам даје за право да уђете тек тако, без позива, најаве, и уопште, без куцања?

Пуковник Симоновић се још више усправи у леђима, удари чизмом о под и гневно повика, готов да га можда још тада голим рукама задави:

— Николаје Мартиновићу, одакле Вама дрскост да питате за права и коме је шта дозвољено?

Овај мало устукну изненађен што га неочекивани гост назва по имену. Иако му је однекуд био познат, не беше сасвим сигуран да је икада општио с њим или било шта друго.

— Видим, зовете ме по имену. Па дозволите онда, са ким имам част?

— Пуковник Симоновић, некадашњи гардијски заповедник.

— Служили сте у гарди! Г. Симоновићу, зацело сте то Ви? — пљесну рукама домаћин и хитро му приђе чврсто му стежући шаку, трудећи се да на лице стави израз искреног одушевљења. Али, човеку који безусловно тражи да му се сви људи покоравају то једноставно не беше могуће.

Пуковник срдито истрже руку и чак би готов да га од силне срџбе телом изгура, где год. Николај се на то само осмехну, иако се по изразу лица г. Симоновића могло видети да су му намере крајње озбиљне и да му тек с великим напором полази за руком да се обузда од какве непромишљености, а оне су, у оваквим случајевима, могуће чак и мудром резонеру.

Прилике из прошлости и у њима нечији какав тежак преступ, унижење и учињен страшан злочин, понекад, ако само изађу жртви пред очи у пуној представи тадашњег догађаја, помрачују свест и разум чак и најблагороднијим, милостивим људима. Нечији ужасни поступци могу носити у себи толико наопаку снагу и подлост да једноставно побуђују у свакоме, више или мање, ружне, мрачне осећаје што се као уљези поткраду у душу, чак и благородним људима, као нешто што им је потпуно туђе и самим тим још више застрашујуће.

Има људи (не рађају се рђавог карактера већ такви временом постану па тако и немају никаквог оправдања) што носе у себи толики мрак и пустош пакленог огња да понекад чак, ако само покажу упорност у томе да некога озледе и нанесу му зло, од највећег чедника начине најгрубљег бестидника! Такви као да су означени ђавољим лукавством и то толико дубоко да им природа постаје потпуно мрачна, злобна и врло пакосна.

Свакако, пут ка том стању, ка потпуном поседнутошћу злим дусима, читав је и дуг процес и несумњиво је да људи не постају такви наједаред. Испочетка, тој погибељи се опире савест, морал и онај унутрашњи закон и тада човек у себи треба да покрене све оно узвишено, честито и велико како би зауставио те мрачне силе, толико снажне да једноставно траже покорност. У противном, уколико се та отворена и страшна борба човека са самим собом, са распуштеним страстима, не прихвати као природно стање човека, може се десити да се допадне стања тешког безумља и да се личност поцепа на комаде од којих сваки представља поробљеност страшћу којој се није одолело. А човек није роб, већ слободан!

Ако се посустане и погне глава пред дусима таме, а њих има у свакоме, човек лако и готово неосетно постаје њихов слуга и врло могуће вечити поробљеник! Ето како и настају најсвирепији крвници и најбестиднији развратници.

Има, опет, и зачуђујуће велики број људи којима су разум и срце, иако у природи доброћудни, на потпуно супротним крајевима једне готово до неуочљивости танке струне где разум вуче на једну, а срце на другу страну и где та струна неизбежно мора бити прекинута. Где срце и разум нису једно — постоји оправдана стрепња да ће уништити једно друго.

Николај Мартиновић, до крајности подао и толико перфидан човек да се једноставно ни не може наслутити до каквих је мрачних дубина понирало читаво његово биће као у какву смрадну кал, вукао је за собом силином своје злобе невине људе у пропаст, водећи их као осуђенике на губилиште, конопима везаних ногу. Припадао је оном делу човечанства који живећи у хладној сенци мржње, пакости и зависти, у некој мери заклања светлост и топлоту добродушних људи, јер се готово по неком правилу на те недужне људе и обруши сва та немилост, лицемерје и окрутност.

Када је схватио да му не полази за руком да умири пуковника својим лажним одушевљењем што га поново види после неког времена и да не успева да утиша његову јарост, он се за тили час измени и навуче на себе сасвим другачији лик — лик човека коме је тобоже учињена неправда, а заправо је он починио лукавост и срамно дело тако што је унизио недужног г. Симоновића. Подвојене личности без нарочитих тешкоћа мењају ликове и то је нешто на шта је Николај у овом случају свакако могао рачунати.

— Биће ово дуга и тешка ноћ, пуковниче! — отпоче, потпуно изненадно и уверљиво. Жестио се јер није постигао жељени ефекат да му пуковник, ма колико то чудно било, ипак прихвати руку „старог познаника”. То беше и разлог што га је сада у необузданом гневу гледао без лицемерја, отворено и лукаво, бестидно и са толико подлости, врашке мржње и окрутности, да је било очигледно да је тим речима г. Симоновићу отворено запретио.

Пуковник готово стрже мундир са себе и одбаци га у страну, на диван, а онда, од јарости потпуно црвен у лицу и сасвим извесно у доброј мери смркнуте свести и разума (могуће чак и код умних и врло карактерних људи), овим изазван још више, подиже чврсто стегнуту шаку увис и дочека га речима:

— Николаје Мартиновићу, неће ова ноћ бити само тешка и дуга, она може бити чак и кобна!

Овај се на то само засмеја као потпуни циник и још једном пљеснувши рукама настави да изазива пуковника:

— Г. Симоновићу, право је чудо да ништа није остало од оног одмереног и смиреног гардијског заповедника. Ви као да сада болујете од какве тешке живчане болести. Видите, то Вам може умногоме нашкодити

— исцеди са толиким лукавством да се пуковнику све више чинило да неће издржати, да ће пасти у искушење и голим рукама га задавити.

Гледао је у умом развраћеног човека чија душа беше окренута наопако, са толиким гнушањем да просто у себи више ништа није могао пронаћи што би га спречило да на њега отворено крене како би коначно свели рачун.

— Ви као да кушате ивицу мог стрпљења — повика пуковник нервозно корачајући по соби и уз велике напоре савлађујући себе како не би учинио нешто од чега би могао имати штету — и као да Вам није јасно да тиме ризикујете да ја, изгубивши га, могу учинити шта рђаво и врло опасно.

— Ако мислите да за то има разлога, а Ви онда на мене крените голим рукама, сечивом или чиме већ — дрско га изазва Николај, одмеривши га добро и пратећи његов сваки, па и најмањи покрет.

Г. Симоновићу, равно великом чуду, и даље је полазило за руком да се обузда и да задржи узде на којима су његов гнев и срџба све силније дивљали. Шта га је држало и одвајало од тога да у помрачењу разума не крене на свог дужника, да му можда чак и пресуди, тешко је са сигурношћу казати. Може бити да је то она, чак и у овако изузетно затегнутим приликама, сачувана уздржаност, јер у јаким карактерима и поред у тренуцима изгубљеног здравог разума, остаје нешто што га уз тешке напоре обуздава од тога да учини какву непромишљеност, а онда напослетку и врати отргнути мир души. Уистину, не тако брзо и никако лако.

— Будите сигурни да ћемо се овом приликом коначно разрачунати — повика пуковник.

— Држим да је тако најбоље! — дочека га дужник са све већим цинизмом.

— За своју несмотреност ја сам платио, без одлагања. Стајала ме је службе, части и достојанства. Ви сте кажњени онако како је то законом уређено. Али, Ви и ја се никада нисмо међу собом разрачунали, а то се никако није могло избећи! То је лична ствар, врло важна и тиче се само нас двојице, а промицала је до овог сусрета. Ипак, он се некако морао удесити.

— Иии…? — одужено упита Николај, сад већ напрегнутих живаца. — Хоћете да ја извадим сечиво и прережем Вам врат њиме или ћете ме Ви у својој јарости исећи, задавити, шта већ?

Лице му поста мрачно и затегнуто, скоро провидно да не беше на њему те ужасне тмине.

— Ако бисте Ви мени пререзали врат, остали бисте исто што и сада, крвник и злочинац без милости, разума и кајања. Ако бих ја учинио Вама шта слично постао бих раван човеку против кога сам устао, а то би онда довело у сумњу честитост мојих намера.

— Које су то Ваше намере, пуковниче? Нећете ми ваљда рећи да сте се можда осмелили да измените и изврнете наопако читаво човечанство? Те ваше лудости мене уопште не занимају, примећујете то и сами.

— Моје су намере јасне и Вама је сигурно лако да наслутите разлог мог доласка. Управо због тога, не искушавајте ме даље тим лицемерјем. Злочин углавном не остаје некажњен. Мислим на Ваш злочин, да будем у потпуности отворен! Како се Ви према њему односите, мени је одвећ познато, а опет, то јесте дубоко и највише ствар Ваше личности.

— Какав злочин?! — повика Николај и ногом тресну о ивицу стола. — Ово ће бити злочин, ово што ћу Вам сада учинити — па померивши се у страну иза леђа дохвати оштро сечиво и ужасних, крвавих очију крену ка пуковнику.

Из њега су се откидали крици, ни налик оним услед обичног људског растројства. Ово беше нешто потпуно другачије, страшно и до те мере ужасно, мрачно и неприступачно, тајанствено и тешко подношљиво, толико запрепашћујуће и силовито, пуно горчине и ватре, безумља, да би г. Симоновић, да није тако силна природа, чврста и одважна, сигурно под тим налетом лудила Николаја Мартиновића остао већ избоден а вероватно и усмрћен. Овако, пуковник сачува присебност, хитро поскочи у страну и остаде иза високог дивана. Између њега и његовог дужника стајало је свега неколико корака.

Николај је у тих неколико корака нешто мрмљао, укочених од беса и све више искривљених усана, гневан и у потпуности изван себе, те је пуковник успевао тек једним делом да разуме све претње гоњене лудилом крвника коме је говор био врло нејасан и неповезан услед незадрживе јарости.

— Врат! Врат ћу Вам сечивом пререзати! Крв ће липтати! Чујете ли ме? Пуковниче, Вама говорим. Душу ћу Вам рукама ишчупати.

Али, у насртају на пуковника Николај направи једну непромишљеност (мимо сумње, разлог томе беше помрачен разум и јака острашћеност) и из силног лудила и ужасне жеље да како зарије сечиво у њега, он се саплете и сечиво заврши у дивану. Г. Симоновић хитро ишчупа нож и одбаци га у страну, тако начинивши и сам велику непромишљеност — Николај би се опет некако могао дочепати истог тог сечива и кренути на њега још једанпут, али он на то услед многих доживљаја и брзине одигравања те непријатне сцене није рачунао. У опасности и пререзаних живаца, тешко је остати у потпуној трезвености, па тако и пуковник, заборавивши на опрезност, начини ту по њега врло опасну ствар.

Николај се на крају свог насртаја занесе и паде на под поред дивана, раздера колена и од ударца главом стаде крварити испод ока. Кр–кљао је и готово се гушио, отирући прљавим рукавом црну крв. Тек некако се придиже и по грчевима на његовом лицу лако је судити да је осећао јак бол. Да ли због тога или због чега већ другог (са душевно оболелим људима никада не можете имати чист и поуздан рачун) он се спусти на диван и потпуно опусти тело. Личио је на нечим умртвљеног човека коме је нужно даље мировање. Пуковник седе наспрам њега, извади кутију са припремљеним дуваном и припали. Између њих двојице сада је стајао једино дим из луле, црн, густ и тежак, и чинило се да су и један и други били потпуно мирни после страшне сцене пређашњег мучења и отвореног непријатељства. Али, у томе што су сада ћутке седели један наспрам другог, иако је Николај само неки час пре ишао са јасном намером да усмрти г. Симоновића, не налазим никакво чудо достојно дивљења, даљег испитивања или чега већ другог. Ствар је прилично једноставна, ствар је природе ова два човека.

Првом, г. Симоновићу, природа беше изузетна, врло промишљена и опрезна, али и готова да се у сваком тренутку пре изљуби са непријатељем него да га било чиме намучи. Његове су намере биле узвишене, часне и посве праведне — не, он није прижељкивао зла злочинцу, том развратном и поквареном уму, он је за њега тражио праведну казну за све што је починио како би га тиме можда и васкрсао у неког новог, бољег човека. Без казне злочинац остаје то што јесте, а кажњен, иако уистину ту ствар стоји врло неизвесно, има изгледа да се уреди, да постане бољим човеком и чак да се од своје страсти потпуно излечи.

Другом, опет, Николају Мартиновићу, природа беше потпуно другачија и крајње непредвидива и управо у тој непредвидивости најпре се и може наћи узрок томе што сада мирно седи, али то никако не значи да већ у наредном тренутку неће поново устати на пуковника. Његова душа беше сурова и тешка, развратна и до чуђења лукава, свакако по друге врло опасна и спремна да почини и најстрашнији злочин. Природа мрачна, за било шта добро противна и склона томе да другога мучи са особитим уживањем. То што је мирно и ћутке седео на дивану никако не значи да је одустао од својих страшних намера. Напротив, врло је могуће да он већ смишља како ће поново кренути на пуковника и голим му рукама изгњечити душу.

— А Марија Николајевић? — опрезно и тек после дуже ћутње отпоче г. Симоновић.

— Шта с њом? Шта хоћете рећи? — као тиме изненађен дочека његов дужник све силније кркљајући.

— Поверила ми је своју судбу, све, до детаља, а кривицу, сасвим природно и оправдано, ставља на Вас!

— На мене? — стаде се Николај бранити. — Због чега би на мене стављала кривицу за властити удес ако га је имала? Шта ја имам с тим? И, уопште, не знам зашто то мени говорите, јер ја о судби те жене знам врло мало, готово ништа.

— Сигурно знате да је родила здраво и напредно, мушко дете? Истина, готово сироче.

— За ту околност чујем први пут сада од Вас — равнодушно прихвати одмахивањем руке. — Ако, биће да је мајчинством врло усрећена.

— Николаје Мартиновићу! — оштро повика пуковник севнувши очима. — Ви сте ту жену за читав живот упропастили!

— Јааа...? — као у неверици поче да се колеба. — Због чега тако говорите? Одакле Вама право да судите тако дрско и неправедно, без познавања прилика и правог случаја. Понављам Вам још једном да ја са тим немам ништа!

— Немојте мислити да су ми непознате околности под којим је родила, поверљива и врло добра душа, према мени отворена и без било каквих стега, открила ми је све појединости своје неприлике.

— И? Шта Вам је тачно рекла? И зашто мени то, још једном Вас питам, уопште говорите?

— Може ли Ваша груба и врло рђава, непокорна и дрска душа да наслути шта се све може десити са младом женом искрених, благородних осећања, истина са женом помало и наивном од те своје доброте, када јој неко раскрвари надања и када постане свесна да је изневерена, да су јој осећања изиграна, а она осуђена на даље, вечито мучење?

— Говорите ми о Марији Николајевић? — као да се то њега уопште и не тиче упита Николај.

— Јамачно, о њој! И Ви то врло добро знате. Стога, не покушавајте и даље да својом лажном затеченошћу овим што Вам говорим окренете све у своју корист како бих ја, видевши Вашу збуњеност, о самој ствари у вези са том несрећном женом заћутао. Подсетићу Вас још једном да су ми познате све околности!

— Које то околности, гардијски заповедниче?

Ово „гардијски заповедниче” изговори са толиком дрскошћу и истовремено са лукавим подсмехом да пуковнику беше потпуно јасно да га тиме отворено изазива. Ипак, разрачунавање са њим у вези са непријатношћу за време службовања у гарди остави за нешто доцније.

— Ви сте ту несрећницу бестидно упрљали, уз лажна уверавања да су Ваша осећања према њеној нежној и доброј души, на невољу и лакомисленој, искрена и јака, и да ћете је, то се по самој природи ствари разуме, то сте јој тада говорили, узети за жену! Сазнавши да је зачела, Ви сте је напустили. Не само то! Вашу дрскост и себичност признао би и одликовао чак и сам ђаво, као нешто врло тмурно и зло. Ви сте јој запретили паклом још за живота и ужасном смрћу у мукама у случају да не роди! Јадна жена, чак и да је другачије мислила, а та мисао беше од ње далека будући да је честита и благородна душа, зар је могла шта друго учинити? Уистину Вам је веровала и све наде је полагала у то да ћете се, јамачно, оженити њоме као што сте јој и обећали! А сада, најбољи је сведок да су претерана очекивања велика људска несрећа, а полагање наде у обећања нечасних људи ужасно проклетство.

Тек на ове речи Николај се, што беше једва приметно, узнемири на дивану, а онда хладно и готово незаинтересовано процеди:

— Не знам о чему говорите. Измишљотине Марије Николајевић нимало ме не занимају.

— Биће да је и крађа пиштоља измишљена?! Или груба подвала Вама, иначе веома карактерном и поштеном човеку!

У оном „карактерном и поштеном” било је толико једа и горчине да пуковник више није успевао да се суздржи те он силно повика негодујући:

— И тим истим пиштољем Ви сте убили недужног човека! Оно што ми је дато као заслуга Ви сте искористили тако што сте ми у мојој лакомислености најпре украли пиштољ, а онда њиме и усмртили студента. И та околност ми је позната! Треба ли још разлога за наше коначно свођење рачуна?! Марија Николајевић, пиштољ због ког сам имао толико непријатности, овај несрећни случај са студентом... Николаје Мартиновићу, дође ми да Вас сада голим рукама задавим — оте се пуковнику на шта се дрзник само цинично насмеја.

— Г. Симоновићу — усправи се тек мало на дивану домаћин — истина је да сам Вам у свом безумљу отуђио пиштољ. Наравно, само по себи се разуме да Вам је много значио. Део је заслуге службовања. Али, откуд Вам толика смелост и усудићу се да кажем, чак дрскост, да мени припишете то убиство? Шта и одакле Ви уопште и знате о том случају?

Пуковник поскочи, црвен у лицу од гнева и ватре и подиже прст претећи:

— Зар мислите да су ми непознати сви факти и да сам без доказа изашао пред Вас — а онда још једном треснувши срдито чизмом о под, извади некакав папир и држећи га пред лицем злочинца, повика: — Пиштољ је пронађен у дому тог несрећног Ивана Петровића. Бог би знао зашто Вам је тај јадни човек икада засметао! Подметнули сте невином и честитом човеку свој прљави злочин, иако сте због њега већ и робијали. Наумили сте да упропастите тог старца и да се његовом муком наслађујете! Колико је само окрутности у томе! Али, да знате да не можете довека мучити праведне душе... Погледајте! Погледајте овамо! Видите ли овај папир?! Добро га погледајте! — а онда прстом му указавши на шест цифара уредно наведених на том папиру (беше то јамачно нека врста извештаја, пресуде о крађи пуковниковог пиштоља) повика све више се грчећи у лицу и стежући зубе: — Број пиштоља на овом папиру једнак је броју који је стављен у оптужницу против тог несрећног Ивана Петровића. Шта ћете сада са овим фактом? Овде све јасно пише. Најпре сте мени украли пиштољ, наведен је и његов број, а онда се десио тај страшан злочин. Пиштољ сте некако успели да сакријете, али свеједно, заслужене казне се нисте могли ослободити: затечени сте у близини усмрћеног студента. А онда, из само Вама знаних разлога, исти тај пиштољ подметнули сте човеку који са случајем нема баш никакве везе, тврдећи да је он починио тај страшни злочин. У његовој наслоњачи је и пронађен, а Ви сада видите шта ћете са том околношћу. Треба ли суду још доказа? Да је неким случајем несрећни Иван Петровић, претпоставимо, отуђио од Вас пиштољ и њиме тобож' доцније усмртио тог недужног младића, нисте ли случај требали пријавити? Но, и сами знате да то излази из оквира реалности и врло добро су Вам познати сви факти, као и мени, уосталом. Свакако, и суду убрзо. Нећу дозволити да због Вас било ко још страда, још један дан тамновања било би превише! И да свршимо са овим: у мојим је рукама доказ невиности тог старца, а Вама осуда за срамно дело подметања злочина. И? Шта на ово имате казати, Николаје Мартиновићу?

Овај пребледе од ужаса и згрченог тела покуша да се барем мало покрене, али му то не пође за руком. Седео је као дугачким чиодама прикован за диван, збуњена погледа и до пола отворених уста услед великог запрепашћења. Хладан, крупан зној налазио је свој пут у дубоким борама широког, црног чела. Говор му постаде највећи издајник и као човек од рођења нем, стаде насумице, потпуно неодређено климати главом и шарати прстима по густом ваздуху, устајалом, тешком и непријатног мириса. Личио је на човека коме је немогуће да искаже свој положај и који се притешњен некаквом тешком руком грчевито бори са насталом околношћу. Али, ништа од свега тога не потраја задуго. Лице му се већ у наредном тренутку потпуно измени постајући све тамније. Згрчених вилица, јаросан и мрачног погледа, зачуђујуће страшан и врло опасан, крајње непредвидив, најseдаред, ударивши рукама о ивицу дивана, повика потмулим, ужасним гласом:

— Какве су Вам намере г. Симоновићу?

Пуковник се загледа у свог дужника, већ решеног да му рукама ишчупа душу, али се из неког разлога на то још не одлучује, можда и оклева, а онда, севнувши очима са изразитом прекорношћу у гласу, бритко одсече:

— Моје су намере врло часне. На овом папиру овде — па стаде још њиме и махати — у само пар редака, исписана је по Вас врло лоша околност и она ће Вам сигурно наудити. Злочин има бити кажњен! Ни један поштен човек више неће страдати због Ваше охолости и рђаве нарави. Упамтите ово! Ни један! А Ви видите шта ћете у овим околностима са собом. О томе је требало раније да мислите. Сад је доцкан. Са овим папиром још сутра ћу изаћи пред суд. Правда ће, коначно, бити испуњена.

Николају Мартиновићу на ове речи очи помодреше као крв. У њима је севала, све око себе прождирући, ужасна мржња и злоба над којом се уздизао црн дим још црње гарежи — његове душе. Имао је неутољиву глад, сладострасну и врашки опасну, злу, да због ове за њега врло неповољне околности испашта човек који га је и довео у безизлазни положај.

Премери пуковника неколико пута гневљивим погледом и застрашујућим, мрачним очима од којих се крв у жилама леди. Његова страст стаде се изливати као жуч и тако горка постаде озбиљна претња г. Симоновићу. Поседнутост рђавим мислима, упорно насртање и досађивање нечасних и страшних намера злочинцу и његово прихватање без противљења, мрачна је сила и њу тешко подносе они на које је окренута та мржња злочинца и неретко тим људима услед ужасне, наопаке и зле силе њиховог тлачитеља душевна рана крвари силније од вратне жиле прободене оштрим сечивом.

— И не покушавајте било чиме сада да поткупите савест — оте се пуковнику — уколико је уопште и имате.

Николај поскочи са дивана и показавши г. Симоновићу на врата, стаде викати:

— Одлазите! Одлазите одавде!

Али, уверивши се да пуковник нема намеру да то учини, потпуно изгуби власт над собом и стаде нервозно тумарати по соби. Из уста му је излазио смрад најужаснијих псовки и вређања туђег достојанства. Толико је био ван себе и чврсто стегнут тамним дусима да је надљудском снагом, изопаченом и врло опасном, само једним покретом руке раздерао кошуљу тако да није ни приметио да је ноктима расекао груди из којих је липтала црна, врела крв. Једном покренут, тешки замајац душевног растројства, потпуног лудила, тек се са великом муком да зауставити. А онда, опазивши сечиво украј комоде где га је пуковник неки час пре у оној ужасној сцени мучења одбацио, на тренутак постаде миран и чак одсутан. Може бити да је оклевао са својом намером како би оно што тек има уследити било што ефектније, вешто прикривено и непредвидиво, свакако изненађујуће, да би на крају, као човек на чија је рамена скочио сам демон, јурнуо ка комоди, зграбио сечиво и још једном, овај пут још страсније и љуће, као звер, насрнуо на пуковника.

Тих неколико корака до г. Симоновића, Николај је силно кркљао и цедио кроз стегнуте зубе нешто што није имало никаквог смисла нити се било шта од тога могло разазнати. На уста му је излазила бела пена и страшан, смрадан задах крвника. Читаво му се тело грчило у ужасном заносу, поседнуто мрачним нагоном да убије.

Замахну сечивом, силовито и потпуно испружене руке. На лицу му се оцрта краткотрајан израз потпуног, језивог задовољства. Очи му потамнеше, а силна крв упали образе као шибицом. Крикну потмуло и застрашујуће у сулудој жељи да сечиво зарије дубоко у г. Симоновића. Али, пуковник се и овај пут окретно измаче и тако сачува од сигурне, тренутне смрти. Ухвати злочинца за руку у којој беше сечиво, али овај се трже тако да дуж читаве шаке пуковнику оста дубок рез сечива.

Уз болан израз лица некако му пође за руком да га савлада, истрже му сечиво и ногом га силовито одгурну од себе. Николај посрну и паде, љутито опсова и запрети испружен на поду, иако му беше јасно да пуковник сада има потпуну власт над њим и да му може, само ако то жели, још у следећем тренутку пресудити. Са пода је гледао у пуковникове угланцане чизме и из страха да га он њима једноставно не згази, хитро се придиже и појури ка вратима.

Г. Симоновић оста запрепашћен насред собе, јер није ни слутио да ће Николај Мартиновић одступити, да ће се пред њим потпуно повући и то на какав начин! Све више је крварио и још увек у чуду и од читавог догађаја занемео, трпећи упоран бол, спусти се до Василије не би ли му она, уколико је у томе и мало вешта, превила расечену шаку.

Сјуривши се низ степениште као нечим гоњен, Николај се још више ужурба и прође кроз двориште, а онда застаде на капији, осврну се и уверивши се да нема никога (јамачно је очекивао да ће пуковник кренути за њим) хитро и насумице загази у једну од прљавих, мрачних улица. Изгледао је као неко ко не поступа по резону, већ потпуно стихијски и као онај кога лукави духови гоне да учини шта ужасно.

Ноћ беше хладна, влажна и застрашујуће тамна. Готово погребена душа Николаја Мартиновића гонила је саму себе ка потпуном самоуништењу.

Над његовом главом небо је хучало и из себе истискивало нешто што се више никако није могло поднети. То небо никако није било налик небу обична човека, и оно беше само слика унутрашњег стања једног пропалог злочинца.

Обузет гневом због осујећене му намере да сведе рачун са г. Симоновићем тако што ће учинити још један страшан злочин, али и ослободити се онога што се сигурно имало десити — неизбежно издржавање казне због подвале Ивану Петровићу, јер пуковник је о том случају имао факте у рукама и њих би, колико сутра, као честит и праведан човек, изнео пред суд и тако без тешкоћа одбранио невиност недужног човека, корачао је журно, гоњен ужасним помислима. Такав даљи ток читаве ствари он није могао поднети и већ добро истањених живаца, мучен мрачним дусима и помислима да некога убије, било кога, реши се да овога пута пресуди самоме себи! Да, он ће лећи на хладне шине и сачекати да воз пређе преко њега, да му изломи кости и ослободи унакажену му душу, па куда год она после тога пошла. Помисао о самоуништењу, о властитом свођењу рачуна са својим животом и судбом на тако страшан начин, блиска је како очајницима тако и душевно оболелим личностима, јер такви, будући да не владају собом, лако прихватају то као нешто сасвим обично и оправдано чак!

Пред Николајем Мартиновићем стајала је све црња ноћ и у њој звекет гвоздених точкова по шинама, сад већ врло близу. Тетурао је омамљен и гледао испред себе у једино светло (долазило је од воза) и стегнутих шака отворено изазивао и смрт и живот подједнако:

— Хајде! Хајде да рашчистимо све једном засвагда! Проклети животе! Тамо смрти!

Осетивши близину и дах љуте смрти која се никако не би могла избећи уколико би остао на истом месту, побледео је од ужаса и страшних, нанизаних слика пред његовим очима. Обли га зној и живци му, посустали, коначно потпуно попуцаше. Пред вратима смрти чак и неверници и најокрутнији злочинци заћуте и тек тада некима од њих постане јасно, у мучном колебању душе, да је сваки човек, барем у томе, потпуно раван другом човеку од кога га баш ништа нити дели нити одваја и управо због тога га треба држати за брата! И ако је смрт већ неизбежна, ако је трка са њом већ унапред изгубљена, рашта је и започињати?! А дела? Док се точак живота по свом кругу врти, где су дела оправдања? У супротном, ако их нема, дела срамна ће нас осудити!

Можда је то Николај управо тек сада по први пут у свом животу решеног злочинца разумео и осетио и пред тим застао нем и широм отворених уста од силног запрепашћења, од свих одвојен, потпуно сам са својим тешким мислима зле слутње, са својим усудом, животом и смрћу подједнако где се и једно и друго боре за власт над њим, и са том коначном, ужасном казном која је тек имала уследити због свих почињених злочина. Пред њега изађоше сви његови преступи и затрована крв душе. Јасно је „видео” како некаква црна и озбиљна лица, уз то и врло ружна, држе у рукама натписе његове кривице и без милости га притискају: „убио си”, „осрамоћена жена”, „поткрадање”, „лажно сведочење”, „подвала недужним”...

Од свега тога он осети страшан грч у мишићима, језу у читавом телу и нешто налик сврабу од хиљаду под кожу подвучених мрава. О, како је страшно и тешко гледати смрти у лице ако живот није благочестив! Њена близина до тада непокорним и неокајаним људима љута је опомена да поравнају пут свога живота, колико је то могуће, да га измене и да стану са чињењем злочина.

Можда је воз био на само неколико корака од Николаја Мартиновића кад он, као опаљен буктињом и у исто време убоден оштрицом у груди, поскочи и сурва се свом тежином тела поред шина. Воз лењо писну остављајући иза себе потмули звекет гвоздених точкова. Избегнута смрт нови је и другачији живот. То је готово правило.

Замирао је један стари човек сав у ритама, искрпљене, мрачне душе и крвавих колена, са устима из којих је често куљала страшна пена крајњег лудила и вечити немир, а зло у очима све прождирало. Николај је пред собом гонио мрак тог човека — нечовека, гонио је своје пређашње „ја” и придигавши се уз израз лица некога ко је управо проживео своју најтежу драму, журно пође како би пао на колена најпре пред Василијом, том несрећном јадницом којој је толико зла нанео, а коју ће, сасвим извесно, затећи у њеној скромној собици, а онда и пред пуковником кога ће јамачно већ негде пронаћи. На то га је гонило његово унутрашње стање, до тада непознато. Све што се збивало сада у њему беше му посве ново и зачуђујуће, али и пуно необјашњиве наде и оптимизма да се може и треба другачије живети.

Стресе снег са себе, исправи се у потпуности и тек тада осети у коленима и мишићима јак бол. Пређе хладном руком преко чела, приметивши да обилно крвари. Тиме опоменут, журно загази, и овај пут насумично, према Толстојевој тридест седам.

Пред очи су му излазиле страшне сцене почињених злочина и још више га гониле да убрза корак и да се некако, ако је то уопште могуће, од тог ужасног мучења спасе. У његовом живом сећању и у свим појединостима, ти огољени преступи изазваше у некада крутој и грубој души, јамачно једини пут до тада, осећај горчине и неподношљивог самоосуђивања. Беше то, извесно, њему до тада непознат случај свођења рачуна са самим собом! Надвиривши се над својом злом ћуди, испитујући је и тражећи у њој барем нешто достојно човека, и не нашавши, дубоко уздахну и стаде себи стављати суд:

— Проклет сам. Људима сам без милости чупао душе као да су обичан коров и по срцу им гребао док оно не почне да крвари.

Ниједна болест није тако горка и упорна, застрашујућа и мучна као болест душе. Од ње се Николај Мартиновић тек некако почео ослобађати, с муком и тешко, дубоким и искреним покајањем. Постаде му јасно као на чистини јутарњег сунца да му до тада једина „снага” беше у томе да другога стеже и мучи, да му читаво биће трује и пробада, а та „снага” свакако ничему није корисна нити се из ње икада могло покренути било шта добро и благородно.

За то време његовог личног испитивања пуковник Симоновић је седео поред Василије, завијене шаке, измучен и уморан од пређашње сцене. Вероватно ни он сам а ни служавка нису могли чак ни претпоставити да ће пред њих изаћи изгребано лице некадашњег силника на коме се више нису примећивали ни охолост нити грубост — од њих готово не беше ни трага. Не мало изненађени, њих двоје се згледаше у потпуном чуду и ћутке.

Будући ожиљци сада свежих рана на Николајевом лицу и коленима, указивали су на то да се с њим после оне мучне сцене са пуковником десило нешто врло крупно и застрашујуће. А онда, без било какве претходне најаве, напречац, обузет снагом до тада непознатих осећања, он паде пред Василијине ноге и горко заплака. Са њим се дешавало нешто изузетно, крупно и тајанствено, нешто између незадовољства собом и потпуног очаја. Човек многих преступа и помрачене, злочинима упрљане душе, не може у једном тренутку прихватити идеју потпуног, личног покајања, иако му се она чини тако блиском и чак је и снажно осећа као властито васкрснуће и блажену могућност за неки посве нов, другачији живот. Управо та немогућност да се душевна рана намах исцели и поред Николајеве ватрене жеље, беше разлог његовог тешког очајања које му је притискало душу, до тада запустелу и грубу, а сада жељну исцељења, свежине, благородства, измирења и љубави, до тада непознате.

— Василија, мила моја! — отпоче некако, све више грцајући, што у служавке и пуковника изазва потпуни осећај неверице. — Човек вређа, унижава и гони другог човека из различитих подлости и намера, из самовоље и потпуно искомадане личности, погибељне и мрачне као што је моја била, сама то можеш верно посведочити. Голубице моја, спреман сам да како било дуг према теби одужим.

Она га одмери испод ока никако се не решавајући да смело подигне поглед јер би се он тако укрстио са лицем човека који јој је у животу много напакостио. Извесно, у пуковнику Симоновићу и даље је налазила заштиту и све више се прибијала уз њега. Василија, млада жена изванредно лепог лица и беспрекорне чедности, крила је у себи нешто што је било блиско вечитој људској патњи, готово очајању и безнадежности, иако тек беше загазила у двадесету. Уплашена и сама, поражена личним удесом, судбом, својом несрећом остављеном у прошлости, живела је притиснута сећањем, а оно беше врло ружно и пуно промашаја. И таман кад јој се у срцу и жељама стала зачињати незадржива потреба за неким новим, свежим и другачијим, радоснијим животом, угледала је дрско лице своје судбе упознавши Николаја Мартиновића. Беше то нова мука и љута патња, а она се најпре неосетно пришуња и помрачи душу, на њу намакне засторе, а онда у потпуности стегне срце док оно не пукне.

— Василија, радости моја — продужи као мало се премишљајући и мерећи сваку реч како не би учинио какву неопрезност — ја сам ти својом лудошћу и злом вољом душу ставио у стеге. Због мене си постала тмурна и уплашена, без и мало ведрине и живота. Упрљао сам ти младост, истргао ти из ње наду и веру у људе, можда те и заувек упропастио! И сада, када то разумем, мене обузима страшан ужас. Сматрам својом нарочитом дужношћу да од тебе измолим опроштај, да се твоја душа како са мојом измири. Опрости ми, опрости мила моја девојчице.

Николај још више погну главу, готово до пода, и на запрепашћење служавке пољуби њена хладна стопала. Изненађеној девојци ово беше врло непријатно и непознато, стање супротно њеној природи, јер она не беше навикла да јој било ко чини част, а тек никако да се пред њом унижава. Велика љубав чистог, ватреног и дивног срца младе жене не издржа, оно се сажали над њеним мучитељем, уздрхта и заплака обгрливши га својим нежним рукама.

— Нека Вам је од мене све просто — зајеца служавка и из њених прелепих плавих очију журно потекоше крупне сузе патње и бола.

— Измирићемо се? Измирићемо се, голубице? — понављао је Николај као у заносу тражећи од ње потврду за то и држећи је за хладне, беле руке.

— Већ смо то и учинили — прихвати девојка, сад већ нешто умирених осећања, отирући сузе рукавом изношене блузе, а онда му благим покретом главе указа на пуковника.

Г. Симоновић је седео замишљен и покушавао барем да наслути шта се то тако крупно могло десити са Николајем Мартиновићем да у њему не беше готово ни трага од оног пређашњег лудила, помраченог разума.

Напротив, говорио је дирнуто, прибрано и нежно, и у свакој његовој речи одзвањало је горко покајање и жеља за новим, другачијим животом.

— Пуковниче Симоновићу! Тек Вама колико дугујем! — окрену се ка њему и са израженим осећајем стида и кривице стаде одмахивати главом као да ни сам не вероваше да је могао починити толике злочине и после свега остати потпуно мирне савести. — Ви сте ме спасли коначне пропасти и вечите муке! То тек сада разумем. А шта сам ја, подлац, о томе могао знати? Шта, када сам живео у уверењу да је човек слободан чинити шта му је воља и да казна за учињени злочин, ако икада и дође, дође одвећ доцкан, а тада од ње не може ни бити последица. И тек када сте ми показали тај папир на коме све јасно пише и да ће самим тим Иван Петровић бити ослобођен, а ја неизбежно кажњен због ужасне клевете, осетио сам тежину свога положаја. У наступу беса и прекинутих нерава, у живчаном нападу, био сам решен да се бацим под воз!

— Да се баците под воз? — изненађено дочека пуковник.

— Под воз, разуме се. Зар да поново будем осуђен да гледам у мемљиве затворске зидове из којих не бих имао куда изаћи?! Решавајући се да себи одузмем живот, у тој потпуној гордости и подједнаком очајању, у слепилу разума и мраку душе, ја никако нисам могао прихватити мисао о још једном тамновању због учињене клевете.

— Али, то тамновање је заслужено — упозори га пуковник.

— Свакако. Ја то тек сада разумем — прихвати Николај.

— Ипак, убити недужног младића, а онда још тај злочин подметнути човеку који са случајем нема ништа, признаћете, мрска је и врло рђава ствар.

— Пуковниче, кажем Вам да је мени све то јасно и тек сада ме обузима потпуни ужас, али у то време ја сам био човек окрутна срца и страствено сам уживао у сваком свом злочину.

— Иии...? Сада сте одједном постали други човек, то ми хоћете рећи? — проницљиво упита г. Симоновић.

— Постајем. То је процес и Ви то врло добро знате. Као што нисам одједном постао злочинац, тако не могу ни напречац постати праведан и савестан.

— Имате право за то што говорите и радује ме почетак Вашег преумљења. Можда нам хоћете поверити шта је њему претходило? — још једном га значајно погледа пуковник.

— Видите... Можда би ми врат био на хладним шинама, можда би воз преко њега прешао, зауставио крв и живот да преда ме није изашло ужасно лице смрти! И тек тада, први пут у животу, ја сам грозничаво уздрхтао и чврсто стегао своју судбу не желећи да се од ње одвојим. Није ми се умирало, г. Симоновићу! Никако после, пред мојим очима, поново оживелих почињених злочина. Зажелео сам да живим новим животом. Без страсти и зла. Зажелео сам васкрсење читавог свог бића! Уверавам Вас, ја хоћу да отплатим свој дуг! Хоћу да се искупим док за то још има времена — са све израженијом одлучношћу закључи Николај.

Г. Симоновић је слушао Николаја мирно и са наглашеном пажњом, а онда, запаливши дуван, понуди и њега.

— А на који начин ћете нас уверити — отпоче пуковник пружајући му дуван и не скривајући опрезност — да је то што сте нам исповедили заиста Ваша искрена жеља, а не још једна изванредна лукавост, можда?

— Василија! Голубице моја! Узми папир и мастило у руке — погледа у њу, а затим у пуковника, па окренувши се ка њему рече: — Ево како ћу Вам показати да су ми намере искрене, може бити први пут у животу, али то не мења ствар: то што се тек сада речју и датим обећањем везујем за човека.

Пуковник се пажљивије загледа у њега и допусти себи помисао, њом се чак поче и бавити, да доскорашњи решени злочинац ипак говори искрено.

„Може бити да се он, избегавши сигурну смрт у свом лудилу и потпуном очајању ипак дубоко покајао и гледајући смрти у лице пожелео живот и за њега се жудно и свим силама, грчевито стао борити", помисли.

— Говорите онда, Николаје Мартиновићу. Забога, говорите. Уверите ме да сам безразложно овај пут према Вама подозрив и ја ћу се радовати и чак Вам, и не знајући због чега, можда бити и захвалан. Уверите и Василију и мене да сте решени постати новим, васкрслим човеком — ватрено и напрежући се све више одсече пуковник.

— Милостива госпођице, седите — рече Василији са уважавањем какво је њој било непознато до тада. — Седите, голубице. И Вама ћу све једном приликом испричати, све до најмање појединости. Пуковник је, знајте и то, добро обавештен о случају са Иваном Петровићем. Него, мила моја, пишите сада ово што имам казати, јер ће то бити од велике важности за поменути случај, а и некако сама од себе у мени ниче жеља да у г. Симоновића добијем поверење. Знам да ће то бити врло тешко јер сам му у прошлости много напакостио.

Млада служавка узе повећи папир и мастило и сва у чуду, збуњено гледаше Николаја.

— Пишите, Василија. Ја сам ван себе од осећања које обухвата читаво моје биће, јамачно први пут и тако силно, од осећања да је говорити истину велика, крупна ствар. И од јачине тог осећања мени су руке непослушне. Пишите! Неизоставно, све до речи. Мене већ сада обузима таква горчина и ужас да ћу све ово и јавно посведочити и то врло брзо. Али, и не само ужас! Мене нешто гони да то што пре из себе изнесем, било коме и било где, да ми душа од тога више не отиче. А ето, док сам чинио злочине, ни на памети ми није било тако нешто. Него, пишите!

Василија га пажљиво одмери и стави перо у мастило, спуштајући главу и склањајући непослушан прамен лепе плаве и дуге косе са очију.

— Ја, Николај Мартиновић — отпоче наглашавајући сваку реч — једино свом безумљу и горкој неосетљивости могу приписати злочин који сам лукаво смишљао, а сада га хоћу, притешњен својом савешћу, јавно исповедити. Злочин се састоји у томе да сам ставио страшну клевету на Ивана Петровића, то сада признајем, и подвалио му у наслоњачу пиштољ како би прилике под којима сам осуђен за убиство студента Н. биле доведене под сумњу, а самим тим и започет нови процес: процес против човека који је у тој ствари невин и са поменутим случајем нема баш ништа. У свему томе, као и сваки други решени злочинац, налазио сам драж и задовољство. Мучио сам људе својом пакошћу и злобом, душе им гребао као канџама и онда их тако ожалошћене гледао са наопаком насладом и суровим ликовањем. У том поновљеном процесу за убиство студента Н. страда недужан и изузетан, правдољубив човек честитих намера и уверења, заточен због моје охолости, а своје несрећне судбе.

Разлог моје равнодушности да га окривим и још му се у лице насмејем, а да при томе на њему нема кривице, сам је по себи јасан. У мени је тумарао крајње подао, пакостан и преко сваке мере рђав човек. Подметнути некоме какав страшан злочин, вешто и врло лукаво и тако му наудити, за мене је била ствар великог одушевљења и ја сам се, признајем, тиме заносио. Будући да сам сада коначно свео рачун са својом развраћеном и запуштеном личношћу, осудивши је без милости на срам и могуће заслужено понижење, налазим, расудивши колико то у овим приликама тек зачетог покајања могу, да због моје окрутне подлости нико више не сме страдати. Нико! Себи стављам забрану! Стога, у дубокој и искреној покорности и покајању, са осећајем горчине, стида и ужаснут својом прошлошћу, дајем овај пут реч истине, онако како је, уосталом, и нађено претходним процесом отвореним против мене за убиство: студента Н. усмртио сам ја, у помрачењу свог ума и то без олакшавајућих околности како ми је, иначе, у почетку и пресуђено. Тек касније суд је нашао да оне ипак постоје. Беше то због мог узорног владања за време тамновања, те ја и не одслужих казну до краја.

Иван Петровић је невин у читавом случају студента Н. те стога молим, ја од кога му је дошло незаслужено затворениште и сасвим извесно прави пакао, да му се мучење прекине и да се тај карактеран и узвишен човек ослободи крајње беде и немилости. А мени, говорим потпуно покоран и самом себи мрзак, једећи се на свој суноврат, судите строго и без било каквих олакшавајућих околности, јер их нема нити их је икада и било!

Понизно, на себе гневан и гнушајући се својих злочина, Николај Мартиновић.

После свега изговореног он одахну, и не приметивши да му је дуван догорео између прстију, затражи од пуковника да му пружи још један.

— Василија, милостива моја госпођице — неочекивано повика као у заносу — да ли си записала све, од речи до речи и без изостављања било чега?

— Записала сам — кротко одговори служавка, зачуђена због чега је то сада од толике важности.

— Љубазности својој вршећи службу, дај ми тај папир, то што си записала.

Девојка збуњено погледа, од претераног напрезања замућеним очима, најпре у њега а онда и у пуковника, послушно устаде и пружи му оно што је од ње затражио.

— Ево јемственика моје искрености у намерама, пуковниче — одлучно и као неко ко је тек спустио огроман терет са леђа и тако себи олакшао рече загледавши се у г. Симоновића па продужи: — Разумем да Вам је тешко веровати човеку од кога је долазила само горчина и јад, у најмањем непријатност. Али, да знате да сам у овој ноћи рашчистио са собом... — па узевши мастило обазриво га примаче к себи, спусти врх пера у њега и мирним покретима руке на записано стави свој потпис.

— Узмите ово! Узмите! Уосталом, ја ћу колико сутра читаву ствар, овде вама поверену, изнети и пред суд.

Приђе пуковнику, пажљиво га одмери и покорно пред њим стојећи пружи му папир у руке.

Г. Симоновић беше врло задовољан овим. Изгледао је као човек који је пола свог живота заложио за ту ствар — Николај Мартиновић је осудивши своје ужасне злочине постао решен у намери да како било отплати своје грехе, свој дуг. Пуковник би му можда чак и пришао, притрчао му, уставши са мале дрвене столице, можда би га том приликом и ватрено пољубио и загрлио због његовог покајања и искрене жеље за другачијим животом, да он журно не крену ка вратима, а онда као да се чега врло битног досети, окрену се ка њима и закључи:

— Од силног узбуђења срце не би издржало да ове ноћи останем са вама. Тако дивну душу имаш, мила моја Василија. И све си ми одмах без рачуна опростила. Радости моја! Г. Симоновићу! — па на њему задржавши поглед, уверљиво продужи: — Наш изненадни сусрет ослободио ме је ропства и стега, ослободио ме је мрског служења разврату и злочину. Чинио сам недела у мраку своје душе а да ништа од свега тога до ове ноћи ја нисам ни сматрао за преступ, чак сам на то гледао уз одобравање и благонаклоно, сматрајући га нечим што је у самој природи човека. О, у каквој сам заблуди само био! Задужили сте ме. Без Ваше изненадне посете је бих остао пропао човек. Овако, васкрсли сте у мени човека пред којим моја душа сада стоји збуњена. Но, биће већ прилике да још о чему и отворено разговарамо. Признајем, сам се у овом новом животу преда мном нећу лако снаћи. Него, праштајте ми. Ја се још и запричао. Одлазим. Одлазим сада.

— Али забога, вратите се — оте се Василији. — Куда сте то наумили овако доцкан? — упита са оном навикнутом, као урођеном смерношћу. И можда је већ била готова да потрчи, да му падне пред колена, да га загрли и пољуби да он једном ногом већ не беше на степеништу.

Гануту, служавка се стресе од неке необјашњиве стрепње за његову даљу судбу, али и радости подједнако јер се, ето, мири са својим мучитељем, а то благородној души представља велику срећу. Не знајући шта да чини са собом, загрли пуковника и горко заплака. Од силних утисака, зар је могла шта друго?

— Не тугуј! Не тугуј, Василија! Ти и ја се тек имамо упознати. Душа ми се томе радује и од дивних осећања дође ми да се заплачем. Ја, подлац и развратник.

— Вратите се — јецајући замоли га служавка још једном.

— Не могу, лепотице моја. За овај дан је свега превише; од потпуне охолости и помрачене свести, жеље да убијем, па до ове узвишене нежности и покајања. Боже, шта се све са човеком може збити само у једном трену?!

— Останите! — упорно наваљиваше Василија.

— Ако бих остао плашим се да ми срце не би издржало! Пређашња ватра живаца у лудом наступу да избодем сечивом пуковника, отишла је на срце и оно се сад због свега горко каје, мучи и љуто страда. Г.

Симоновићу! Опростите ми! Опростите све човекољубља Вашега ради. А сада, збогом до нашег наредног сусрета, а он ће се већ сигурно удесити — усправи поглед, учини мали наклон и једном и другом и затвори врата за собом.

Василија преплашено и збуњено, мокрог лица наквашеног топлим сузама погледа у пуковника. Грозница јој све више стаде мучити тело, оно постаде врело и у тој ватри дрхтаво. Окрену се и тражећи још оно мало заостале снаге како би с њим још могла говорити, упита:

— Николај је хтео да Вас убије?! Упозорила сам Вас на ту могућност...

— Василија, душо. Лези. Одмори. Кад се сви утисци добро саберу, биће нам све бистрије. Одмарај, душице.

Њене танке усне задрхташе, а у очима беху приметни трагови умора, дубоке патње и бола, и све приметније болести. Образи су јој горели у љутој ватри и тешко је дисала. Грозница је напослетку сасвим измучи и она се беспомоћно спусти у кревет не би ли како нашла сна.

Пуковник јој закрсти чело, пољуби је у вреле ручице и кришом како то она не би приметила и сам уздрхта од узбуђења и свега онога што се издешавало, решен да те ноћи остане да бди над тим нежним, болећивим срцем.

... Више је сјаја у једној сузи покајања него у прегршти бисера 

Од оне ноћи и свакако неочекиваног сусрета пуковника Симоновића са Николајем Мартиновићем, читав поновљени процес и неправедна оптужба невиног човека за врло кратко време добили су своју коначну фигуру, свој коначан изглед, и то више ништа није могло променити. Вест о тако крупном заокрету у његову корист Ивана Петровића затекла је у притвору међу осталим осуђеницима будући да га у затворској болници нису дуго задржали, иако је био тек мало залечен од туберкулозе. Услови су врло неповољни и на њих се никако не може утицати, а он ће сигурно у потпуности оздравити тако да нема потребе да се задржава у, до границе подношења, већ препуној болесничкој соби — то му је речено као објашњење, иако се он врло рђаво осећао и још увек борио са ужасном болешћу.

Читава ствар, набачен терет на плећа недужном старцу покретањем процеса против њега, решена је некако неочекивано брзо и врло једноставно. Није било никаквих изненађења нити посебних ефектности, па чак ни превише жара и оне, за те прилике тако уобичајене напетости. Напротив, свршено је врло мирно и праведно, уз сагласност и прихватање суда за све оне који су у том процесу узели учешћа, а то је, свакако, изузетна реткост јер се две супротстављене стране тешко мире и обично једна од њих не жели да прихвати чињенице, иако се оне ничим не могу побити.

Још наредног јутра, после мучне ноћи и сцене са пуковником Симоновићем те покушаја самоубиства, Николај Мартиновић тек што се расанио и ужурбано пљуснуо неколико пута хладном водом по лицу, стао се опрезно бријати, са пажњом и томе потпуно посвећен као да је то од какве велике важности. Навуче фрак, врло марљиво испеглан и несумњиво изузетно пристојна изгледа, веза машну у чвор и са чврстом намером, без колебања и недоумица, уопште без било каквог премишљања, стиже пред суд у центру вароши. Неодложност и важност свог случаја надлежнима у суду објаснио је тиме што би он умногоме могао олакшати процес у коме и сам има врло значајно место признањем једне врло важне околности (он се на то одлучио још претходне ноћи), за суд сигурно изненађујуће. Јамачно, тиме би се све променило и извео крајње једноставан рачун — све би било веома јасно и једноствано, потпуно и без било какве потребе за даљим испитивањем случаја и тражењем још каквих доказа.

Свакако, исказ Николаја Мартиновића, тачније његово признање кривице у случају поновног испитивања околности под којим је убијен студент Н., био је од изузетне важности што се тај рачун, на крају, извео врло једноставно.

Иван Петровић је одмах ослобођен незаслуженог тамновања, уз велику нелагодност судских чиновника и њихово скривање погледа — јамачно, из разлога што су правда и све човекољубиво (можда чак и они сами) исмејани подметнутом, кривом тврдњом, обичном клеветом, због које су до потпуног испитивања случаја старцу и узели слободу. Он је ослобођење прихватио потпуно мирно, без и једне речи и са честим одмахивањем главом у знак чуђења због незаслужених дана тамновања. Самим тим, Сергеј и Павле Васиљевић нису више морали да страхују за своју судбу — доказивањем невиности Ивана Петровића нико више неће ставити под сумњу истинитост њиховог сведочења након убиства студента Н. Са друге стране, Николај Мартиновић ће сасвим извесно бити осуђен и то други пут за исто недело — овога пута због нечасне намере да злочин подметне недужном човеку. Тај процес је већ покренут и само се чека његово коначно разрешење.

Лично прекрајање судби удесило се само по себи, потпуно и без недостатака, и оно се никако није могло избећи. Случајем, неизбежношћу испуњења високо уздигнутих људских надања да правда казује последњу реч, а можда ипак најпре Божјим тајновидим поретком и оним савршеним, надземним законом на коме стоје и сами темељи човечанства како се оно не би сурвало услед многих злочина и свакојаког безумља, уређено је да се сви нађу на једном месту и да свако од њих каже коме је већ, и шта имао казати — они што учинише злочин пониженим, а ти понижени, без милости гажени правдољупци, преступницима и отпадницима од части и достојанства.

За све оне крупне, ствари од великог значаја у животу, за нешто од чега много тога зависи и чиме се човек ватрено занима, не без разлога, за све оно добро и племенито, за здраве и честите идеје, уопште, за све оно што је изузетно и високо изнад обичних људских тежњи, треба бити стрпљив и решен у томе да се тако шта и оствари. У противном, све ће бити узалуд и само пуки промашај. Јер, велико у животу тражи и велико из човека!

Где је циљ само на педаљ од нас, зар он има какву посебну вредност?! Ако до нечега дођемо без потешкоћа, без крви и зноја, оно ће бити под сумњом да је тако шта заиста од велике важности. А ако се ватра најплеменитијих осећања разгори у срцу, ако за неку ствар изнесемо све оно најблагодарније из нас, ако са чврстим уверењем корачамо путем частољубља, слободе и правде — сумње нема, ту мора да је реч о чему узвишеном и слатком! Све високе идеје траже ватрено срце и сјајан ум. Нису велики кораци за свакога и свако по својим делима и трагу душе лако може осетити где је, на којој страни стоји, ком свету припада.

Нешто нам је дато, и то без изузетка свима, пажљиво у свилу замотано и свакоме различито, и управо је то оно што нама једино и треба. За нешто се већ временом и сами трудом изборимо.

Има људи што ће чак и оно што им је рођењем дато на дар убрзо упрљати и помрачити. За достизање чега великог и узвишеног, достојног дивљења, такви немају чак ни зачете мисли, а тек никако дела, а други опет тако одлучно напредују у добру, добро творе и говоре и на оно што су добили као дар уздижу кулу од бисера, све камен по камен и тако и сâми добијен дар освећују, уз то благосиљајући. Човек може пропасти или уздићи себе, а то може бити у само једном јединoм тренутку. Између овога двога бездан је и јама. И ту ничега нема!

Иако беше зима, јануар поодмакао, те треће суботе у месецу дан је био врло пријатан за то доба, зачуђујуће топао и раскошан у светлости. Можда управо то и беше разлог што су многи варошани измилели на улице, окрећући лице ка сунцу, иако је оно уистину слабо грејало.

Са свих страна на трг пристизаше људи жељни разговора и топлине у опхођењу, жељни смеха и радости, светла, љубави после толико једнаких и често врло суморних, понекад чак и толико претешких, зимских дана. Међу свим тим црним главама (од многих душа трг је личио на мравињак) Иван и Наталија Петровић о нечему су врло живо и уз понеки значајан осмех разговарали са Павлом и Ирином Васиљевић. Мало затим дође и Сергеј, задихан и ужурбан. Он им се одмах стаде уобичајено правдати због свога кашњења, али будући да оно не беше ни од какве важности, сви га радосно прихватише, одобравајући. Убрзо и он узе учешћа у ономе што их је све подједнако занимало.

Изгледали су врло мирно и задовољно, уверени у величину и снагу онога што сви редом поштују и за шта се у животу боре. И ето, коначно су, и то заједно, окусили зрео, сладак плод своје узвишене и часне борбе. Иван Петровић је на слободи, скинут је терет сумње и са Сергеја и Павла Васиљевића, а кад је већ тако, треба ли још разлога за одушевљење?! Чврсти у добрим намерама и решени истиноградитељи издигли су високо изнад пролазне пропадљивости дух заједништва са свим оним душама које једнако и силно верују као и они у идеју да се чистим срцем и узвишеном мишљу може остварити потпуна правда и све оно што је у животу обичног човека вредно и важно, ако се само за то има довољно стрпљења.

Силан је дух у нашем простодушном народу! Нераскидив и снажан. У својој простодушности он не размишља превише о остварењу својих права и у томе се најбоље и показује величина његове дивне трпељивости и добродушја, јер иако на себи осећа руке тлачитеља он не проклиње и не ропће, већ радо пружа руку непријатељу и то радосно, све зарад општег мира и слатке љубави са свима! У томе се и виде сви разлози онога што беше јасна чињеница — Иван Петровић, као човек из таквог народа, радо је прихватио руку Николају Мартиновићу (он му је то дошавши на трг затражио), без подсећања на ужасну прошлост и све оно чиме га је до тада намучио.

Николај је најпре у општем гануђу и као понет на крилима оног благородног осећаја који га није напуштао још од оне вечери у соби служавке Василије када је од ње молио за опроштај, стао љубити руке онима којима је нанео зла, тражећи да му свако од њих, ко је већ шта имао, опрости и да се са њим измири. До чуђења и подједнаког одушевљења је силан факт да злочинац може постати толико благородан, нежан, са јасним осећајем за праведност и горко покајан због учињеног злочина! И све то готово тренутно... Људском уму то је тешко разумљиво, али колико је тога што превазилази моћи нашег расуђивања и закључивања? Колико је тога што је тако силно и подједнако тајанствено као што је и сам човек?! Не могу се сва дешавања умом сагледати! Срце бије битку. Све казује. И тај силан дух што гори, а не сагорева у њему!

— Праштајте ми! Праштајте ми, добри људи! Љубљени моји! — из свег гласа викао је Николај све чвршће стежући руку Ивану Петровићу. Утисак беше такав да је сада у стиску руке човека коме је многа зла нанео тражио и осећао потпуну сигурност! Какво признање сопствене немоћи и снага искреног покајања!

Наталија и Ирина ову потпуно неочекивану промену у Николајевом расположењу и опхођењу свакако да нису могле прихватити, без барем мало сумњичења и зебње у срцу, и то са пуним правом, јер заиста је тешко прихватити некога ко му је још до јуче злобио. Посматрале су га пажљиво и у неверици, опрезно и са напетим ишчекивањем. Једино је Иван Петровић благим осмехом толико зрачио и племенио погледом да су оне, збуњене, очекивале да им он покаже због чега таквом човеку сада могу безусловно веровати. Али, и пре него што им је он могао о томе било шта рећи (уколико је уопште и имао ту намеру), Николај, још увек свеж покајник, стаде се ударати у груди лијући вреле сузе што на све остави нарочит утисак. Наталији и Ирини сад већ мисао поче да се бистри — да, са тим се човеком десило нешто врло крупно и племенито, достојно дивљења, у противном, не може бити ништа друго него да је можда померио памећу...

— Иване Петровићу — готово молећиво и тихим гласом отпоче пређашњи злочинац, толико постиђен да му не беше пријатно да старца гледа у очи — има ли начина да у Вас нађем опроштај и да се чиме како искупим? Ако га има, казујте га добра душо! Мојој подлости будите суд и судија! Шта год! Само Вас молим, чинећи то у дубокој понизности, иако добро знам да ни на шта више не полажем никаква права па чак ни на то да Вас за шта узмолим, немојте ме својим ћутањем као мачем погубити. Говорите! Говорите ми. Само немојте ћутати, преклињем Вас.

Ивану Петровићу дође да га у истом часу чврсто загрли и да се с њим изљуби, али од тога ипак одуста. Не беше то ствар опреза нити васкрсле сумње, то што га још у том часу није пољубио. Разлог томе беше сасвим другачији — он га је пустио да још говори ако има шта како би из своје отежале душе изнео сав терет. Дати некоме слободу да о свему отворено говори, па макар он био и злочинац, најчистији је облик дубоког уважавања и поштовања човека! Поштовати некога ко је починио какав злочин, а онда се искрено покајао, готово подједнако као и светог праведника — савршенство је мудрости и неквариве доброте!

Опростити непријатељу и злочинцу љубећи га и прихватајући му руку покајања, велико је и вредно дело љубави, заслужно дивљења и радости. Човекова душа је несагледива дубина и њену чистоту и лепоту показује и ово искрено осећање Ивана Петровића — он не само да није желео да суди Николају Мартиновићу већ се чак и жалостио што ће њему поново бити суђено, овога пута због клевете! Што се старца тиче, он би радо поравнао рачун с њим све му опростивши, изљубио га и можда чак с њим постао и врло добар пријатељ јер је сада гледао у потпуно другачијег човека — у покајника.

Одсуство жеље да се некоме ко вам је нанео зло праведно суди како би он осетио горчину због свог преступа указује на племенитост добре душе. Да је само како могло да се на читаву ствар коначно стави јемственик, да се она закључи без даљег испитивања и осуђивања клеветника, Иван Петровић би на то радо и из срца пристао. Разлог томе беше врло једноставан — он је у Николају Мартиновићу нашао искрену тежњу за покајањем и осетио његово гануђе, па зар да сада он буде тај ко би му стао на пут благородности која се у њему тек стала зачињати тако што би тражио за њега осуду и муку! У време док се он заузимао око једне посве праведне и велике ствари — да се за почињене злочине Николај Мартиновић казни, злочинац је, решени тлачитељ невиних људи, иступао против свега честитог наслађујући се ужасном мишљу о почињеном убиству, а онда и тиме што је старца довео у велику неприлику покретањем процеса против њега. Сада ствари стоје сасвим другачије и сукоб ова два човека остао је иза њих, прекривен прашином њихових корака измирења, као ружно сећање на горку прошлост.

Једно је заложити све благородно у себи за племениту идеју да се злочинцу како стане на пут, што у почетку и беше узвишени, светли циљ Ивана Петровића, а нешто друго је гледати тог истог злочинца у потпуном покајању врелих суза! И једно и друго изузетно је и велико, али је већа радост у овом другом јер се тако спашава и сâм злочинац! Па ко онда да му суди ако је већ он сâм, сагледавши свој пад, учињени грех, љуто осудио?! Иван Петровић је тиме био задовољан, јер имао се рашта борити и рашта страдати — пред њим стајаше васкрсли човек, некадашњи злочинац коме се он одлучно успротивио и тако му помогао да дође до тог коначног стања решеног искупљеништва.

— Пружите ми још једном руку — у усхићењу и гласно повика.

Николају очи засјаше као жар и од силног гануђа и мучног осећаја да је човеку који стоји пред њим силно напакостио, паде му пред ноге, али га старац трже за руку и подиже са земље.

— Не треба мени Ваше понижење! Ја га не тражим. Само мали карактери и бедни људи ликују када се други пред њима унизе. Говорите са мном као са себи равним.

— Али, како? Како то г. Петровићу? — уздахну Николај. — Како да говорим са Вама без стида и горчине када сам Вам толико зла нанео? Мене због свега тога обузима ужас и ја не могу од срамоте у очи да Вам погледам.

— Прошлост, може ли се вратити? — упита га старац.

— Јамачно, не.

— Исправно судите. Од прошлости нам остају само искуства и ако се њима поучимо можемо много тога исправити у животу не чинећи исте преступе и борећи се са самим собом.

— Али, ако је прошлост толико мрачна као моја...

— Ако је таква — прекиде га Иван Петровић — онда је и покајање дубље, а мисао о личном васкрсењу искренија и снажнија. Тако би барем требало бити.

— Примећујем да полажете много наде у мој нови, тек зачети живот и томе се чак и радујете. Одакле Вама толика љубав и поверење у врло рђавог човека који је хтео да Вам науди? Забога, па ја сам желео да Вас упропастим и све сам чинио да у томе успем.

— А сада... Желите ли исто то? Гледате ме на исти начин, подједнако као тада, или...?

— Никако! Мене сада обузима мучан осећај срама док стојим испред Вас. Истовремено, за мене је то велика част и радост. Незаслужено добијена наклоност. Забога, па Ви сада можете да ми пресудите једном засвагда јер је све на Вашој страни и када бисте изволели да тако и учините имали бисте потпуно право — оборених очију просуди Николај.

— На мојој је страни правда — сложи се Иван Петровић — али суд није у човека! Зар мислите да бих Вам ја сада радије судио него што бих се са Вама изљубио?

— Видевши доброту Вашега срца и толику љубав, мислим да бисте радије... — па погледавши у старца ту застаде. — Али, откуд мени уопште и право да то кажем?! Смем ли ја полагати било какву наду у наше потпуно измирење с обзиром на то да сам Вам много наудио?

— Да, радо ћу се са Вама изљубити после свега — олакша му старац. — Има ли ишта лепше од тога када се душе измире?

— Извините, али ја то не заслужујем! — повика очајно Николај одмахујући главом.

— Не узимајте тако оштар суд, па чак ни када судите себи. Не знамо ми ко је чега достојан и заслужан.

— Имате право, али ја...

— Не говорите више! — прекиде га Иван Петровић. — Priђите. Хоћу да Вас загрлим.

У том загрљају два измирена човека лежала је тајна љубави, милосрђа, праштања и покајања. Она немила сцена „Код Милије”, расечена шака, лажно оптуживање и напослетку мучење између хладних и подједнако memљивих затворских зидова — све то сада беше само магловита прошлост, ружна и ничега вредна, па чак ни подсећања јер би то само штетило и једном и другом. Старац је сијао од задовољства и доброг расположења јер му борба за остваривање правде не беше узалудна. У његовом загрљају и затворених очију, ридајући и проливајући вреле сузе покајања, његов доскорашњи непријатељ је једва приметно помичући усне молио за опроштај од човека и милост од Бога. Жеља срца и пламена идеја да се за вечну правду и честитост ваља до краја борити, нашла је своју потврду у Ивану Петровићу, а истина да се искреним покајањем чак и највећи злочинци могу променити и постати племенити, исијавала је сваком Николајевом сузом.

Сви који су се нашли у друштву Ивана Петровића на тргу стајали су ћутке са стране без и једне речи, задивљени величином догађаја. Добро су познавали старца, али толика његова љубав и благородност, жеља као неугасиви огањ да свакоме опрости, и за њих је овај пут била равна чуду! Николај, присетивши се колико је непријатности донео и Сергеју и Павлу Васиљевићу, окрену се ка њима јер им је, извесно, имао шта рећи.

— Немојте мислити — отпоче скривајући поглед — да бих ја, уколико бих то само како могао, и овај пут радо поцепао обвезницу према овом човеку — па окренувши се ка Ивану Петровићу тако указа на њега. — Нећу поцепати ни обвезницу према вама! И вама сам силно наудио и грчио вам душе. Али, ево сада стојим први пут у чврстом уверењу да сваки дуг треба отплатити и то ћу свакако и учинити, јер једино тако могу поново наћи мира. Љубави ваше ради, опростите ми!

Ова двојица се само згледаше међу собом и благо климнувши главом дадоше му до знања да може рачунати и на њихов опроштај. Из неког разлога ни један ни други том приликом не рекоше ни речи као да су оне постале највеће богатство и реткост којом се не треба разметати. Утом однекуд пристиже и Вук Ивановић и то, за чудо, у друштву пуковника! О нечему су ватрено и врло напето расправљали.

Вук Ивановић је из неког разлога срдито викао на пуковника и непрестано, у ужасном гневу, одмахивао рукама. Г. Симоновић се на то само благо смешкао јер му беше познато да се људи у својој немоћи и поразу, онда када им рђаве идеје остану без могућности остварења, безобзирно срде на свакога без изузетка, упућују им чак и оштре речи, али то је само њихова слабост и непомирење са тим да факте једноставно морају прихватити.

У случају Вука Ивановића све беше очигледно и врло једноставно — сазнавши шта се догодило оне ноћи између пуковника и Николаја Мартиновића, а потом се добро распитавши и за случај пуштања на слободу Ивана Петровића, остао је затечен и поражен. Душа му је горела горком сујетом и мржњом да је просто сиктао од беса гледајући да се како на тргу што пре домогне Николаја Мартиновића и можда му у лице пљуне јер је одустао од њихове заједничке ствари, од рђавог наума, а Ивана Петровића... Њега би најрадије задавио, и то због чега — због тога што му ужасне, мрске намере нису до краја остварене и што је старац из њиховог коначног обрачуна изашао као победник. Севао је очима и просто прождирао ужасним погледом, толико злобним и пуним мржње да је чак и ваздух око њега постао тежак и затрован, врло непријатна мириса.

Присуство Николаја у друштву Ивана Петровића и осталих толико га изненади и разгневи да још пре него што му је пришао стаде љутито гунђати прекоревајући га:

— Зар Ви овако нешто да ми учините?! Ви? Зар тако да ми вратите, а ја се заузео за Вас.

Наравно, о непосредности у њиховом опхођењу, ни сада, у насталим приликама није се могло ни говорити. Несавладив пркос, инаћење и ужасна набуситост узеше га под своје у потпуности и он повика још силније, претећи:

— Неће се на овоме свршити! Уверавам вас. Чујете ли ме?! Истераћу ја ствар до краја. Има још начина, видећете већ — и сам не верујћи у оно што говори, саплете се о своју последњу мисао и непослушним језиком стаде замуцкивати. Гунђао је и претио свима, али тај наступ очајна човека не остави ни на кога нарочит утисак. — Шта ме Ви гледате, Наталија?! — викну одједном у потпуном помрачењу нерава. Иван Петровић поскочи и одлучно стаде испред њега, одмери га добро и засече погледом што у овога још више продуби јаз ужасног гнева.

— Ако имате шта, мени говорите! — ватрено иступи старац.

— Шта ту има више да се говори! — умеша се и Сергеј па закључи: — Доста је било. Стидите се Вуче Ивановићу! Стидите се.

— Јаааа? — отегну повређене сујете. — Чега то, молићу лепо?

— Чега?! — изазван дочека Сергеј. — Како се само усуђујете да и сада стављате ту ужасну маску на лице и да покушавате себе да оправдате ишчуђујући се пред оним што је већ свима јасно. Не мислите ваљда да ћете било чим на нас оставити посебан утисак?! Све је потпуно јасно, Ви сте покушали својим ужасним сплеткама да још једном напакостите недужном човеку. Ваша гордост не да Вам мира нити могућности да се са другима измирите, да престанете више са мрским тежњама да пакостите и наносите увреде! — јетко одреза.

— Чега ја то треба да се стидим? Говорите! Говорите! — у даху и преплануо од једа упита.

— Стидите се своје безочности! Зар мислите да и сада, када је све свршено и познато, имате разлога да верујете и даље у своју криву, идеју пуну мржње и пакости?! Видите ли да је Иван Петровић ослобођен јер на њему нема кривице што, уосталом, и сами знате. Ви нисте ништа друго до један обезглављен човек без здравог расуђивања, толико тмуран и подао да је боље, ако је могуће, са Вама немати баш никаква посла — повика Сергеј и ужареним очима стаде шарати наоколо.

— Доста! Доста! — беснео је Вук Ивановић. — Ко Вам даје за право да тако говорите? Уопште, ко је Вас било шта и питао?

— Са таквим човеком најбоље је и не општити јер то ионако нема никаквог смисла — закључи Сергеј и махнувши руком окрену се од њега.

За то време Иван Петровић и г. Симоновић држали су се по страни и, зачудо, изгледали веома мирно, али било је само питање тренутка ко ће од њих двојице први одлучно иступити против Вука и ишчупати му из упрљне душе ту мутну самовољу и дрскост.

— Видим на мене стављате кривицу што Вам намере нису испуњене јер је Николај због сусрета са мном повукао тужбу и све признао, тако осујетивши Ваше нечасне науме?! Рекао сам Вам већ да не покушавате да се оправдате јер ћете тако доћи у још већу неприлику — први се умеша пуковник.

— Престаните! Ко Вама тек даје за право?! Ко сте Ви да прекрајате туђе судбе и да се у читаву ствар тек тако и изненада умешате! — озлојеђен, викао је Вук и срдито шкрипао зубима.

— Много се тога у животу удеси само по себи и томе сигурно има разлога, али Ви то, помрачени грехом, не можете видети — закључи пуковник.

— Доста! Доста више! — дочека га Вук оштро обузет бесом и не покушавајући да разуме шта му је пуковник хтео рећи. — Него, Иване Петровићу — па окренувши се ка њему и подрхтавајући читавим телом од ужасне мржње, рече: — Мислите ли да је овим рачун међу нама сведен, да је све свршено?

— Јамачно — кратко одговори он.

— Не заносите се том мишљу! Имам ја већ начина како ћу даље са Вама! Тога се и чувајте!

— Видим, Ви и даље претите и мислите да ћете можда тако успети да ме застрашите и поколебате у мојој одлучности да отворено и увек иступим против сваког човека Вама равном?

— То што сте ослобођени оптужбе за убиство студента Н. не значи да заиста нисте и починили тај злочин! Наћи ћу ја већ доказ. Упамтите то! Рачун међу нама још увек је отворен и од највеће је важности до сада — повика срдито.

Иван Петровић одмахну главом у неверици због застрашујуће чињенице да се мрска мисао и пакост из неких људи не могу одагнати. Претње Вука Ивановића биле су само потмули пуцањ у ваздух, већ осуђен на промашај, јер више ништа није могло ставити сенку на случај убиства студента Н., али његова затрована душа нагонила га је и даље на зло.

— А Ви, Ви Николаје Мартиновићу — па се окрену ка њему не знајући шта би још могао рећи Ивану Петровићу — видим, удружили сте се са овом хуљом! — повика и мрско указа на старца.

— Ви сте хуља и обичан нитков! — спремно дочека овај. — И шта ја то говорим?! Сâм сам био Вама раван, чак и много подлији. Али, међу нама сада стоји једна непремостива тврђава и високи бедем. Јаз преко кога се никако не може прећи.

— Шта Ви то говорите? — повика Вук у потпуном очају и лудилу. — Ја се за Вас заузео, а Ви... Овако да ми вратите? Срамота!

— Ваше заузеће око срамне ствари коју смо заједно исковали мени више није потребно. И не једите се више, ствар је овде коначна и врло једноставна.

— Ма шта Ви то говорите?

— Само износи факте — умеша се пуковник још једном.

— Факте?! Ко Вама даје за право да опет расуђујете по свом?! Ко сте Ви да свему дајете меру! — све више је беснео Вук Ивановић.

— Пуковник Симоновић, већ сам Вам то и рекао, представио сам се већ неколико пута — уз изазивачки осмех дочека и то овога баци у још већу јарост.

— Рекао сам да не желим више са Вама да говорим! Чујете ли ме?! А Ви — па замахнувши руком према Николају Мартиновићу и тако му отворено претећи — Ви сте толико претворни да ја једноставно немам речи.

— Пустите нека се свако бави собом и научите већ једном да другима дајете слободу избора. Видите, Вуче Ивановићу — мирно отпоче Николај, све више му се приближавајући — за мене је ужасна прошлост сада само сенка, мада сам сигуран да ће ме она довека пратити. Али, на свој живот сада хоћу да привучем нову светлост и нову наду. Васкрсење читавог свог бића.

— Говорите глупости — повика Вук. — Па зар још и у то верујете?

— Како год, али то је само моје и Ви са тим немате баш ништа.

— А то што сам заложио све у процесу против овог... овог... — па окренувши се ка Ивану Петровићу гневно севну очима — против овог нечовека, шта ћемо с тим? Није то била игра, Николаје Мартиновићу! Није, и Ви то врло добро знате.

— Имате право, није игра. За Ваше заузеће богато сте плаћени, све у крупним новчаницама, и то Вам, признаћете, чини велико задовољство. Рачун смишљене клевете платићу ја. Против мене се већ води нови процес и ја ћу јамачно, праведно већ бити осуђен. Као што и сами видите, ми међу собом немамо више никаквих обавеза нити било чега сличног што би нам животе држало у свези.

Вук поскочи и плану у лицу. Гневан и преко сваке мере горд, тешко је прихватио чињеницу да га је човек са којим је још до јуче делио исту, наопаку идеју, сада потпуно поразио и бацио на колена признањем пред свима да је за своје криво подузеће од њега добио новац. Очи му помодреше од једа и ужасан бес стаде му толико досађивати да му је читаво тело силно подрхтавало. И можда би Николају најрадије истог тренутка пресудио, ишчупао му душу, али у тој немирној игри искрзалих нерава руке му осташе непослушне.

Зубима је дивље шкргутао док му је из уста излазила пена и тек понека реч, неразумљива и без било каквог реда и смисла. У њему је све догоревало пакленим огњем мржње, гнева и осуде. Унакажена душа, мрачна и зловољна, никако се није могла ослободити најтежих страсти и њима у потпуности поробљена из себе је испуштала одвратан, смрадан задах. Тако развраћеном бићу ниоткуда није долазила чак ни помисао да се том лудилу стане на пут, да се оно како год истргне.

Располућена, искомадана личност на много заваћених целина које се потиру и гуше једна другу, трпе међу собом у само једном човеку, никако није могла наћи мира. Личност таквог човека, изломљена и осакаћена, гуши сваки па и онај најмањи осећај да он припада било коме, и тако покидана као да је проклета да вечито лута и никада никога не нађе. Таквим је људима немогуће да некога прихвате срцем и да га заволе, и зато и не познају благородни осећај заједништва са другима. Они су свуда, развејани као песак у пустињи, а заправо нису нигде, и у тој расејаности лутају и тону у све дубљи кал. Заточени су у злу, бесплодну самоћу и ужасно ништавило, осуђени да истрпе за њих највећу казну и муку — да поднесу замор запрљане, нагребане душе и окренути на рингишпилу мрачних осећања и мисли обично скончају тако што устану на себе у том свом потпуном лудилу безнађа.

— Николаје Мартиновићу — кркљао је Вук. — Бестидни подлаче! Ко теби још може веровати?! Измишљотине! Све су то измишљотине и глупости! Ти... ти лажеш! Нит厂кове — повика поседнут злим дусима. — Хајде зликовче! Узми нож и прободи ме ако је истина то што говориш. Ослободи ме ових горких осећања. Хуљо и развратниче!

Урлао је страшно и без власти над собом, говорио нешто што никако није имало смисла и што је личило на очајнички покушај рђавог човека да како год са кошуље душе спере ужасан грех. Више није било никакве сумње у то да је Вук Ивановић сада већ био у потпуном нервном нападу и да у општој распуштености живаца говори неповезано, испрекидано, без било каквог смисла и поретка и свакако потпуно лажно — све саме измишљотине.

— Свима ћу вам ставити окове! Чујете ли ме?! Бестидници! Ноктима ћу вам душе испарати! Због ваших лажи ја ћу вам судити! Проклети да сте!

Било је мучно гледати човека толико поседнутог духом гордости да га баца у потпуно, застрашујуће лудило тако да му ужасна, бела пена излази на уста. Упорна самовоља и неразумно истицање свог палог „ја" испред свих и испред свега, уништава личност и готово да не оставља могућности да се потамнела душа препуна свакаквих преступа покаје и очисти. Говорио је са толико мрске одвратности и злобе да је било тешко обуздати га у том наступу истањених живаца од какве могуће непријатности. Потпуни неред чађаве душе и јасан утисак да је стање у којем се налазио Вук Ивановић врло опасно како за њега самог тако и за све у његовој близини, прекинула је прилика младог, голобрадог чиновника. Црвен у лицу и задихан, пробијао се на тргу ка Вуку и готово изнемоглим гласом викао:

— Господине Ивановићу! Господине Ивановићу! Хитна пошиљка за Вас! Рекоше ми да је врло важно и да Вас неодложно и одмах потражим. Ево, ово су ми дали — па испруживши руку ка њему, збуњен и уплашен од његовог ужасног погледа, продужи: — Кажу, случај је битан, тако је назначено и на самом писму.

Овај га одмери и љутито му истрже писмо из руке указујући му погледом да иде, што у младог чиновника изазва велико олакшање јер је, судећи по изразу његовог лица, лако судио да се налази у тешком нервном растројству и да од тога чак и он може имати неприлике. Отварајући писмо Вук је нешто мрмљао, уверен да се и овај пут од њега тражи да се својим утицајем и положајем заложи за какву ствар, уз подразумевану личну корист. Кад је увидео да се преварио у очекивањима, лице му намах изгуби онај пламен и боју и постаде потпуно бледо као у болесника и без и мало живости. Стајао је потпуно укоченог и намах ослабљеног тела, са изразом лица запрепашћеног човека. Није говорио ни речи и од оне јеткости и срџбе, од оне дрскости и ужасне крви у очима, не оста више ни трага. Колена су му клецала и у њима се све више спуштао. Свима је одмах постало јасно да је остао поражен оним што је прочитао у писму, али чиме, то су могли само слутити.

Бледило његовог лица постајаше толико нездраво да је одавало утисак неизбежне несвести. Напослетку, ишчитавајући и онај последњи редак у коме је јасно стајало: *Неодазивање овом поступку због учињеног, могло би донети нове и врло озбиљне сумње и последице по Вас*, Вук Ивановић пресави укоченим прстима папир и расејано га стави дубоко у џеп тако хотећи да на њега, ако је како могуће, барем накратко заборави. Ипак, у глави је осећао потмули лом због пристигле вести. Кривио је уста, стењао и мрштио се као да му је јака светлост наједном запљуснула лице и у том бунилу, затечен оним што је прочитао, ништа није могао изговорити.

После дуге и непријатне тишине, Иван Петровић удари штапом о плочник и испративши то значајним погледом као да је од какве важности, подиже очи и њима засече Вука равно у груди:

— Вуче Ивановићу! Зар још увек не видите да се од учињеног злочина глава нема где сакрити?! Зар сте полагали и најмању наду да недела и нечасне ствари којима сте се бавили никада неће бити разоткривене само због тога што сте човек од утицаја и доброг положаја?

Овоме сва крв поново прокључа и запали му образе. Поражен и гневан подједнако, приђе Ивану Петровићу и од све немоћи и у одсуству било каквог достојанства, опсова. Тешко је чак и помислити да би му Иван Петровић узвратио на овај мрски чин на било који овоме раван начин, чак и да већ у следећем тренутку Вук није журно кренуо са трга. Племенита, узвишена, добродушна и милостива природа обуздава себе од узвраћања увреда и чак и не мисли да у томе има шта великог и достојног дивљења.

Са друге стране, има људи који су толико преке и љутите нарави, толико тешка природа и неподношљив темперамент да другима, уколико их само било чиме повреде, дирну им у достојанство или шта већ, једноставно још у том тренутку одговоре на исти, па и рђавији начин. Трпљење увреда и подношење унижења од рђавих и некарактерних људи, не могу изнети сви из свог срца, јер нису ни сви племените душе расцветалих врлина и љубави слатке, узвишене и чисте.

Вуку Ивановићу као да не беше довољно што је Ивана Петровића увредио по ко зна који пут, па хитро корачајући у једном тренутку застаде, иако већ беше поодмакао са трга, окрену се и повика:

— Иване Петровићу! Псето и одљуду! Беспотребна буво, свешћу ја рачун са тобом једном засвагда! Упамти то!

То изрекавши, сав црн у лицу од беса, од проклете мржње што мрачи и прља душу, завитла рукама изнад главе и изгуби се у једној од уских уличица што са трга воде ка Ст. Андрејевој четврти. Њему је казна дисала за вратом, али такви људи не оклевају да учине још какву пакост чак и онда када су доведени у неприлику и када их сасвим извесно чека праведан суд.

Откуда извире та нечовечна жеља да се други бесрамно вређа, унижава и прогони?! Да му се по души, ако је како могуће, као по дашчаном мосту гази. Семе мржње, зар ће шта добро донети? Али, људи лошег карактера и савести изокренуте на грубу, неосетљиву страну, шта могу знати о вековном поретку да се добро и зло у животу мери и управо по тој мери и добија заслуга, част и углед или томе противно — проклетство и осуда за учињена недела. Кад би Вук Ивановић из свега изашао мање горд и самољубив, кад би некако спознао дубину свог пада и очајног стања осуђеног на праведну казну, на лудило и помраченост читавог бића... Овако, не може се подићи човек са дна док су му ноге дубоко у калу, а мисли остају толико развратне да и даље другога вређају, мрзе и прогоне! Не може се узвисити пали док не призна себи сву тежину свог пада и са гнушањем не погледа на јадно стање своје душе, препуно горчине и мрака.

Да ли због близине сумрака (сунце се већ сакрило стидљиво жмиркајући и повлачећи за собом готово прозирне облаке) или због непријатне и за душу врло тешке сцене након Вуковог доласка, на тргу оста тек неколико људи. Међу собом су гласно негодовали, одмахивали главом у неверици и потпуном чуду над фактом да дрскост у неких људи може толико израсти и закоровити им срце да пред собом и не виде човека себи равног, већ нешто потпуно застрашујуће — готовог непријатеља коме би радо душу ишчупали и погазили је.

Иван Петровић крену лаганим корацима према центру вароши, размењујући са Наталијом и пријатељима тек понеку реч уз задржану срдачност у међусобном опхођењу. Имали су на шта бити поносни. Ако неко себе стави на жртву како би се праведна, узвишена и честита идеја остварила, зар ће изостати задовољство када се та дуга и мучна борба за истину оконча, успешно и славно?!

Напослетку, трг беше потпуно празан, без људи и оног нервозног лармања. Могао сам мирно да призовем у сећање све те још увек свеже утиске и да их са сваке стране одмерим и расудим о свакој судби посебно. Дивио сам се чврстини карактера Ивана Петровића, а остајао нем и зачуђен над толиком гордошћу Вука Ивановића, коју, чини ми се, нико и ништа не може утишати. И можда бих заузет тим размишљањима и прошао поред Марте Васиљевић да ме она не позва по имену, широко и љупко се осмехнувши. Не знам ни сам откуда је она наједном изашла пред мене, и то онда кад не беше баш никога осим нас на тргу. Већи благослов нисам могао пожелети! Ипак, нисам имао храбрости, још увек не, да поздравим ту изненадну срећу и да у њу чврсто поверујем, да јој се предам, иако сам можда за то имао довољно разлога.

Она је тако дивна... Очарава и уздиже из чамотних расположења душе. Тако племенита, доброћудног и изузетног карактера. Тако узвишена природа да је сладак сваки тренутак у њеној близини. Она плени милим лицем и нежним, осетљивим срцем пуним дубоке, вечите патње и љубави која васкрсава!

Стоји преда мном распуштене косе и смеши се, ведрог лица, приметно врло добро расположена, са омаленом кутијом за виолину у руци. Прелеп, дуг црни капут складно пристаје уз њену непогрешно извучену фигуру и још више наглашава њену изузетну појаву.

„Боже, може бити да су јој прсти хладни јер у рукама држаше виолину те их тако и није могла ставити у џеп?”, помислих, али већ у следећем тренутку њене руке дотакоше моје, опрезно и срамежљиво. Оборивши поглед, она поцрвене од заноса и узбуђења. У мојој души све је горело у врелини јаких осећања и израстало у нешто што до тада нисам познавао. Рађање љубави лепше је од излазећег сунца!

Она је усавршавање и украс свега оног што је мајка изнедрила, племенита и чиста, душа грехом нетакнута... Она је анђео залутао међу људе како би им ведрио лица и мамио осмехе, а срце веселио у њега уносећи топлину и радост! Ко је такву не би заволео и за њом ако треба, чекајући је, целога живота патио мучећи се у том ужасном, али истовремено и узвишеном и слатком ишчекивању? Јер, шта су мука, патња и бол ако иза њих дође љубав као оправдање постојања свега тога и као њихово испуњење?!

„Да ли се сродна душа чека или ка њој треба поћи?”, само по себи рађало се питање, гушећи у мени сваки други осећај и помисао, али ја на њега нисам могао наћи одговор. Уместо тога, можда и први пут у животу, ја поступих онако како је срце од мене затражило и чврсто јој стегох шаку. Држао сам њену руку у својој — држао сам читав један свет. Свет лепоте, снова, љубави и још увек крхке наде да ћу можда остати крај ње читавог живота.

Да, био сам спреман, решен и то одједном, у само једном тренутку, да пођем са њом било куда и да избришем из душе свако ружно сећање како бих јој срце, на круни слатке љубави и чисто, предао. Она ће знати са њим, знаће да га чува — у то сам био уверен. И не знам само одакле ми је дошла та ватрена одлучност да јој у даху, без било каквог размишљања, без плана и било какве најаве, неспутано и отворено, истина помало неспретно, откријем своја дубока осећања према њој од којих сам живео, туговао, и радовао се сваки пут када бих поверовао да се све оно што срцем зажелимо, пре или касније, једноставно мора остварити!

— Љубав не трпи достојанство! Не зна за пркос нити инат! Љубав је силна и не треба је тајити — откиде се из мене потпуно слободно и одлучно као нешто што са собом носи велику тежину и од чега много тога зависи, можда и читав живот.

— Ћути — прекиде ме дрхтавим гласом. — Само ме воли. На љубав се чека! Љубав је оправдање за све. За време, за све патње и промашаје — уздахну и загрли ме нежним, танким ручицама.

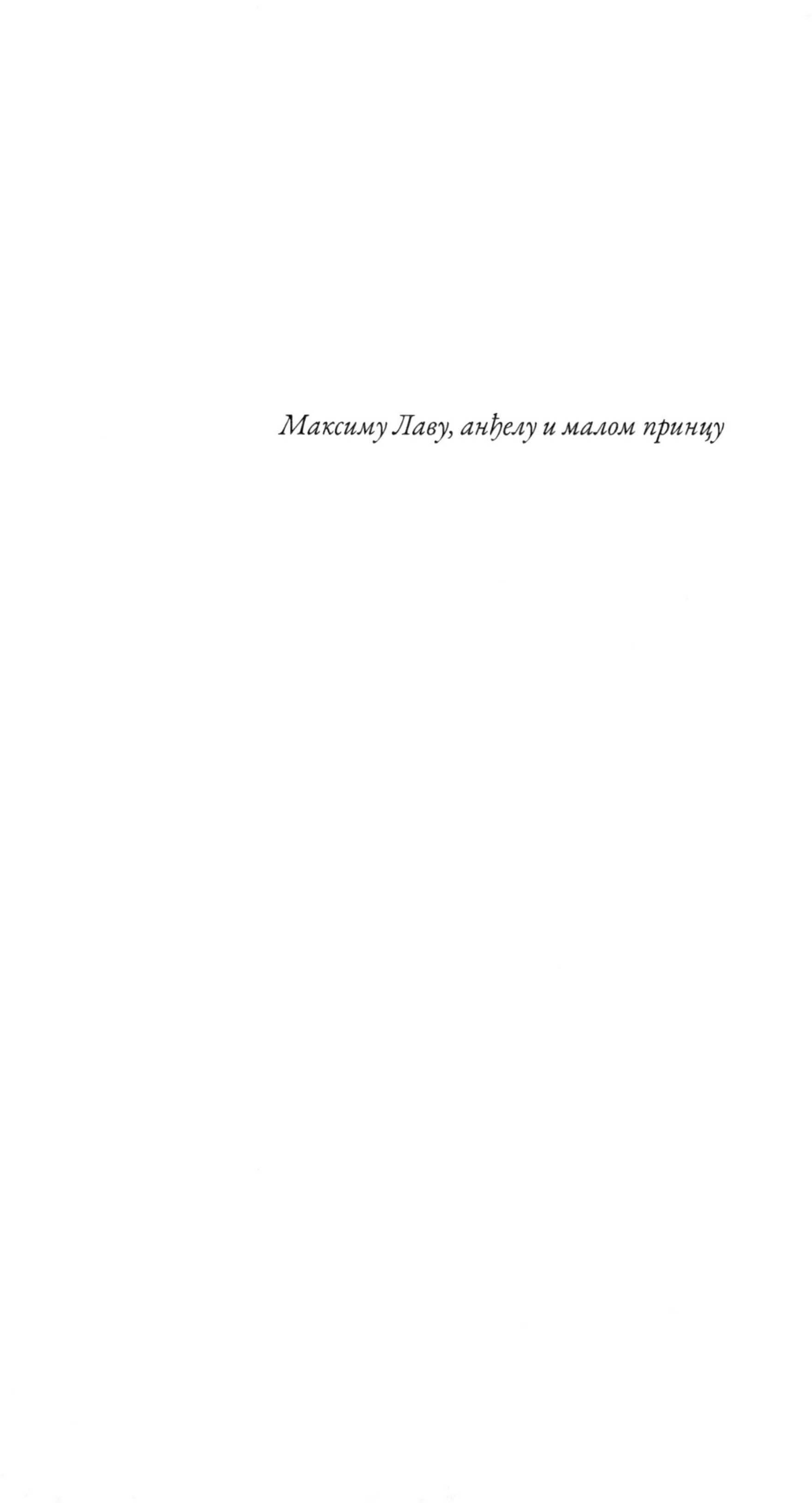

Максиму Лаву, анђелу и малом принцу

БЕЛЕШКА О ПИСЦУ

Марко Д. Марковић рођен је 9. априла 1982. године у Лозници. Завршио је Војну гимназију 2000. године и четири године касније дипломирао на Војној академији на тему *Хришћанство и рат*. Отац је два дечака, Максима Лава и Андреја. Живи и ради у Београду, у Војногеографском институту. Од детињства је опредељен за уметност. Књижевност му је централни део стваралаштва, а упоредо са књижевношћу посвећен је и успешан у иконопису, дуборезу и фотографији. Наклоњен је руским класицима, а Русија му је непресушни извор инспирације за његова дела.

До сада је објавио: *Назиреј* (2010, збирка прича), *Жртвеник љубави* (2013, збирка прича), *Злочин у клевети* (2016, роман), *У себи заточени* (2022, роман), *Покојник – Покајник* (2024, роман).

Члан је књижевног удружења „Словенско слово”.

Марко Д. Марковић

ЗЛОЧИН У КЛЕВЕТИ

Лондон, 2025

Издавач
Globland Books
27 Old Gloucester Street
London, WC1N 3AX
United Kingdom
www.globlandbooks.com
info@globlandbooks.com

Насловна фотографија
Paul Arky
(https://unsplash.com/photos/a-door-handle-on-a-wooden-
door-with-a-brick-wall-in-the-background-YIOrEbK1m4o)